新潮文庫

春の城

阿川弘之著

春の城

第一章

一

彼等の家は広島の町の同じ川筋にあった。伊吹《いぶき》のところの、石崖《いしがけ》の上の客間からは、じかに川へ糸を垂れて沙魚《はぜ》の仔《こ》を釣る事が出来たし、其処《そこ》から七八丁かみの、耕二の家の裏の白い川原は、夏、水浴びの子供達で賑《にぎ》わった。花崗岩《かこうがん》質の、キラキラ光る砂の中にはたくさん蜆貝《しじみがい》がいた。対岸の神社の森の下の淵《ふち》で水に潜ると、水苔《みずごけ》のついた大きな石の蔭《かげ》では、川蝦《かわえび》が長い腕を用心深げに動かしていた。川は、上げ潮時にはその幅いっぱいのゆたかな水をたたえ、古下駄《げた》や果物の皮をうかべてこのあたりまでのぼって来るが、引き潮の時には清冽《せいれつ》なながれとなって、その川蝦や鮒《ふな》や蜆貝や沙魚の棲《す》み家《か》の上を、広島湾指してサラサラと流れくだる。川すじに貸ボート屋が店を出しはじめると、それはこの町に春が来る知らせであったし、それらが店をたたむのは、この町の秋がたけたしるしであった。

耕二は伊吹幸雄より四つ年下で、二人は中学時代から、よく山登りやスキーに行ったり、釣をしたり、絵や芝居を見る為《ため》に旅行をした仲間であった。今も、彼等は休暇には必ず広島へ帰って来て、集って一緒に遊ぶ。伊吹の妹の智恵子は、耕二より一つ年上で、時々は彼女がその仲間に加わる事もあった。

時代は、少くとも彼等の身の廻りでは未《ま》だ平和であった。耕二も伊吹も、新しい本やスキーの道具を買ったり、旅行の費用を作ったりするのに、特別な不自由はしなかった。四年の後に、この小ぢんまりとした、生きた魚介と新鮮な野菜とにめぐまれた豊かな町が、完全な廃墟《はいきょ》になるとは、誰も予想はしていなかった。

宇品《うじな》の港へ向う、出征兵士の長い縦隊は、殆《ほとん》ど毎日のように、市電を止め、軍靴《ぐんか》の重い音を喇叭《らっぱ》に合わせて、市中を行進して行った。彼等は然《しか》しそれには割に無関心だった。伊吹も小畑耕二も、軍人というものは何となく嫌いであった。随《したが》って智恵子もそうだった。

然し、彼等も、自分達があの列の中へ入る日が、少しずつ近づいて来ている事を、時々考えないわけには行かなかった。

耕二は大学の文学部の学生であった。彼は勉強にはあまり熱心でなかった。彼は出来たら自分は小説家になりたいと思っていた。伊吹幸雄はこの春、大阪の大学を出て、微生物研究所で、自分の勉強をしていた。伊吹はもうすぐ、徴兵検査と、続いて海軍の軍医科短期現役士官の試験を受ける事になっていた。

もう、余程以前から、耕二は智恵子に、異性としての興味を持っていた。彼は智恵子の、地味にお下げにした髪の形が好きであった。化粧品の匂《にお》いのしない、何度か偶然のようにして嗅《か》いだ、素肌の清潔な匂いが好きであった。彼女を混えて賑やかに話している事は楽しかったし、冗談を云《い》われたり、わざと意地の悪い事を云われたりすると、それがとても嬉《うれ》しかった。

智恵子も耕二を好いていた。彼女の場合はしかし、自分の尊敬する学者の兄を通して、耕二が好きになっているというような趣があった。そして、年下の耕二を、自分の結婚の対象として考え始めると、彼女の心にはいつも妙な反撥《はんぱつ》が起るらしかった。その気持は耕二にも映っていた。

耕二は智恵子との関係を具体的にどうするかという事は、少しも深く考えていなかった。それはいつも曖昧《あいまい》なままで、そのまま、彼は智恵子と遊んでいた。伊吹との友情は彼の気持の上で、具合のいい中和剤であった。

然し、智恵子は時々、兄が、そして続いて耕二が、もうすぐ兵隊に行って了《しま》うのだという事を考えると、何とない焦躁《しょうそう》を感じる事もあるようであった。

耕二の周囲でも、智恵子の周囲でも、皆は二人のこうした気持を、おおよそは察していた。が、誰も——伊吹も、この事には何も触れようとはしなかった。

二

大学へ入って二度目の夏休みが近くなった頃、耕二は東京の下宿で、満洲《まんしゅう》にいる齢《とし》の違う兄の所からの手紙を受取った。それには嫂《あによめ》の字でこういう事が書いてあった。

「毎日御勉強の事と思います。間もなく夏の休暇で広島へお帰りの事でしょう。私たちも久し振りに一度親の顔を見に、内地へ帰りたいと思いますが、時局が時局で、中々二人揃ってこちらを留守にする事が出来ません。ところで一昨日満鉄の理事の小野寺さんという方が当地へ見え、一晩泊って昨日大連《だいれん》へお帰りになりましたが、この小野寺さんは御承知かも知れませんが、広島の伊吹さんの奥様の従兄《いとこ》になられる方で、うちへは仕事の上の事で見えたのですが、その時、広島のお話から、伊吹さんの上のお嬢さんの話が出、貴方《あなた》の話も出ました。智恵子さんはこの頃二三縁談がおありなのですが、それをみんな断ってお了いになるので、親御さんが少しお困りとの話なのです。この頃の娘は親の持ち出す縁談なんか諾《き》きはしませんよ、と笑っていらっしゃいましたが、私たちが——あるいは思い過ごしかも知れませんが——感じたところでは、小野寺さんは伊吹さんの御両親から、貴方が智恵子さんとの事をどのようにするつもりか、私の方を通してそれとなく話をはっきりなさりたい、そういう意向を聞いて来ていらっしゃるのではないかと思われる節がありました。離れていて詳しい事情が分りませんが、男の方は暢気《のんき》でいても、年頃の女の人にとっては暢気でばかりはいられない事です。年上の方という事は如何《どう》かとも思いますが、もし貴方が積極的にそのお心算《つもり》なら、両親を始め私たちも考えようがありますし、殊《こと》に私たちに子供がありませんから貴方が少し早目に家庭を持って下さる事には決して不賛成は申しません云々《うんぬん》」

耕二はこれを見終って「へえ」というような気持がした。何だか急に自分が大人になって、「家」につながれて自由を束縛されるような気がした。どのようにするつもりかと云って、只《ただ》ぼんやり友達の妹と遊んでいてはいけないという事なのかしら——。

彼は自分の年で、早々と結婚という事を考えるのはいやであった。第一智恵子自身がそんな風に考えてはいない筈《はず》だが、と彼は思ってみた。暫《しばら》く前にも彼は智恵子から暢気な便りを貰《もら》っていたが、それには無論そんな事は少しも書いてなかった。

彼はその手紙を鞄《かばん》に入れて午後になってから下宿を出た。その日は丁度、石川が北海道の帰りに東京へ寄っていて、夕方銀座で落合う約束があった。石川は北海道大学の医学生で伊吹と中学が同級で、耕二ともやはり少年時代からの遊び友達であった。

それまでの時間、耕二は大学へ出るのも何だか気が進まなかった。

智恵子の事とは別に、彼は近頃いつも気分が屈託していた。広島の高等学校の矢代《やしろ》先生の感化で、国文科へ入ってはみたが、大学の講義には彼は全く気乗りがしなかった。「中古国文学環境論」という題目に惹《ひ》かれて出席してみると、教授は、「あられ。和名抄《わみょうしょう》に阿良礼《あられ》。雨の氷りたるをいふ、と見えております。——森。これは木の沢山ある所を森と申します。林。林は森よりもやや木の少い所を林というのでありあます。」そんな空々しい事を、真面目《まじめ》になって講義をし、学生たちは、それを丹念にノートしていた。

栗村という、同じ国文科の友達が、彼に所謂《いわゆる》悪い所へ行く事を教えた。「もたもたしてるのは健康に悪いぜ。行って来いよ。エイッという風に掛け声を掛けて入って了うんだ。初めておでん屋に入る時と同じ事さ。頭がすっきりするよ」栗村はそう云った。耕二はその「エイッ」という口調を思い浮かべながら、独りで、小説で知っている吉原《よしわら》の大門《おおもん》を潜《くぐ》ったが、一度目も、二度目も、その為に病みつきになるような気持は覚えずに帰って来た。

彼は悪徳でもいいから、何か本当に気持を打ち込める、荒々しく立ち向って行ける、そういう対象が欲しいと思っていたが、一向に何も見出《みいだ》す事は出来ないでいた。

三

石川は地下鉄の入口にもたれて夕刊を見ていた。強い近視で、耕二が鼻先へ寄って行くと、初めて気がついて、「よ」と云った。

梅雨晴れの町は雑沓《ざっとう》していた。二人は人混みに混って新橋の方へ歩き始めた。買物包みを沢山かかえた夫婦者。女を連れた慶応の学生。小さなこまちゃくれたなりの女の子。足早に人の列を越して行く勤め人。肩が人の肩と何度もぶつかり合った。木の脚を取りつけたアイモを持った外人が、雑沓を縫いながら、時々シャッターを切って人通りを写していた。街灯に水のようにすき透《とお》った色の灯《ひ》がついた。

「戦争中の東京の有様が、この通りだというんで写して行くのかね？」石川はふり返ってみながら、云った。

「それより、何処《どこ》へ行こう？」

「さあ……。洋食を食おうか」石川は云った。

「それじゃ、そうしよう。だけど、今夜の汽車で又広島までは大変だね」耕二は云った。

「なに、平気だよ。金さえ一寸《ちょっと》握らせれば、ボーイが三等寝台を都合してくれるよ。

あれで寝て行くんだ。どうだい、一緒に帰らないか?」石川は云った。

「僕は、もう一週間ばかりしてから帰るつもりだが」耕二は答えた。

二人はローマイヤという地下室の食堂に入った。其処は天井が低く、ペンキを塗った太いパイプが壁を這《は》っていたりして、一寸汽船か軍艦の食堂のような感じの所で、耕二がそれを云うと、石川は、

「そうそう。伊吹は海軍の短現に通ったそうだね」と云った。

「ああ、そう。でも、それはよかった。とにかく、それは……陸軍よりは、いいだろうからね」

「ええ? だけど馬鹿《ばか》だと思うんだよ。兵隊に取られる事が分ってるのに、どうしてあんなに慌《あわ》てて卒業して了うかね。海軍がいいって、これで、もしかすると日米戦争だぜ。僕なぞは、自慢じゃないが、いよいよどうしても駄目だというまでは大学にねばる段取りを決めてるんだ」石川はそう云った。

「それでも、僕なんかも、どうせ行くなら海軍に入りたいような気がするんだけど、文学部の者は主計科も駄目だし、道が無いからね」

「水兵になる気なら入れるだろう。だけど、ロップでけつをぶんなぐるそうだな」

「石川さんは……」

「僕はどっちも嫌いだよ」石川は云った。「君なんかも、慌てて卒業する口だろうから、云っとくけど、全力を尽して死なない工夫をする事だぜ。突っ込めえ、と云われたら、出来るだけ尻《しり》の方から駈《か》け出すんだよ。名誉の戦死だなんて、死んだ者は貧乏くじじゃないか。お断りする事だな」

「石川さんははっきりしていいよ」耕二は云った。「然し、そうばかりも考えられないからね、何だか迷うよ」

「何を迷うのかね。正義の戦かどうか、そんな事を知るもんか。僕はとにかく御免だ。出来るだけ長い間落第しているんだ」

二人は食いながら、そんな話を、周囲に遠慮して声を低くしてしていた。耕二は不意に肩をきゅッと摑《つか》まれた。びっくりして振返ると、国文科の友達の谷井が其処に立っていた。

「何だ、よせよ。びっくりするじゃないか。どうしたんだ」耕二が詰《なじ》るように云うと、谷井は忙しそうに、

「失敬々々。今うちの連中と一緒に飯を済ませて、出ようと思ったら、君が此処《ここ》にいるのが見えたんで、一寸引っ返して来たんだ。お連れがあるんだろう、失敬するよ」

そう云った。

「駄目だよ、まあ坐《すわ》れよ。一緒に出よう」

「いや、うちの連中が一緒だから……」

「いいよ、坐れよ」耕二はびっくりさせられた腹いせに、執拗《しつよう》に云った。

「なんだ、じゃあ、一寸断って来る」谷井は云って、出て行った。

肉を切りながら、上眼使いに谷井を見ていた石川は、

「誰だい？」と云った。

「大学で、一番気の置けない友達なんだけどね、芝居の通で。坊ちゃんなんだ」

「君が坊ちゃんというなら、相当坊ちゃんだろう」二人は笑った。

谷井は引っ返して来ると、二人の横に坐って、煙草《たばこ》を吸い始めた。そして、

「おい、ヘルミックを知ってるだろう？」そんな事を云い出した。それは日本生れのアメリカ人で、東大の国文科の、彼等より一年上の学生であった。「あいつ、昨日、神田の古本屋で、親爺《おやじ》を相手に気焔《きえん》を上げてたよ。日米戦争が始ったら、俺は断然アメリカへ帰って日本と戦う、って云うんだ」

「そうかねえ、アメリカにも馬鹿が居るもんだね」石川が云った。谷井は、きょとんとして、毒気を抜かれたような顔をして石川の方を見た。耕二は笑いながら、二人を紹介した。

四

石川はその晩の急行で広島へ帰って行った。

耕二は大学で、あと二回、支那《しな》語の時間に出て、帰省するつもりにしていた。支那語は格別理由もなく、思いつきで単位を取ってみる事にしたものであったが、現在大学の講義で、耕二が僅《わず》かに興味を持っているのは、これだけであった。学生達は互いに少し照れながら、中学生のように口を大きく開いて、先生の発音を追った。新しい外国語が順序よく、少しずつ頭の中へ組み込まれて行く感じは、妙な理窟《りくつ》っぽい講義より、耕二にははるかに気持がよかった。

北京《ペキン》生れの朱講師の、舌にもつれるような北京語の発音は大変美しかった。朱先生は長身痩軀《そうく》の色の黒い人であったが、或《あ》る時、黒板に、北海《ペーハイ》公園とか東単《とうたん》とか烙餅《ラオビン》とかいう単語を書き列《つら》ねて、頻《しき》りに北京の町の自慢を始めた。そして次に上海《シャンハイ》、と書いて、口の中で「ツオッ」と云い、横に「美国化」（アメリカ化）と書いて、白墨で斜めにさっと線を引いた。それから黒い顔を赤くした。

朱先生はよく赤くなった。会話で家庭問答があって、自分の家族の事をいう時、やっぱり真っ赤になった。耕二は朱先生を見ていると、同じように時々顔を赤くする矢代先生を思い出すのであった。

　朱講師の時間が終るのはいつも四時半で、先生は叩頭《こうとう》して教室を出ると、擦り切れた黒い革鞄を脇《わき》に抱いて必ず巻煙草に火をつける。それから独りで銀杏《いちょう》並木をゆっくり正門の方へ歩く。その姿は妙に淋《さび》しげに見えた。先生の故国と日本とが、泥沼に入ったような戦争をしている事を、先生はどう思っているだろうかと、耕二は時々想像した。

　七月の初めに彼は広島へ帰省した。汽車が広島へ近づく時の気持を、耕二は好きであった。瀬野《せの》の長い峠をブレーキの音を立てながら、列車は何度も大きくカーヴを描いて下りて行く。安芸《あき》中野《なかの》の駅を後へ飛ばし、切り拓《ひら》いた崖《がけ》の下をゆるやかに川に沿うて曲ると、右手に現れて来る葡萄畑《ぶどうばたけ》。山側の窓に、「かいたいち」「むかいなだ」という駅の標識がすい、すいと過ぎて行く。港の輸送船を隠す為《ため》に、車掌が海側のブラインドを下ろしに来る。ビール工場の大きな建物が畑の中に現れて来る。その向うに伊吹《いぶき》や石川と幾度も登った呉娑々宇《ごさそう》山。白っぽい山肌。田植えの済んだ水田。小さな鉄橋を越すと、長い操車場。貨車を入れ替えている小型機関車の蒸気の音がする。機関庫。大踏切。ベルの音。列車の速力が鈍くなる。そして駅の見馴《みな》れたフォームに着く。

梅雨の上った広島の町は美しかった。そこには、引き潮時には砂底を見せた浅い流れとなり、潮が満ちると緑色の深い淵《ふち》に変る、見馴れた川があった。どの川筋でも子供が大勢泳いでいた。

耕二はズボンにシャツ一枚でよく散歩に出掛けた。

五

矢代先生は最近、高等学校の裏の溝《どぶ》の匂《にお》いのする借家が、二人の子供の健康の為によくないというので、市の中心地に近い所へ引越していた。耕二はその新居へ先生を訪ねて行った。

矢代先生は万葉集の研究家で、書斎には歌学の関係の文献が沢山積み上げてあった。耕二の先客の、高等学校の生徒が二人いて、先生は生徒たちに酒と食事を出して、話しているところであった。

「この間仏通寺《ぶつつうじ》へ行って来たけど、一寸いい所だね」先生は云《い》った。「僕は黄檗《おうばく》なんかも好きなんだが――あの食堂《じきどう》で打つ木の板に書いてある文句を知ってるかね。謹《つつし》ミテ大衆ニ白《もう》ス」先生は紙へ鉛筆で書いて見せながら、「生死事大。無常迅速。慎ミテ放逸スル勿《なか》レ。中々いい言葉だと思ったよ」

奥さんが耕二の分の皿や箸《はし》を運んで来た。六つの男の子と四つの女の子が、ついて来て、食卓の廻りをぐるぐる廻った。

「よかったら何でも取って」先生は耕二にそう云って、自身も盃《さかずき》をふくみ、ちさを酢《す》味噌《みそ》につけながら、

「学校の寮やなんかでも、この頃は無闇《むやみ》に家庭的という事を云うけど、男は本当は、時々ああいう、全然女っ気の無い、家庭的でない空気の中に住む事は大切だね」

「卒業して軍隊へ入ると、いやでもそうなるわけでしょう」耕二は云った。

先生は一寸苦笑いの態《てい》で、

「それはそうだ」と云い、「小畑君、卒業論文をもうやっている？」と訊《き》いた。

「いえ。未《ま》だ何にも」耕二は答え、

「僕は、先生にはあれなんですが、どうも大学の講義や研究室にすっかり興味が無くなって……小説を書くなんて云っているんですが、それも、もう二年すると必ず兵隊に行くのかと思うと、ふっと何もかも徒労のような気がして来ますし……」そう云った。

先生はそれには答えず、

「卒業論文は、つい大がかりなテーマをつかみたがるけど、好《よ》い問題があったら、小

さい所をしっかり握って、それをみっちり書くといいんだがね」と云った。

「でも」と耕二は、「東大の国文科は、卒業論文はリヤーカーで運ぶくらい量が多いのが賞《ほ》められるというのは本当ですか？」と云った。

「そんな事、本当でも嘘《うそ》でも構やしない。自分の仕事だからね。こけ威《おど》しはつまらないよ」先生は云った。

矢代先生は生徒たちの会合にもよく出席するし、その幼稚な議論にも喜んで耳を藉《か》す方で、伊吹も親しかったし、智恵子も学校の課外教課のような事で識《し》っていた。それで伊吹が海軍に入る事に決ったという話も、その日は話題に出た。

耕二は然《しか》し、満洲《まんしゅう》の兄嫁の手紙を見て、今度はどうも、伊吹の家へ繁々《しげしげ》と遊びに行くのが憚《はば》かられる気持であった。それで彼は、伊吹と石川と誘い合せて外で遊ぶ事が多かった。

八月に入って、三人は、石川の家で夏の間借りている、郊外の小さな家に集り、其《そ》処《こ》で支度をして、海へ釣に出掛けた。

「徴兵検査の時にね」伊吹は途々《みちみち》話した。「軍人でも大阪の奴《やつ》は一寸変ってるね。検査官の中佐が、僕の方へ乗り出して来て、君は第一乙やがなア、阪大出てるねんナ、何ど研究でもしてるのんか、昔は第一乙なら行かんと済んだけど、今は時局が時局で、気の毒やけどやっぱりいて貰《もら》わんならんなア、って小声で云うんだ。おかしかったよ」

三人は笑った。石川が又、

「この間小畑には云ったがねえ、海軍へ入ると長いって云うぞ、どうして卒業をもう少し延ばしてみなかったのかね？」と云った。

「そりゃあ僕だって」伊吹は云った。「軍艦に乗せられて、水兵の性病の手当なんかしているより、微研の部屋で遠心分離器をいじったり培養基を作ったりしていたいさ。仕方がないじゃないか、遅かれ早かれ同んなじだよ」

「軍艦に乗るのは、然し一寸興味があるな」耕二は云った。

「アメリカの水兵みたいに、軍艦に乗って官費で世界漫遊か。そううまくは行くまい」石川が云った。

「ただ、今やりかけの仕事に目鼻がつけて行けるといいんだがね」伊吹は云った。「艦隊勤務になると、暇で却《かえ》って本が読めるなんていう話があるが、なあに、聞いてみると嘘で、結局講談を読んで、酒ばっかり飲んでるそうだよ。帰って来たら、又、一からやり直しだね」

海岸の石垣に腰を掛けて、三人は海へ糸を垂らした。

絶えず風があるので汗は滲《にじ》まないが、烈《はげ》しい陽は顔にまともに照りつけて、皮膚がじりじり焦《こ》げて来そうに感じられた。潮の満ち始めで、石垣に単調な調子で、たっぷ、ぴぷ、たっぷ、ぴぷ、と波の音がしている。伊吹は丸坊主《まるぼうず》になった頭に、麦藁帽《むぎわらぼう》をかぶっていた。

耕二は伊吹と一緒にいると、少し気づまりな気持があった。伊吹がこの冬に軍隊へ入る事が決定して、このまま智恵子の事を知らん顔をし通すのも具合が悪く、そうかと云って、しかし、自分の気持が確《しっ》かりしないのに、格別何を話すという事もまたないような気がした。

西の方にすぐ、厳島《いつくしま》の大きな島影が見える。東の方には遠く、造船所の建物、夏の陽に輝いている広島の南部の町並。港には相変らず灰色に塗った陸軍の輸送船が五六隻《せき》、泛《うか》んでいた。その中の一隻は煙突から盛んに黒煙を吐きながら、右へ右へ、ゆっくり舳《へさき》を回して出て行く様子であった。船体のゆるやかな動作とは不釣合なせわしげな白波が、船尾で頻りと湧《わ》き返っていた。遠いのでよく見えないが上の方のデッキにも船尾の旗の周りにも、無数にカーキ色のポツポツが群がっていた。

近くの、海沿いの鉄道線路を、列車が長い地響きを立てて通って行った。

伊吹は時々、小さなちぬを釣上げていたが、耕二は竿《さお》の方はさっぱり駄目であった。

大きな魚籃《びく》の中に三寸ほどのはぜが一尾入っているだけだった。餌《えさ》は小さな蟹《かに》で、コツコツと来る、さっと竿を上げると、鉤《はり》の先に決って、小蟹の薄い甲らだけが残っていた。餌箱は日蔭《ひかげ》に置いてあったが、それでも暑さで、砂をまぶした蟹は、白い腹を引っくり返して沢山死んでいた。

耕二は釣の方はあきらめ加減で、ぼんやり出港して行く輸送船を眼で追っていたが、色々な事を考えていると、何となく気分が沈んで来た。

「成績が悪いね」伊吹が云った。

「駄目でがんすよ」と、背後で声がした。振返って見ると、赤く潮焼けした顔に皺《しわ》の一杯ある漁師が、大きな鯛《たい》をぶら下げて立っていた。

「苦が潮が来とるけえ、駄目でさ」漁師は云った。

「やめて帰ろうか」これも成績の悪い石川が云った。

六

伊吹の家へ遊びに行きにくい気持のせいもあって、夏休みの間耕二はよく矢代《やしろ》先生の家を訪ねた。

先生は彼に大鏡の話をし、鷗外《おうがい》の歴史物を読む事を奨《すす》め、セザンヌの話や寒山詩《かんざんし》の話をした。先生は又時々、陸軍の悪口を少し云った。

耕二が元気の無い顔をしていると、先生は何気なく奥さんに食事の用意をいいつけ、少量の酒を書斎へ運んだ。彼が何かに勢いづいて浮《うわ》っ調子な事をべらべらしゃべっていると、先生は少しどもりながら、遠慮勝ちにそれをたしなめた。そして耕二は何となく新しい勇気を憶《おぼ》えながら、晴天続きの夏の夜を、歩いて家へ帰って来るのが決りであった。尤《もっと》もその勇気はいつもそう長続きはしなかった。

耕二は町へ出ると、いつもニュース映画を見に入った。鼠色《ねずみいろ》の陰気な画面に、山西《さんせい》の山奥で、分解した砲を担《かつ》いで苦しげに山道を登って行く鬚面《ひげづら》の兵士の顔や、南支那《みなみしな》海《かい》の波浪にもまれている駆逐艦の上で、忙しく手旗を振っている水兵の姿などが映った。彼はそういう写真で時々涙が出る事があった。多勢の日本人が、あのような苦しい事を一生懸命やっている、あれが本当に国の為になる事なら、矢張り自分一人超然として、石川の云うような要領のいい事ばかりはしていられない、どうしても、気持を確《しっ》かり定めて軍隊に入って、立派な兵士にならなくてはいけない、彼はそう思うのであった。然しそれが本当に正しい事か、本当に国の為になる事か、彼には時々分らなくなった。第一、死ぬ事を思うと彼はぞッとした。

彼は、広島の町を宇品《うじな》へ行進する武装した兵士の列を、「この中の何割かは近いうちに死ぬのだ、どの兵隊が死ぬのだろう」そんな空想をしながら、長い間見送っている事があった。

そして、いずれにしたところで、自分も二年後には行くのだと思うと、大学へ通っている事や、文学を勉強しているという事に、妙な拍子抜けの気持が起り、現在の生活が曖昧《あいまい》な中途半端《はんぱ》なものに思えて仕方がなくなるのであった。

耕二の父親は、満洲での事業の表立った面から退いて、家で碁を打ったり畑作りをしたりして暮らしていた。彼は両親と鮎《あゆ》を食べに行ったり、川や海で泳いだりして、休みの間を遊び暮らした。

日の照りかげり、水の輝き、波の音、山の峰を急に隠して吹き下ろして来る夏の夕立。兵隊の事も智恵子の事も考えないでいられる時は彼は元気であった。

兄の所から満洲へ遊びに来ないかという手紙を貰ったが、それは来年の事にし、夏中到頭智恵子とは殆《ほとん》ど顔を合わさず、九月に入って彼は東京の下宿に帰って行った。

七

日米間の関係が、容易ならぬ状態に発展して行きつつあるような様子が、制限された新聞の記事からだけでも感ぜられるようになって来た。

アメリカにいる野村大使が、太平洋問題に就ての近衛《このえ》首相のメッセージを大統領に手交したという報道を見たのは、八月の末であったが、その後近衛首相がルーズベルト大統領と軍艦の上で秘密の会談をしているとか、する事になったとかいう噂《うわさ》を、耕二は幾度も耳にした。

内務省に防空局とか国土局とかいうものが出来、防衛司令部という組織も新設された。緩慢で不明確な動きが、いつ恐ろしい加速度を持って傾斜の上を転がり始めるか知れぬような、漠然とした大昧な不安が、日本の上に雨雲のように拡《ひろ》がり始めているのが感ぜられるようであった。

新しい大戦争が起るのだろうか？　日本の艦隊はどこを攻めて行き、アメリカの艦隊はどんな行動を起すのだろう？　B17がすぐ東京を爆撃に来るのだろうか？　一体、長い間の支那の戦争で何もかも不自由勝ちになって来た日本に、そんな底力があるのであろうか？　――耕二の思案はいつも結局冒険小説の程度以上にはならなかった。然し、突然、そうした不安を映したように、日本中の大学生の卒業期繰上げに関する発表が出た。

耕二達は九月の野外演習に習志野《ならしの》の兵舎へ泊りがけで行っている時に、それを知った。世話焼きの学生が情報を持って、兵舎から兵舎へ走り廻って行った。それに依《よ》ると来春卒業予定の者は、今年の十二月に、耕二等来々春の者は、来年夏又は秋に、それぞれ卒業が繰上がるとの事であった。学生達は一寸《ちょっと》騒然となった。然し又段々静かになった。

耕二の隣にいた仏文科の三年生は、胃癌《いがん》の宣告でも受けたような、いやな顔をしたと思うと、黙って脚をもくもくやり、毛布を頭から被《かぶ》って寝て了《しま》った。然し耕二はそれ程には衝動を受けなかった。

智恵子から又、時々彼に宛《あ》てて手紙が来るようになったのは、その野営から帰ってからであった。彼女の手紙には、夏休みの間、耕二が伊吹《いぶき》の家へ少しも訪ねて行かなかったのを詰《なじ》るような事が書いてあった。耕二は、これでもし、こちらが少しでも追うような態度を見せれば、智恵子はきっと反撥《はんぱつ》を示すのだ、と思って一寸不愉快を感じた。高等学校の時の或《あ》る友達が、二人の事を、「あれは振ったり振られたりして遊んでいるんだよ」と揶揄《やゆ》していたという事を、人づてに彼は聞いていたが、そうばかりもしていられないという気がした。お互いに結婚する意志がないなら、二人の間の気持の橋であった伊吹が入隊するまでに、今までの暢気《のんき》な関係を、真面目《まじめ》に話し合って、線を引かなくてはいけないかも知れぬと思った。いつかの兄嫁の手紙から推して、伊吹や伊吹の両親の配慮も想像された。

十月になって、又智恵子から手紙が来た。兄の入隊が愈〻《いよいよ》十一月初めと決り、入る所は差し当って東京築地《つきじ》の海軍軍医学校であるが、兄はぎりぎりまで研究室の仕事がある為《ため》、広島へは帰らず、大阪の住吉《すみよし》にいる叔父の家で支度や後始末をして、そのまま東京へ行ってしまう、入れば当分は面会の機会が無いらしいので、わたしと父と二人だけ近いうちに大阪まで、兄に別れをしに行くが、その折もし都合がつけば貴方《あなた》も大阪まで来て頂けないか、父もたいへん貴方に逢《あ》いたがっている、来て頂けるなら日が決り次第電報を打つから——そういう事が書いてあった。

耕二にはともかくそれは好い機会だと思われた。彼は承諾の返事を出した。暫《しばら》くして十七日の朝大阪駅で待つという電報が来た。折返し着時刻を知らせる電報を打つと、耕二は十六日の大阪行の夜行で東京を発《た》った。

汽車がフォームを離れ、彼がデッキに立っていると、有楽町を過ぎて行く時、新聞社の黄色い電光ニュースが、まばたきながら、左へ左へと、第三次近衛内閣の総辞職を告げて廻っているのが見えた。

列車は割に空《す》いていた。彼は今頃矢張り山陽線を大阪へ向って走っている筈《はず》の智恵子の顔を想像した。そして長い間親しかった伊吹とも智恵子とも明日限りで別れるのだと、悲壮めいた気持で頻《しき》りに考えた。

米原《まいばら》で仮睡から醒《さ》めた。夜が明けると顔を洗って食堂車へ入り、朝靄《あさもや》に濡《ぬ》れた近江《おうみ》路《じ》の景色を外に見ながら、朝飯を食べた。耕二の乗った急行は八時半に大阪に着いた。

八

智恵子《ちえこ》は西の出口で、小さい身体《からだ》を伸び上げるようにして待っていた。二人は直《す》ぐ眼が合った。智恵子は微笑したが、身を固くしていた。耕二も表情が固くなった。智恵子は人に踏まれたらしく、白足袋の指先を黒く汚していた。

伊吹の父親は別の口で降りて来る人波を探していた。三人は一緒になると、智恵子達の荷の置いてある近くのホテルへ歩いて行った。

「今夜は私の弟や姪《めい》も来て、幸雄の送別会をやるんで、小畑君も一緒に……」父親は云《い》った。伊吹は今朝早く智恵子達を駅に迎えて、そのまま用事があって別れたという事であった。

ホテルの部屋に入ると、伊吹の父親はオーバーのまま椅子《いす》に掛け、

「今度はよく来て下さった。まあ、楽にして。——朝飯は済んだかな?」そう云って耕二に椅子をすすめ、葉巻に火をつけた。

三人は暫く黙っていた。

暫くして伊吹の父は、

「それで、実はこれの事だが」と頤《あご》で傍《そば》の智恵子の方を指して云い出した。「君との関係がどうも、何というか、追々深くなるようで、これは私の云う縁談は一切受けつけぬし、それでは一体どういう風にするか、どうしても一度はっきり決めて貰《もら》わねばならんと思うのでね」

「はあ、僕も……」耕二は云いかけたが、妙な気がして言葉につまった。

「お父さん」智恵子は困ったような顔をして口を出しかけたが、父親に制せられて黙った。

一時間ほどして、三人はあまり要領を得ない話をしたまま、外へ出た。父親は其処《そこ》で別れ、夕方六時にもう一度大阪駅の待合室で落合う約束をして、耕二と智恵子とは二人きりになった。

「荷物持ちましょう」智恵子は耕二の提《さ》げている鞄《かばん》を頻りに気にして、たびたびそう云った。いつも元気な、姉さん振ってみせたりしていた智恵子が、すっかり様子が変っているのを耕二はいくらか変に思った。

二人は時間つぶしに、川っぷちを淀屋橋《よどやばし》まで歩き、地下鉄で動物園へ行ってみたが、人影は少くても、話の出来るような場所はなかった。

「わたし、あれ好きよ」智恵子はあまり興味のなさそうな耕二を引きとめて、檻《おり》の中で死んだようにじっとしている真っ白な蛇を指したりした。

「何だか不吉だね。いやだよ」耕二は云った。そして実際少し薄気味悪い気がした。

昼になるのを待って、二人は市電で北浜へ来て、角の西洋料理屋へ入り、隅の方に席を取って、漸《ようや》く少し落ちつく事が出来た。

「お父さんがあんな云い方するから、いやだったでしょう？」智恵子は云った。

耕二はボーイに食事を頼んでから、

「いやでもないけど、返事が出来なかった。僕も、伊吹さんが入隊するのを機会にあなたとの関係をはっきりさせた方がいいと思って来たんだけど」そう云った。智恵子は頷《うなず》いた。

「何から云えばいいか分らないけど……、第一、あなたも、僕と結婚する意志はないんでしょう？」

智恵子は手にしていたスプーンを置いて彼の方を見た。

「それが無かったら、わたし、今日大阪へ来なかったわ」

「あ」と云いかけた程、耕二はびっくりした。そして自分がひどく迂闊《うかつ》であった事に気づいた。彼は頭の中が混乱するのを感じた。

九

二人は午後、蘆屋《あしや》の松林の中を散歩して、約束の時刻より早く梅田へ帰って来た。

智恵子は不安そうに、どうしてそういう決心をするまでになったか、家庭の事や気持の上の動きを、女らしい云い方で色々に話して聞かせた。耕二は甘い快さと、責任の加った重苦しさを一緒くたに感じていた。彼はそれならもう一度初めから考えてみる事、そうして明日、自分の泊る予定の京都で、もう一度逢う事を智恵子に約した。

間もなく父親が現れた。続いて、智恵子たちの叔父にあたる大阪の取引所へ出ているという人が入って来た。その人は夕刊を二三枚握って忙しそうに振りながら、

「やあ。決りましたで。東条さんに大命降下です。こらアえらい事ですワ。愈〻これで戦争や言うて、皆言うてますワ」と云った。

皆は「ホッ」というように互いに顔を見合せた。

遅れて、伊吹が現れた。皆は取引所の叔父さんに案内されて、川筋の牡蠣《かき》船《ぶね》へ行った。防空演習で町は真っ暗であった。

席でも頻りに戦争の話が出た。

「アメリカのあの生産力というものを、向うに廻して、どこまで互角のいくさが出来

るかちゅう事が問題ですよ。下手したら、こら、えらい事になると私は思う」叔父さんは云った。

「然《しか》し果して戦争になるかね？　海軍は反対だという事ですよ」伊吹は云った。

「事変でこんなに何もかも不自由になっているのに、未《ま》だそれだけの大勝負が出来るものなんですかね？」耕二は云った。

「だからそれが問題ですよ」叔父さんは云った。「然し軍需物資の集積はこのところ、えらいもんですぜ。海軍は極秘で世界一いうどえらい船造ってますしナ。こんな事うっかり云うたらこれやけど（手を後へ廻して見せ）、それに、今に必ず赤の一斉検挙があるナ」

牡蠣の時期には少し早かった。席には鯛《たい》の刺身や茶碗蒸《ちゃわんむし》が並んでいた。智恵子は黙って、時々盃《さかずき》を舐《な》めていた。

九時近くなって皆は牡蠣船を出た。

叔父さんは直ぐ別れて住吉の方へ帰って行った。智恵子と父親もホテルの方へ別れた。耕二は西の宮の下宿へ帰る伊吹と二人並んで、大阪駅の方へ歩いて行った。空が曇って、町は暗く寒かった。

「軍医学校へ入っても、当分外出も面会も禁止だそうだよ」伊吹は云った。

耕二は頷いた。二人は黙り勝ちに歩いた。

阪神電車の入口まで来ると、伊吹は、

「じゃあ……失敬」そう云って、何気なく別れて行きそうにした。

「伊吹さん！」耕二は二三歩小走りになって、伊吹を呼び止めた。

「…………」伊吹は歩きながら振返ったが、

「いいよいいよ。まあ、それはあとくされだけ無いようにしてくれよ」そう云うと、薄い雑誌を振って、定期を出しながら、改札口の方へ足早に去って行った。

十

三日して耕二は東京へ帰って来た。

彼は京都で智恵子に逢って、彼女の申出を断った。

彼はその前の晩、京都の宿で、考え迷っていたが、彼の耳の底には「よせ、よせ、よせ」という声が太鼓の音のように鳴り続けた。「青春は未だ長く、美しい人が沢山いて、楽しい事が一杯ある。よせ、よせ、よせ、よせ」太鼓は、いわばそういう風に鳴っていた。

智恵子は、一寸眼をつぶったが、

「わかりました。ありがとう。それじゃ、わたし広島へ帰ります」と云った。耕二は急に彼女を引き寄せて、その唇に無理矢理に接吻《せっぷん》した。花の匂《にお》いのような甘い感覚が身体一杯に拡《ひろ》がった。

そして東京へ帰って来て、耕二は未練に苦しんだ。大変なしくじりをしたような気がしていた。自分の身の内に、矛盾した曖昧《あいまい》な物質が一杯つまっているような気がした。いやで仕方がなかった。

智恵子から、もう一度だけ逢って欲しい、東京へ行くから、という速達が来た。耕二は伊吹が、「あとくされだけ無いようにしてくれ」と云った言葉を憶《おも》い出して、やっと断りの手紙を出した。

冬が来た。

耕二は大学の友達の谷井や栗村とよく酒を飲んで歩いた。或る晩も、酔って日比谷のお濠端《ほりばた》をふらふら歩いていると、二人連れの若い陸軍の士官と肩がぶつかった。「こら、学生」士官の一人が耕二の肩を摑《つか》まえた。士官達も酔っていた。「俺たちはな、みんな、天皇陛下の御為に命を捧《ささ》げるんだぞ。学生も軍人もないんだぞ。いいか？」

「…………」

「こら、返事が出来んのか?」軍刀が長靴にもつれてガチャガチャ鳴った。

「天皇陛下の御為に――」

「よし。命を捧げよう。負けるもんか」耕二は云った。

「よろしい、握手だ」

士官は大きな堅い掌で、いやという程彼の手を握った。そして二人で鼻唄《はなうた》で軍歌を唱《うた》いながら、どこかへ行って了《しま》った。

ハワイの奇襲攻撃で、戦争が始ったのは、それから八日後であった。

アメリカの太平洋艦隊も英国の東洋艦隊の主力も数日で壊滅した。日本本土攻撃に備えられていたフィリッピンの米空軍は立ち上る前に完全に叩《たた》かれた。素晴らしい捷報《しょうほう》が続いた。日本中が興奮と感動で湧《わ》き立っているように見えた。

耕二の気持も、開戦を境にして大変にはっきりして来た。彼はこの戦にならば、本当に命が投げ出せそうな気がしだした。それが自分達若者の光栄ある義務だという風に彼は思った。

口髭《くちひげ》を蓄えた大男の水兵が、帽子を一寸《ちょっと》斜めに被《かぶ》って、誇らしげに大手を振って銀座を歩いていた。今まで、黙って、訓練だけに励んで来た日本の海軍が、偉大な存在に思われ出した。

耕二たちの仲間は始終誰彼の家に集って、戦争の話に花を咲かせた。

年が明け、シンガポールが陥落し、春の休みになって耕二が広島へ帰っている時、彼は新聞で「プリンス・オヴ・ウェールズ」の生残りの英国水兵の話を読んだ。それは英国東洋艦隊司令長官のサー・トーマス・フィリップス提督が、「プリンス・オヴ・ウェールズ」の攻撃されている間終始艦橋にいて、愈〻《いよいよ》沈没に瀕《ひん》すると、「乗艦せられたし」という信号を発しながら近寄って来る駆逐艦に対し、「ノー・サンキュー」と答えて、艦長と共に挙手の礼をしつつ、艦と運命を共にしたという話であった。彼はこれに、清々《すがすが》しく天晴《あっぱ》れな気持を覚えた。

彼は戦争で興奮した気分を矢代《やしろ》先生の所へも持ち込んだ。然し先生は、「あんまり、一生懸命になって、その方に気を取られて、卒業論文もなげやりになるようでは、困るんじゃないかな」などと云い、彼に勉強する事をすすめた。吉田松陰《よしだしょういん》が獄中で同獄の囚人達に論語の講義をして聞かせるので、囚人達は、我々は明日処刑される身の上故《ゆえ》そんな話は止《や》めてくれというのだが、松陰は、お前達は明日処刑される身でありながら飯を食っているではないか、人倫の道は飯より大事であると云って、講義を続けたという話を、先生は彼にして聞かせたりした。

然し何しろ耕二は戦争の事で頭が一杯になっていた。彼や彼等の仲間の卒業は繰上げられて、もうすぐ、この夏の休みが済むと、そのまま学生から兵隊に早変りさせられる事に決っていた。

徴兵検査の結果は甲種合格で、それに予備学生という制度が出来て、文科からも海軍の士官候補生になる道が開け、彼の心はじめじめした中途半端《はんぱ》な学生生活から、ともすれば、強烈な日光、潮の輝き、厳格な戒律、一途《いちず》な献身《み》に充ち充ちているように想像される海軍の生活へと飛躍した。

伊吹《いぶき》は既に軍医学校での二カ月の訓練を終って中尉《ちゅうい》に任官し、航空母艦乗組になって外地へ出て行ったらしかったが、正確な消息は耕二には分らなかった。

春から夏へ、戦局の動きと一緒にあわただしい日が経《た》って行った。

十一

その年の夏のおわりの二週間を、小畑耕二は兄のいる満洲《まんしゅう》の安東《あんとう》で暮した。それは、彼の学生としての最後の休暇であった。彼は軍隊に入る前というので、兄夫婦にも、同行の父親にも、その他周囲のすべての人々にちやほやされて、その二週間を遊び暮した。

彼が年寄った父親と一緒にその地を発《た》つ時には、滞在中識《し》りあいになった夫人達や子供達が多勢見送りに来た。国境の駅のプラットフォームには、新京《しんきょう》を出て既に長途の旅で汚れた釜山《ふざん》行の急行列車が税関検査の為《ため》に長い間停車していた。車室の窓口は見送りの人達で賑《にぎ》わっていた。耕二の父は座席に坐《すわ》って煙草《たばこ》を喫《の》んでいた。耕二は荷物をボーイに頼んだり、見送りの人に挨拶《あいさつ》をしたり、兄夫婦と言葉を交したり、忙しく動き廻っていた。

税関の役人や列車の車掌がフォームを行ったり来たりしている。満人の売子が窓から窓へ呼んで歩いている。皆に「おちゅうさん」と愛称されている、或《あ》る商事会社の支店長の背の高い娘が、

「はい、お土産」そう云《い》って耕二に紙包みを差し出して、胸を張って、

「ほんとに耕二さんとわたしと、どっちが高いかしら」そんな事を親しげに云った。

「いくらおちゅうさんがのっぽでも、そりゃあ僕の方が高い」耕二もそう云って一寸並んでみせた。見送りの人達は愛想よく笑い立てた。

「そうねえ」おちゅうさんは直《す》ぐ頷き、「海軍の服がきっとよくお似合いになるわ」と云った。

植民地風で、「時局」にも拘《かかわ》らず、夫人達の身なりは総じて派手で華やかで、内地から来た人の歓迎会や、旅立つ人の見送りが、この小さな町の小さな特権階級の社交場であった。耕二は、おちゅうさんとは、ゴルフ場で紹介されて、二三度往《ゆ》き来をした間柄であった。

ベルが鳴り出した。

フォームは一しきり又賑《にぎ》やかになった。

「じゃあ、握手」おちゅうさんは自分から耕二に手を出した。耕二の兄夫婦は笑っていた。列車が動き始めると皆は手巾《ハンカチ》を振った。それが段々遠くなった。

列車はすぐ駅を出離れ、鴨緑江《おうりょっこう》の鉄橋を渡り南へ向って走り出した。

軍人や、大陸浪人のような男や、水商売らしい女や、車室は満員で、大きな荷物が通路にまで積み上げられて、煙草の煙と食い物の滓《かす》で汚れていた。耕二は時々、別の車室にいる父親の所へ行った。そして兄嫁が作ってくれたサラダのサンドウィッチを食べたり、ウイスキーを飲んだりした。

「お前も今度は最後に、好き放題な事をして遊べて、満足だったろう。もう思い残す事もないかな」父親は云った。

「そうね。……卒業式にはお父さん、東京へ来ますか？」

「行こう。お母さんも連れて、一緒に行こう」父親は云った。

急行列車は平壌《へいじょう》を過ぎ、京城《けいじょう》を過ぎ、大田《たいでん》を過ぎて一晩中走り続けた。

釜山の町は晴れていたが、前の日に颱風《たいふう》が九州から山口県を抜けて、前夜の連絡船が欠航した為、桟橋はひどい雑沓《ざっとう》であった。耕二は老人づれで、素早くやれなかったので行列のずいぶん後の方へ取りついた。乗船の行列は動いては止り、又少し動いては止り、船三杯分の客を段々一隻《せき》の連絡船の中へ送り込んで行ったが、彼等の十人程前まで来て、到頭憲兵の守っている仕切柵《しきりさく》が閉じられて了った。

憲兵や巡査や、すぐそれと分る私服の刑事が、到《いた》る所で眼を光らせていた。朝鮮人や髪の長い学生が、時々列の外へ呼び出されて、トランクを開けさせられたり、果物の籠《かご》を突っつかれたりしていた。

耕二達は仕方なく旅館で夕方まで休んで、漸《ようや》くその晩の興安丸《こうあんまる》に乗船した。

船が岸壁を離れ、防諜《ぼうちょう》上デッキに出てはいけない定めの時間が過ぎるのを待って、耕二は荷物の間に折り重なって寝ている人たちの間を抜け、甲板へ涼みに上った。父親は疲れて船室でよく寝入っていた。

ボートデッキまで来ると、灯りはすべて消されていて、人気がなく静かであった。嵐《あらし》の過ぎた後の美しい星空で、夜目にしるく、煙突からもくもくと太い黒煙が流れ出て、ぼんやりと白く見えるまっ直ぐな航跡の上へ、低く尾を垂れて落ちて行っていた。頭にも服の肩にも小さな石炭ガラが散って来た。遠く後方に釜山の町の乏しげな灯火がまばたいていた。

高くマストの上で一つの灯りが、船のゆれるのにつれて、ゆるやかにゆれている。耕二は一年程後、こうやって夜の甲板に立って、緊迫した任務に就いている筈《はず》の、自分の海軍士官としての姿を想像した。それは一寸気持のいい想像で、明らかに自分が国難を救う道につながっているように思われた。

興安丸は暗がりの中で、鈍い大きなたて揺れを繰返していた。デッキは全く静かで、シーシーと風の切れる音だけが耳について、次第に身体《からだ》が冷えて来た。

颱風の名残で波が高かったが、連絡船は翌朝時間表通り、六時四十分に下関の桟橋に横づけになった。安東ではもう涼かぜが立っていたが、関門海峡は真夏の朝の陽に輝いていた。

薄黒く汚れた大きな軍艦旗をなびかせて白く波を切っている海軍の小艇がいる。水先案内船が走っている。曳船《ひきふね》が鋭く「ヒユウッ、ヒユウッ」と鳴き立てた。明るいだんだら模様に迷彩を施した一万噸《トン》級の汽船が近くにもやっている。耕二は父親と一緒に下船した。長旅の後で、身体がゆらりゆらり揺れているような感じが残っていた。

山陽線は不通になっていた。颱風の被害は福岡、大分、山口、広島の各県にわたって、思いの外にひどかった事がわかった。下関駅のフォームは却《かえ》ってがらんとして、何時《いつ》動くか分らない列車の中では気永に待つ人が、弁当を使ったりしているのがちらほら見えた。それにひきかえて駅前の旅館はどこも皆満員であった。

耕二は沢山な荷物と、疲れた父親とをかかえていらいらした。こうなると彼には残りの日数が急に惜しく、貴重に思われ出した。

彼は人に教えられて内海航路の船着場へ出掛けて行き、其処《そこ》で夕方、中国筋の港々へ寄って宇品《うじな》まで行く船がある事を確め、漸く気をよくして帰って来た。

船は二百噸あまりの小さな汽船で、それにも客がひどくつめかけていたが、ともかく二人はそれで、その日の夕方五時半に漸く下関を離れる事が出来た。

父親は山口の生れで、船の中から見える風物を耕二に説明して聞かせた。潮の中に削られた赤土の肌を見せている二つの小島は、干珠《かんじゅ》、満珠《まんじゅ》という島であった。潮に乗って岸へ帰って行く漁船や、夕暮の色が暗紫色に染め出した山肌や、その麓《ふもと》を三田尻《みたじり》の方から白い煙を出してくねくねと走って来る下り列車が見えた。岸の石垣には柔かな白波が崩れていた。

大竹の海兵団に入団するという少年たちが、上のデッキに集って歌を唱っていた。

彼らはこの船があったおかげで、定められた入団の時刻に遅れないで済むといって喜んでいた。

夏の陽は黄金色の光を豊富に撒《ま》いて夕凪《ゆうなぎ》の潮を染め、汽船の単調でせわしい機関の響の中に段々日が暮れて行った――。

その頃、伊吹の家では智恵子に、半強制的な女子徴用が掛って来て、彼女は毎日陸軍の被服支廠《ひふくししよう》に女工服を着て務めに出るようになっていた。石川は北海道で徴兵検査を受け、強度の近眼をいい事にして先輩の軍医官に頼み込み、網膜剝離《もうまくはくり》という都合のいい病名で差し当っての兵役をのがれる事に成功していた。

耕二は然《しか》しそのどちらの消息も知らず、試験と卒業式の為に、すぐ広島を発って帰京した。

十二

大学ではもうさよなら講義と試験とが前後して始っていた。

耕二の聞いていた「宋代《そうだい》儒学」のH講師はしめくくりの六七行を読んで了うと、学生達の方を向いて、

「以上で約一年有半にわたった私の『宋代の儒学』と題する講義を終ります」と云っ

た。

「在学三年の諸君とはこれでお別れでありまして、諸君はその十六七年の長きに及んだ学生生活を了《お》えて、ここに新しく社会への首途《かどで》をされる訳でありますが、国の情勢は諸君に必ずしも華やかなる前途を許さず、大部分の方は直ちに軍に服して征戦の事に従われるものと思います。私は諸君と訣別《けつべつ》するに当って、言うべき言葉を知らない者でありますが、ここに北宋《ほくそう》正学の先駆、范文正《はんぶんせい》公の岳陽楼記《がくようろうき》の一節を高唱し、以《もっ》て諸君の恐らくは苦難の多い前途に対し、ささやかながら餞《はなむけ》の言葉としたいと思います」

H講師はくるりと後を向くと、黒板に漢文を書きつけ、

「廟堂《びょうどう》ノ高キニ居《お》リテハ則《すなわ》チ其《その》民ヲ憂《うれ》エ、江湖ノ遠キニ処《お》リテハ則チ其君ヲ憂ウ。是《これ》進ムモ亦《また》憂エ退クモ亦憂ウ。而《しか》ラバ則チ何時《いずれのとき》ニシテカ楽シムヤ。其《そ》レ必ズヤ言ワン。天下ノ憂ニ先ンジテ憂エ、天下ノ楽シミニ後《おく》レテ楽シマンカ」と、朗々と声を挙げて二度繰返し、一揖《いちゆう》すると、身を飜《ひるがえ》して教室を出て行った。

朱先生は最後の時間に唐詩《とうし》を二つ黒板に書いて、それを吟唱して聞かせた。それは、

東《とう》皐《こう》薄《はく》暮《ぼ》望《にのぞみ》。　徙倚《しいとして》欲何依《いずくによらんとほっす》。
樹《じゅ》樹《じゅ》皆《みな》秋色《しゅうしょく》。　山《さん》山《さん》唯《ただ》落暉《らっき》。
牧《ぼく》人《じん》駆犢返《とくをかってかえり》。　猟馬帯禽帰《りょうばきんをたいしてかえる》。
相《あい》顧《かえりみるに》無相識《そうしきなく》。　長歌《ちょうかして》懐采薇《さいびをおもう》。

というのと、

城闕《じょうけつ》輔三秦《さんしんにほし》。　風煙《ふうえん》望五津《ごしんをのぞむ》。
与君《きみとともに》離別《りべつの》意《い》。　同是《おなじくこれ》宦游人《かんゆうのひと》。
海内《かいだい》存知己《ちきをそんす》。　天涯《てんがい》若比鄰《ひりんのごとし》。
無為《なすなかれ》在岐路《きろにありて》。　児女共沾巾《じじょとともにきんをうるおすを》。

という詩であった。

先生は自分で書いた詩をすぐ黒板拭《ふ》きで消した。白墨の粉が背広の黒い袖《そで》にかかったのをはたき、朱先生は一歩退いて、「再会々々《ツァイホイ》」と云って、学生達の方へ頭を垂れた。

耕二はあとで唐詩選の註釈書を見ていると、「野望」という題の前の詩の解題に、「秋夕凋残《ちょうざん》の景色を叙《の》べたるが為め、或《あるい》は曰《いわ》く隋《ずい》の亡《ほろ》びんとするを悲しむなり」とあるのに気がついて「おや」と思った。

　耕二の海軍へ入る日取りも決定した。それは、九月三十日佐世保《させぼ》海兵団集合で、その上でどこか外地へ訓練に連れて行かれるらしかった。国文科からは耕二と谷井と、もう一人広川という学生と、三人が予備学生に合格していた。

　卒業式には耕二の父母が広島から紋つきを持って上京して来た。式場の安田講堂の周りには二千人の卒業生と、晴れ着を着たその父兄達が群がっていた。耕二の両親は、栗村の母親や谷井の父母に紹介されて懇《ねんご》ろな挨拶をしていた。

「おい、生きて帰ろうぜ」栗村は谷井と耕二とを三四郎の池の方へ引張り出し、頰を染めながら云った。栗村は仙台の東部二十二部隊へ入る事になっていた。「どんな時にも気を確かに持つんだ。そして必ず生きて帰るんだ」

「なるべくそう願いたいね」耕二は云った。

「なるべくじゃあない。生きて帰る。意志の問題だよ」

「そんな訳には行くもんか。僕は勇敢に戦う。今日は元気で別れようよ」耕二は云った。

「ふうん」と谷井は鼻を鳴らした。「よくグラウンドで教練を終っちゃあ、ユーエスへ行ってビールを飲んだっけなあ」

「どんな時でも感傷的になるな」栗村は云った。「決死隊一歩前へ、と云われたら、気を確かにして、一歩後へをやるつもりになるんだ。みんなそうしなきゃ駄目なんだぜ」

「さあ、行こうよ。皆入ってる」耕二は学生達が、ぞろぞろ入り始めた講堂の入口の方を指して云った。壇上には特別の来賓として総理大臣が列席していた。勲章をたくさん飾った軍服姿の総理大臣は、二千人の繰上げ卒業生を前にして、はなむけの言葉を述べた。「人間の長い一生において半年くらいの学業の短縮は、少しも差し障《さわ》りのない事でありまして、わたくしは此所《ここ》に、一つの、大きなる」そういって首相は暫《しばら》く絶句した。やがて「——と、申しますか、一つの、実例を持っております」とつづいて、それが総理大臣自身の事である事がわかった時、卒業生の間には低い失笑の波が起った。しかしそれはすぐ又消えた。彼自身の士官学校卒業が、丁度日露戦争の時にあたっていて、やはり時期を繰上げて卒業させられた経歴を持っているのであるが、にも拘《かかわ》らず自分は今諸君の前に、一国の総理大臣として立っている、これが首相の話の眼目であった。

式が済むと地下室の食堂で、文学部学友会主催の送別会があった。モーニングを着た教授達も、坊主頭《ぼうずあたま》の学生達も立ったままで寿司《すし》をつまんでビールを飲んだ。

耕二たちの仲間はビールのジョッキをぐいぐいあおって、すぐ外へ出た。

「どうしよう？　もう一度どこかで飯でも食うか」谷井が云《い》った。

「もう、別れようか」栗村は云った。

「そうだな。それじゃあ、失敬しよう」皆はそれで気軽に手を挙げて別れた。未《ま》だ何となく、明日は又集ってビールを飲む相談でもするような感じがしていたのである。

その晩八時二十分の下関行で耕二は父母と共に東京を発《た》った。彼は、もう一度東京へ帰って来るのは何時《いつ》だろうかと思った。然し気持は活《い》き活きとしていた。するといつか近衛《このえ》内閣の総辞職を知った同じ電光ニュースが、左へ左へと、「帝国海軍潜水艦ハ大西洋ニ進出シ」という字を書いては消して廻っているのが見えた。

十三

「あのう、御留守中に伊吹《いぶき》さんのお嬢さんが見えられました」

彼等が広島の家へ帰りつくと、すぐ女中がそう報告しに来た。耕二はさっと頬が赤くなるのを感じた。

「あのう、耕二さんの御入隊の日取はお決りでしょうか、云うて……」

「それで何て云った？」

「わたし、よう存じません、云いました。二十六日か七日に東京から帰られる筈ですから、云いましたら、それでは云うて、帰られました」

彼はそれから残して行く本を整理したり、手紙や日記の始末をしたりしながら、絶えず智恵子の事を考えていた。

「もうこれで、落ちてる人、無いやろうな？」母親が耕二の所へ、人の名を書き並べた紙片を持って来た。翌日家で別れに食事をして貰《もら》う客達の名であった。彼は一寸目《ちょっと》を通して、

「うう」と曖昧《あいまい》な口調で、「石川さんも伊吹さんも今度はいないけど……伊吹の妹たちはどうかしら。何だったら招《よ》んだらどうかとも思うけど」そう云った。

「さあ」母親は首をかしげた。「それはどうやろな。よしといた方がええ事ないやろうか」

「そうかな。やっぱり、そうだな。よしましょう」耕二はあっさり云った。

その翌日の夕方から身内の者や、古い知人や、彼の小学校友達などが十幾人彼の家へ集って来た。矢代《やしろ》先生も和服に袴《はかま》でやって来た。

席があらかた定まると、耕二の父親は末座にあらたまって、

「せがれの耕二、この度お召がありまして、海軍軍人として明後日佐世保に向けて出発致す事になりました。本夕はそのお別れの意味でお招き致しましたところ、耕二の恩師であられる矢代先生を始め、長々お世話に相成りました皆様方、御多用中に拘らず、ようこそおいで下さいました。時節柄、何もお口に合うようなものがござりませんが、どうか一つごゆるりなさって下さりませ」と云った。彼の父親は、あらたまると山口の国言葉が少し出た。父親の後から耕二は丁寧に御辞儀をした。

盃《さかずき》のやりとりが始った。兄嫁の弟にあたる水木の小父《おじ》さんという人が、耕二に盃をさしつけて、

「やれ、どうでも耕ちゃんが出て行かにゃあ、アメリカをやっつける事が出来んかいのう。然し思うてみりゃ、勿体《もったい》ないのう」そんな事を云った。水木の小父さんがおどけた歌を唱《うた》うと、身内の女達は身体《からだ》を寄せ合ってクツクツ笑った。

小学校友達が、少しわざとらしい調子で耕二の思い出話を始めた。

その宴席は、たのしくない事はなかった。しかし、耕二は時間が経《た》つにつれて、少しずつ落ちつかなくなって来た。彼はあと四十時間あまりしかない自由な時間を、いつまでも御義理で此処《ここ》に坐《すわ》っている必要はないような気がして来た。

彼は便所へ立った帰りに廊下で母親にぶつかると、

「僕は今から、あさっての特急券を取りに出かけますからね」と云った。

母親はびっくりしたように、

「そんな……、あんた、特急券は明日でも取れるでしょう？　誰か取りにやらしたかてええし」と云った。

「いや、大事をとっといた方がいいから。とにかく僕は一寸席を外しますよ」

「何や、急に……。そんな……、他の方はとにかくとして、矢代先生にかて失礼やないか」

「先生には僕から云う」彼はそう云って、序手《ついで》に客達皆に詫《わび》を云い、丁度古い出入の魚屋の主人が謡《うた》い出した、

「あらものものしや手並は知りぬ思ひぞ出《い》づる壇の浦の」という謡の声を後にして家を出てしまった。彼は小走りに伊吹の家を指して走った。

耕二が不意に、夜晩《おそ》くなって訪ねて来たので、伊吹の家の人達はびっくりした。彼は今から駅へ「ふじ」の特急券を買いに行くのだが、智恵子につき合って欲しいと云った。

「大分召し上ってるらしいですね」伊吹の母親は笑いながら、少し不安そうに云った。

「智恵ちゃん、どうする?」

「わたしは行きます」智恵子は怒ったような口調で返事をして、すぐ奥へ引込んだ。

「姉さんが行くなら、郁《いく》ちゃん、あんたもお伴《とも》したら」母親は云った。

「うん」妹の郁子は生返事をした。

「小畑さんも愈〻《いよいよ》海軍さんね。幸雄ともどこかで御一緒になるかも知れませんわね」

母親はそんな事を云った。

郁子は母親の隙《すき》を見て、耕二の耳許《みみもと》へ口をつけた。

「わたし、やめたげるわ。邪魔でしょう」

「馬鹿《ばか》」耕二は真っ赤になった。

智恵子は支度を済ませ、縁の石から靴を穿《は》いて、玄関へ廻って来た。

二人は後から呼びとめられるのを避けるように、急いで門を出た。

町は眠っていた。木犀《もくせい》の匂《にお》いがしていた。二人は黙って、急いで歩いた。何の為《ため》に急ぐのか分らず、耕二はせかせかしていた。智恵子は時々走ってついて来た。

「この頃、女工さんの服を着て、務めに出てるのよ」智恵子は思い出したように云った。

「徴用?」

「つらいの?」

智恵子は頭を振った。耕二は彼女の小さい身体を抱き上げて、抱いたまま歩いた。

「来て下さると思ったわ」智恵子は顔を埋めて云った。

耕二の足が木の根につまずいて、二人は一緒に草の上へ倒れた。其処《そこ》は鉄道の土手であった。

下りの貨物列車が重たげな音を立てて頭の上へ近づいて来た。火夫が石炭をくべる度に、真っ赤な火が辺りの闇《やみ》に射《さ》し、蒸気を赤く染め、智恵子の姿を照らし出した。貨物列車は規則正しく、バッと赤い火を輝かせながら、鈍く重く二人の頭の上をのろのろと過ぎて行った。二人はしばらくうっとりとして抱き合っていた。然《しか》し十分か十五分かすると、不意に、こうしてはいられない事に気づいたように、立ち上って又道を急ぎ始めた。

「そう」

規則ずくめの、急調子の、何もかも新しい事ばかりの耕二たちの海軍の日課は、それから三日後に、佐世保を出港した船の上で始った。

智恵子が「どんな事をしても、わたしは小畑さんが帰って来るのを待っていよう」

と考えながら、被服の納品の計算をしている時、五百人の予備学生を乗せた灰色の「あるぜんちな丸」は、沖縄《おきなわ》本島を右舷《うげん》に見て、大きなうねりに揺られながら十六ノットの速力で、之字《のじ》運動のジグザグコースをとって南を指して走っていた。

第二章

一

東京の桜田門《さくらだもん》から虎《とら》の門《もん》へ通じる電車通りの南側には、その頃、明治の匂《にお》いのする古風な赤煉瓦《あかれんが》の建物が二つ建っていた。それは、西側の一つが司法省で、東側の一つが海軍省であった。海軍省の東の地内には東京通信隊の大アンテナの櫓《やぐら》がそびえていたが、其処《そこ》から道一つ隔てて、未完成の大蔵省の鼠色《ねずみいろ》のビルディングと向い合った位置に、戦争中のある時期から、「海軍省第五分室」と標札を掲げた、貧弱なバラックが場所を占めるようになっていた。通行人で眼を留める者は殆《ほとん》どなかった。もし偶《たま》々《たま》その標札に眼を注いだ人があっても、「海軍も戦争で大世帯になって、こんな所でも事務を取っている」とでもしか思わなかったろう。此処《ここ》では妙な仕事が行われていた。

埼玉県大和田《おおわだ》にある通信隊との間が、直通電話と日に三回の定期便とで結ばれていて、毎日数千通に達する傍受電報が、つまり盗み聞きした敵の無線電報が、此処へ集って来る。敵の暗号の解読と、通信状況に依《よ》る敵状判断とが、此処の、乃《すなわ》ち軍令部特務班の任務であった。

一年後、小畑耕二は此処に勤務するようになっていた。彼は佐世保《させぼ》から南台湾の訓練地へ連れて行かれて、半年間「叩《たた》き上げられた」上で、専門の術科を選ばされた時、「通信」を希望した。彼は折角海軍に入って、陸戦隊になるのはいやであった。防備隊に廻されて機雷の番と釣とをしているのも気が進まなかった。一番自分に向いていそうな仕事で、その上戦艦か航空母艦の乗組になれそうだというので、彼は通信を選んだわけであった。似たような考えの者が五十人、希望をかなえられて、但《ただ》し艦隊には廻されずに、横須賀《よこすか》の海軍通信学校で更に半年間、特殊な技術の訓練を受けたのち、東京で勤め人の生活をする事になった。耕二も少尉《しょうい》の軍服を着て、下宿から毎日此処へ通っていた。

百台にあまるタイプライターで、女子理事生が、一日中、概《おおむ》ね無意味な数字やローマ字の行列を、機関銃のような音をさせて叩き続けている。特務班の中は、総務と五つの課とに分れていた。Aと呼ばれる第一課が対米諜報《ちょうほう》、Bの第二課が対英、Dの第三課がドイツ、イタリー、フランス、スイス、タイ等の雑国、Cの第四課が対中華民国、Sの第五課が対ソヴィエト課報を担当していた。

列国の作戦や外交に使う暗号の技術は、第一次大戦から第二次大戦に至る二十年程の間に、秘密裡《ひみつり》に、目ざましい進歩をした。列国は互いに他国の暗号を読もうとしていた。解読が困難だと、相手の大使館に忍び込んで金庫の鍵《かぎ》を開ける工夫をした。それは裏面での泥試合であった。暗号を一つ解く事は、場合によって、一箇《こ》師団、一艦隊を保つより有利であった。米国には伝統を誇るブラック・チェイムバアがあり、英国には四十号室という機密室がある。特務班は云《い》わば日本海軍の機密室であった。

アメリカの暗号が一番進んでいた。それは携帯将棋盤のようなジュラルミンの盤に、一本々々出鱈目《でたらめ》な配列でアルファベットを記入した二十六本のストリップを挿入して、その操作で暗号文を組出して行くものであったが、殆ど全く解読不能の状態であった。米国の次には英国の暗号がよかった。それにドイツ、日本、ソヴィエト等の暗号が続いていた。

重慶《じゅうけい》政権の使用暗号は、どの種類のも、列強に比べて四五年も時代遅れしたもので、いつもボロを出し、沢山解読されていた。耕二は対華班の第四課に席を置いていたが、彼は大学の時気まぐれでやった支那語《しな》が、自分をこんな所へ導いて来る運命を含んでいたのかと思うと、不思議な気持がした。

彼は然《しか》し、此処で気の置けない仲間が幾人も出来ていた。国文科から入った谷井と広川が揃《そろ》って特務班へ来たのを始め、外務省に籍があって敗戦論者の久木、大学で人類学をやって来た和田、自分で「プリント学士」と云っている食い辛棒で怠け者の塘《つつみ》など、仕事を離れると同期生の空気は大学生活の延長のようであった。耕二は散々あいそを尽かしていた大学の気分が、今ではなつかしく思われていたから、この仲間達との附合いは愉快であった。

彼らは皆、通信学校で妙な技術を身につけさせられた。英文の文字を一つ一つ違う文字に換えたり、文字の配列を転置したりした程度の暗号は一二時間で解いて了《しま》う技術であった。それは一寸《ちょっと》こつを覚えると案外易《やさ》しい仕事だったが、現在各国が使っている暗号は無論そんな生易しいものではなかった。

そして彼らは、学生気分でいる事はそれ程咎《とが》められなかったが、部外に対しては完《かん》璧《ぺき》に機密を守る事を要求されていた。

二

耕二が受持っているのは、「青密《せいみつ》」という重慶の武官暗号で、重慶軍令部と、ワシントン、ロンドン、モスコー、テヘラン、ニューデリー、シドニー等各地の在外武官との間の通信に用いられているものであったが、前の人が既に、情報の提出に大略差支えのないだけに解読して置いてくれたので、耕二は目ぼしい電報を拾って情報を書く傍ら、未解読の符字を――つまり「ehkpt」という五文字で「敵」という意味だと解《わか》っていても、次の「ehkpu」という符字は未《ま》だ何か分っていないという場合、その未解読の欄を埋める努力をしていればよかった。

或《あ》る日彼が発信者「Navisino, Washington」(ワシントン駐在中華民国海軍武官)、着信者「Generalheadquarters, Chungking」(重慶軍令部)とした三十語程の暗号電報を、字入れをし、転置の鍵を探して組立てていると、こういう内容が出て来た。

「××日附貴電拝承。命ヲ奉ジ直チニ米海軍部ト折衝セルモ米側ノ称スルトコロニヨレバ我国ノ暗号ハ脆弱《ぜいじゃく》ニシテ敵ニ解読セラレアル疑イ濃厚ニツキ遺憾ナガラ現在以上ノ情報ハコレヲ提供スル能《あた》ワズトノ事ナリ」

彼はこの「××日附貴電」と称するものも、一週間ばかり前に綺麗《きれい》な傍受があって、解いて読んでいた。それは重慶の軍令部（大本営にあたるもの）から、ワシントンの武官あてに、太平洋方面の作戦関係の情報をもう少し流して貰《もら》うように努力せよという訓令であった。大体特務班の第四課の仕事のねらいが、困難な米英暗号より、重慶政権の暗号を解いて、側面から聯合国《れんごうこく》の機密事項を探ろうという点にあったのであるが、なるほどこれでは大した情報が出ない筈《はず》だと耕二は思った。

彼は然し、一寸愉快になった。彼は机の抽出《ひきだし》から情報用紙を一枚抜取って、それに今の電報の飜訳《ほんやく》文を清書し、四課長の岩本大尉のデスクへ出しに行った。席へ帰って来ると、庶務課の下士官が入って来て、

「小畑少尉、面会」と、横柄《おうへい》な調子で云って、紙片を渡した。見ると、

「医大尉　伊吹《いぶき》幸雄」と鉛筆でなぐり書がしてあった。耕二ははっとした。そして課長に断り、急いで部屋を出て行った。

玄関口に、丸二年ぶりに逢《あ》う伊吹が大尉の軍服を着て立っていた。伊吹は南へ行っていたらしく見事に黒い顔をしていた。

「上ってもいいか？」

「一寸待って。……然し、どうして？　伊吹さん……、急に？」耕二は云いながら、玄関脇《わき》の応接室の扉をノックした。特務班では、関係者以外、海軍部内の者でも応接

間の他は立入禁止になっていた。

　中から、

「ハアイ」と暢気《のんき》そうな女の声が返事をし、背の高い理事生が顔を出した。耕二を認めると理事生は、

「此処お使いになるの？　じゃあ直《す》ぐ空けますわ」そう云って顔を引込め、もう一人の女子理事生と一緒に、沢山の書類束を抱えて出て来た。何か整理の仕事でもしていたらしかった。

「ごめんなさい」背の高いタイピストは云った。

「や」耕二はぶっきら棒に答えた。この、最近特務班に入って来た女の人を、彼はどこかで見たような人だと思っていた。然し名前も未だ知らず、思い出す事も出来なかった。

　伊吹と耕二とは空いた応接間へ入った。

「びっくりした。どうしたんですか、突然。私のいる所がよく判《わか》りましたね」彼はもう一度云った。

「君が軍令部附になった事は公報で見ていたからね。さっき人事局で調べて貰ったら直ぐ判った」

「私も伊吹さんが瑞鶴《ずいかく》に乗っている事は公報で知っていたんです。瑞鶴が入ったの？」

「いや」

「艦《ふね》、変って？……」

「うん。違うんだ。——一航戦が全滅したからね」伊吹は云った。

「ああ」耕二も先日ブーゲンビル沖の航空戦で、第一航空戦隊がひどい打撃を受けた事は凡《およ》そ承知していた。然し何だか未だ伊吹の帰って来た事情がよく分らなかった。

「あとでゆっくり話すよ。君、今日夕方から暇か？」

「ええ、私の下宿へ来ないかな。泊れるから」耕二は云った。

「いや、今から又一寸本省へ行って、今夜は横須賀へ帰るんだ。君、今夜横須賀までつきあえないか？」伊吹はそう云った。

「いいでしょう」二人はそれで五時の退庁時に分室の前でもう一度逢う約束をした。

耕二は伊吹を送り出して部屋へ帰って来ると、岩本大尉に呼ばれた。

「さっきの電報だがな」課長は云った。「俺は二三日うちに佐世保へ暫《しばら》く出張になるから、留守中、この又返事が出たらよく注意してくれ」

耕二はそれから始末し残した傍受電報を片づけながら、伊吹の事や、あらためて智恵子の事を思った。昨年入隊を前にして、智恵子とあのような逢い方をした事は、恐らく智恵子に曖昧《あいまい》な気持を残させたに違いないと思うと、彼は今更に伊吹に対して一種の引け目を感じた。

彼は五時になるのを待って、書類を金庫に収め短剣を着け帽子を持って特務班の外へ出た。伊吹の姿は未だ見えなかった。風が少し寒いので、もう一度門の中へ引込むと、広川や久木や谷井や塘や、米英班にいる仲間の士官達、それから女のタイピスト達が、皆がやがや云いながら二階から帰り支度をして下りて来ている所であった。耕二は又先刻の背の高い理事生を見かけた。そのタイピストは靴を穿きながら彼の方を見ていた。そして出て来ると、外套《がいとう》のボタンを合せ、髪の毛をかき上げながら、不意に、

「小畑少尉、わたくしお忘れになったの？」と云った。耕二は一寸赤くなった。

「あ。どうも、君、誰でしたか？」

「わたくし、川井」

「あ」彼はやっとそれで思い出した。「安東《あんとう》の。そうか。どうも見たような人だと思ってたんですがね。おちゅうさん。そうだ。東京へ来てたんですか」

「そうよ。耕ちゃん——すっかり忘れてらっしゃるらしいんですもの、ものが言えな

かったわ。ねえ」おちゅうさんはそう云って、連れの青いスェーターを着た理事生に頷《うなず》くようにして、くるりと身を飜《ひるがえ》して通りへ駈《か》け出して行った。

「何だ、貴様は耕ちゃんか？　彼女はやけにのっぽだが、あの一緒に行った青いスェーターが、和田の専属で仕事をしている、有名なるナイスだ。貴様然し変な人を知ってるな」久木がからかうように云った。

「そうなんだ、この間から見たような人だと思ってたんだがね。あの川井の親父《おやじ》さんというのがT商事の安東の支店長でね、うちの兄貴と……」耕二は少し照れながら説明した。

「今から皆で水交社へ飲みに行くんだ。行かないか？」谷井が云った。

伊吹が本省の方から並木の歩道を、昔のように矢張り少し猫背で急いで歩いて来るのが見えた。耕二は仲間達と別れた。

「君、腹はどうだい？」伊吹は訊《き》いた。

「減ってるね。然し横須賀まで我慢してもいいけど」

「いや、それが、悪いけど途中で鎌倉へ一寸一緒に下りて貰いたいんだ。どこかこの辺で飯を食って行こうよ」

「それじゃあ、水交社か将校集会所だな。水交社は今、連中が大勢出かけて行ったから煩《うる》さそうだな」

二人はそれで、もう葉を落しているプラタナスの並木坂を、議事堂の方へ上って行った。集会所の前には、南方での占領品らしい新しい、番号の若い陸軍の車が二台駐車していた。

「こんな空《す》いたいい所があるのか。道後山《どうござん》の山の家を思い出すね」伊吹は席に着くと、あたりを眺めながら、以前よく行った山のスキー場の事を云った。「内地はいいなあ。今朝横須賀から出て来る時、六郷《ろくごう》から蒲田《かまた》、大森辺の景色を見ていて、胴震いが出そうに嬉《うれ》しかったよ」

「私も台湾から帰って来た時、そうだった」

耕二はこの春、仮設巡洋艦の愛国丸で高雄《たかお》から呉《くれ》へ帰って来た時、関門海峡を通過して間もなく、航空母艦の瑞鶴と行き逢い、双方の艦長の間に挨拶《あいさつ》の信号が交された時、あの艦には伊吹が乗っている筈だと思い、甲板にいる水兵の姿など見えながらそのまま行き違った話をした。

「艦隊勤務はどうですか？」

「とてもとても」伊吹は首を振った。「南東方面では何もかも、もう明らかに押され気味だからね」

ガダルカナルの撤退を境にして、ソロモン群島では米軍の執拗《しつよう》な反撃北上作戦が始り、十一月初めに敵はブーゲンビル島西岸のトロキナ岬に上陸して来た。トラック島の夏島泊地に待機していた第一航空戦隊、瑞鶴、翔鶴《しょうかく》、瑞鳳《ずいほう》の艦載機に対して進出命令が出、艦載爆撃機と戦闘機はラバウルへ、艦載攻撃機はカビエンに向う事になって、医務課もそれに随《したが》って二手に分れ、伊吹は飛行機の後を追って駆逐艦でカビエンに行って、約十日滞在した。その間に三度大きな航空戦があり、第一次と第二次の戦とはこちらの一方的勝利であったが、昼間荒天を冒しての第三次ブーゲンビル島沖航空戦で、第一航空戦隊は一日で殆《ほとん》ど全滅した。残存部隊にトラック帰還の命令が出、十一月末になって更に内地へ帰還、岩国《いわくに》と鹿屋《かのや》で再編訓練をやるという事が決定した。伊吹はその作戦中ずっと一緒に暮らした勝田という軍医中尉《ちゅうい》と一緒に特設航空母艦の船団で横須賀《よこすか》へ帰る事になったが、二人は副官から、雲鷹《うんよう》と沖鷹《ちゅうよう》と二隻《せき》の空母に一人ずつ分れて乗ってくれと云《い》われた。二人は相談した結果、十銭玉を投げてその裏表で乗る艦を決めた。勝田中尉の投げた十銭玉は裏を向いた。それで勝田中尉は沖鷹に便乗した。十二月三日、明日中には横須賀入港という日の夜半、雲鷹の士官室で眠っていた伊吹は、突然の「総員配置ニツケ」のラッパに叩《たた》き起されたが、その時には巡洋艦と駆逐艦三隻とに護《まも》られていた二隻の特設空母のうち、沖鷹が既に敵潜水艦の魚雷を受けていた。時化《しけ》の暗夜で視界が利《き》かず、間もなく沖鷹は再び魚雷を受け、短時分で艦影を没したらしく、乗組員と便乗者の殆ど全員が戦死した。雲鷹は横須賀へ逃げ帰ったが、勝田中尉の最期《さいご》の消息は全く不明であった。勝田は東大の〇外科に籍のある人で、家は鎌倉にあって、伊吹が鎌倉へ寄ると云ったのはそれであった。

「十銭玉の表が出たら俺が死んでた」伊吹は冷肉に添えたサラダを食いながら云った。

「へえ」耕二は、二日前の戦況説明で、久木や塘《つつみ》が、「東京湾の南で沖鷹がやられた」と云っていた事を憶《おも》い出した。

「それで今度は岩国へ行くんだがね」伊吹は又云った。「石川の奴《やつ》はどうしてるだろう？」

「さあ……。全然便りがないけど」

「網膜剝離《はくり》という、見たって一寸分らない都合のいい病気を作って貰って、丙種になったそうだがね。それからどうしたかしら」

「いくら何でも、もう北大は卒業したでしょう。要領がいいからな。絶対死なない工夫をすると云ってたからね」耕二は云った。

伊吹は手帳を出して、次の横須賀線の電車を調べた。

二人は残ったビールを乾《ほ》し、地下鉄で新橋へ出て、電車を待った。乾いた風が高架のフォームを吹き通していた。短外套を着た中年の佐官が一人、コツコツ靴音を立てながらフォームを行ったり来たりしている。鎌倉あたりの家族連れらしい一組が、やはり寒そうに待っていた。

「然《しか》し、人間の命というものは実に安いものだね」伊吹はぽつんとそう云った。

横須賀行が入って来た。二等車の中は空《す》いていた。

「小畑は一体、この戦争はどうなると思うかね」伊吹は云った。

「分らないな。とにかくこうなった以上、全力を傾けて自分の仕事を守って、日本に有利な道が開けるように願うより仕方がないと思いますよ」耕二は云った。

「小畑の仕事は通信諜報《ちょうほう》か？」

「よく知ってるな。然しその話は電車の中では具合が悪い」

「三艦隊にも特務班の人がいたからね」伊吹は云った。「——少くとも近代戦で、講和の条件というものを考えずに始められる戦争というものはあり得ない、という事を聞いた事があるんだが、どう収拾をつける積りか、中央ではどう考えているんだろう」

「分らないですよ」耕二は云った。「私は軍令部なんて云ったたって、特別な事をやってるんだし、そんな事は分らない。高松の宮さんが、今一部一課に大佐でいられるんだけど、毎日帽子も被《かぶ》らずに、ポケットハンドをして、集会所へ弓をひきに行ってる、宮さんも色々面白くないのかも知れないな」

「考えたって仕方がないんだ、実際」伊吹は云った。「然し艦隊にいると案外暇でね。カビエンでも戦争らしいものは、我々は何も見ないんだ。一度兵曹長の腕の切断手術をしただけだよ。ただ朝ね、士官室の食卓で、椅子《いす》がゴソッと減るんだ、それだけだよ。暇だから余計色々な事を考えるんだがね」

電車は横浜を過ぎ、トンネルを抜けて程《ほど》ヶ谷《や》か戸塚の辺を走っていた。伊吹は勝田中尉の遺族に逢いに行く事で迷っていた。公表がある前に戦死の知らせを個人的にもたらす事はいけない事になっていたが、それは無視するとしても、初対面の勝田の家族に突然どういう風に話していいか、伊吹は閉口らしかった。それでも、やはり抛《ほう》って置いて横須賀へ帰って了《しま》うのも困るらしかった。

二人は鎌倉へ着くと、ともかく電車を下りた。暗い町の中を、材木座の何番地という伊吹のメモを頼りに二人は勝田の家を探して行った。

似たような構えの家々がひっそり静まっている。路地を廻っていると、海の方から波の音が聞えて来た。勝田の家は開業の医院で、少し探しているうちに見つかった。古びた建仁寺《けんにんじ》垣《がき》がめぐらしてあって、門が閉じてあり、門柱に呼鈴が附けてある。

気配を感じたらしく、裏の方で犬が吠《ほ》え出した。すると近所の犬が皆吠え出した。奥の方で勝田中尉の妹でもいるのか、ピアノの音がしている。ピアノは或《あ》る所まで来ると、つかえて又初めから弾き始める。何度もそれを繰返していた。二人は吠えられながら暫くその下手なピアノを聞いていた。

「おい。よそう。帰ろう」急に伊吹《いぶき》が云った。

「うん。第一本当をいうと、そのお伴《とも》は降参だ」耕二は云った。

「そうだ」二人は悪い事をして逃げるように、大急ぎでその家から離れて駅の方へ引返した。

その晩耕二は横須賀の水交社で酒を飲んで伊吹と一緒に泊った。伊吹は智恵子の話や広島の話は、避けてしなかった。

三

晴れた日が続いて、東京の空に朝、よく陸軍機の飛行雲を見る事があった。新聞にはマキン、タラワの玉砕の発表が出た。マキン島では仲間の少尉が一人戦死した事が確かめられた。それは耕二たちの同期の士官の最初の戦死であった。耕二たちは任官して四箇月経《た》ち、仕事にももう充分に馴《な》れて来た。そうして昭和十八年の暮が近づいた。

谷井はB班に廻されて、NC（Naval Code）という英国海軍の乱数暗号の研究を命ぜられ、毎日大きな青いグラフ用紙に無数に書き込んだ数字の行列から、千に一つか二千に一つの反覆を探し出す厄介な仕事で、くさりきって愚痴をこぼしていた。耕二や谷井と親しかった栗村は、仙台の予備士官学校にいて、雪の蔵王《ざおう》が見える練兵場で毎日訓練中で、遠からず見習士官になるという便りが、耕二の所へ来ていた。

C班の課長の岩本大尉は、在華米空軍が追々増強される形勢にある為《ため》、佐世保《させぼ》にある特務班の出店のZ班を強化する為、長期の出張中で、留守中は対ソヴィエト班の江崎中佐が四課（C班）の課長を兼務していた。

耕二は岩本大尉から頼まれている重慶《じゆうけい》への情報提供問題で、ワシントンと重慶の間の武官暗号に注意していたが、或る日青密《せいみつ》の改良暗号である「domic」という暗号で、重慶がワシントンの武官へ、又この問題を申し送っているのを読んだ。「domic」とか「hapfu」とかいう、青密改良の一連の暗号は、青密で一度組立てた暗号文を、「18，3，10，25，9，1，6，……」というような二十五の鍵《かぎ》に依《よ》って縦に書き入れ、それを横に取って電文とする、一寸《ちよつと》手の込んだ、反覆の現れないものであったが、基礎暗号書の青密が解けている為に、一寸した努力で解読出来て、参謀本部の十八班という、同じ仕事をしている陸軍の機関とも、鍵の交換をしたりしていた。

その電報は解いてみると、こういう内容であった。

「軍令部密碼班《みつま》（暗号班）ハ民国三十三年（昭和十九年）一月一日ヨリ武官暗号ヲ改廃シ新暗号ノ使用ヲ開始スル予定ニシテ、既ニ各地ニ通達セル外、暗号書並ビニ附属変碼表ノ発送ヲ了《りよう》セリ。該新暗号ハ米英暗号ノ水準ニ到達セルモノト信ズルヲ以《もつ》テ、今後ハ極力米海軍省ト折衝シ情報ノ提供方ヲ懇請セラレタシ」

耕二はこれを見て、これはこの正月から容易ならぬ仕事が始るな、と思った。附属変碼表というのが、技術的にどういうものか分らず、重慶が米英暗号の水準に達したと自負しているので、大変だという気持と、これが解けたら素晴らしいという気持とが起った。彼はその電報を、兼務課長の江崎中佐に見せに行った。江崎中佐は興味無さそうに、

「其処《そこ》へ置いて行ってくれ」そう云って、そのまま読みかけの本に眼をさらした。海軍部内には中華民国関係の事は軽視する風が一部にあって、中佐もそれらしかった。中佐は大体特務班の仕事自体にあまり興味が無いらしかった。耕二は一寸がっかりした。

江崎中佐は特務班の五課長に着任して未《ま》だ一箇月であったが、「特務班なぞ、冬ご

もりの間の腰掛けだ」と露骨に云うので、五課の熱心な若い士官達の中には怒っている者があった。栄養の好《よ》い、がっしりした赤黒い顔の持主で、太い深い皺《しわ》が顔に線を引いて、その一種苦み走った顔を滅多にほころばせなかった。仕事には頗《すこぶ》る不熱心で、柄にない寒がりで電気ストーヴばかり大事にしていた。

アラスカのノームシチーからベーリング海峡を越えて米国の援ソ物資を積んだ飛行機が入ソすると、最初の基地でアメリカ人とソ連人とパイロットの交替が行われ、それから援ソ物資は飛行機ごと、沢山の中継地を経て西へ運ばれる。これがマズルークという米軍の大佐の設定したマズルーク・ラインで、これがヨーロッパ戦線へ向わず、万一途中から南下してウラジオストックや満ソ国境方面を指向するような事態がおこったら、それはソヴィエトの対日開戦の時機が近づいたのを意味する事になるので、このマズルーク系の電報はS班の仕事の大事な対象になっていたが、江崎中佐はこの関係のものに眼を通すだけで、あとはS班と、兼務のC班との電報や情報が、いつも処理されずに机の上へ抛り出してあった。そして中佐は、庶務の下士官に作らせた木《き》櫓《やぐら》を電気ストーヴの上にかぶせ、上から海軍毛布で覆《おお》ってそれに深々と収り、よく磨いたダンヒルのパイプに、ストックの英国煙草《たばこ》をつめて好い香りを周囲に発散しながら、黙って本ばかり読んでいた。見ているとそれはランケの「強国論」とか、誰とかの「貨幣何々論」とか、しかもそれを読み落してよく悠然と居眠りをした。一番愛読している本には機密書類のように真っ赤な無地のカヴァがかぶせてあって、それは「半七捕物帳」だという話であった。

中佐は外套《がいとう》を着ると短剣を吊《つ》らずに帰って行く。それは海軍の作法には無い事であった。初め五課の少尉が、忘れたのだと思って追いかけて行ったが、煩《うるさ》いから要らんと云って、断られて帰って来た。耕二は然しこの中佐を割に好意を持って眺めていた。

四

耕二は朝早く役所に着いた時とか、当直あけの時とかは、係の下士官が電報を整理して各受持の士官や文官嘱託の所へ配布して来るのを待たず、自身でせっかちに、何か目ぼしい物が無いかと、昨夜からの傍受電報綴《つづ》りを繰り、自分関係の暗号電報を抜き出して眼を通すのが癖であった。それは珍しい情報を出すのが面白いからでもあったが、段々切迫して行く戦争の状況に、そういう努力ででも自分の気持を合せたい気もあった。

或る朝も彼は六七通見つけた青密や「domic」を自分の席へ持って帰り、タイピスト達が未だ出て来ないので、私物のコロナのポータープルを叩《たた》きながら、一通々々ざっと処理し始めた。

最初のは重慶からモスコー宛《あて》の、可成長い青密で、期待して字を入れていると、直《す》ぐ十二月分の俸給の明細である事が分った。途中でチェックして没にした。二通目の「hapfu」はワシントン宛、陳事務官二十九日ニューヨーク着の予定というもの。霜の下りた寒い朝であった。彼が手を息で暖めて、タイプライターと鉛筆とを使っていると、仲間の士官達や、女子理事生達が、「お早うす」「寒いな」「お早うございます」等と云って追々揃《そろ》って来る。江崎中佐も出て来て、衝立《ついたて》の向うの五課の席へ着いてすぐ電気ストーヴにスウィッチを入れるのが見えた。三通目はニューデリーから俸給の問合せ。重慶政府の俸給支払はいつも遅延しているようであった。

四通目に字を入れて初めて耕二は一寸緊張した。それはボンベイ駐在中国海軍武官発信で重慶軍令部に宛てた短い青密であったが、字が次のように全部入った。

「鑒、母、号、艦、買、部次長、航、輝、駆、隻、泊、英、艦、及、一、碇、鈞、空、煌、逐、孟、中」

この暗号は指示符の示すところに従って、全文を幾つかに分割して組み直す仕組みで、それは字さえ充分に入れれば簡単であった。彼は、（1、鑒、母、号、艦、買）、（2、部次長、航、輝、駆、隻、泊）、（3、英、艦、及、一、碇）、（4、鈞、空、煌、

逐、孟、中）と四つに切り、これを「２４１３」の順序で転置し、

2)　部次長航　輝　駆　隻　泊
4)　鈞　空　煌　逐　孟　中
1)　鑒　母　号　艦　買
3)　英　艦　及　一　碇

と書きあらためた。これを左から縦に読めば、「部次長鈞鑒《きんかん》。英航空母艦輝《き》煌《こう》号及駆逐艦一隻《せき》孟買《ボンベイ》碇泊《ていはく》中」という本文が出来上る訳で、耕二は情報用紙に、

「昭和十八年十二月××日
発信者　ボンベイ駐在重慶海軍武官
着信者　重慶軍令部次長
本　文　英航空母艦『グローリヤス』及
　　　　駆逐艦一隻ボンベイ碇泊中」

と書いて直ぐ課長の所へ持って行った。中国関係の電報にこういう直接作戦に係りのありそうな情報が出るのは稀《まれ》な事であった。籠《かご》の中へ情報を入れて一礼したが、江崎中佐は相変らずパイプをくわえて朝の新聞を眺めていて、急には眼を通しそうにもな

かった。

「課長」耕二は呼び掛けた。「只今《ただいま》ボンベイからの電報で、英国の艦隊がボンベイに入っている様子であります」

「…………」中佐は新聞をやめて、耕二の方を一寸見て、書類に眼を落した。

「グローリヤスがおるのか？」中佐は云《い》った。

「はあ」

「間違いは無いかね？　原文はどういうのだ？」

「英航空母艦輝煌号となっております」

「キコウ？」中佐は机のメモ用紙に鉛筆で字を書かせて、「それが支那《しな》語でグローリヤスという事か？」と云った。

「さあ。……はあ」耕二は一寸気持が曖昧《あいまい》になった。「輝煌」という字を見、英国の空母というのですぐ「グローリヤス」の名が浮かんでそう訳して来たが、そう云われれば変な気もした。

「どうなのか、おい」中佐は詰《なじ》るように云った。

「…………」

「グローリヤスはもう大分前に沈んでおる筈《はず》だ。ボンベイに航空母艦の幽霊が出たか？　特務班の士官がこんな不見識な情報を書いて来てどうするか。調べ直して来い」

江崎中佐はそう云って耕二に情報用紙を突っ返した。彼は内心むっとした。もしグローリヤスが沈んでいなかったらどうするのだ、字句に疑問はあるけれど、それに第一シナさんの武官が間違っているとしたらこちらの知った事ではない。自分は怠けてばかりいる癖に相当つけつけ物を云う、等と思い、席に帰ると、八つ当り気味で、助手の下士官に、

「海軍年鑑を持って来い」と命じた。

一九四一年版のジエーンの海軍年鑑で、彼は片っ端から英国の航空母艦をあたり始めた。すると「イラストリヤス」の写真と要目が出ているのが眼に留った。英和辞典を引くと、

「秀《ひい》デタル、著明ナル、赫々《かつかく》タル」等と訳語が出ている。しまった、と彼は思った。なるほど「輝煌」という言葉の訳語には「グローリヤス」よりこの方がぴったりする。彼は一気に情報を書き直し、怒ったような顔をしてもう一度江崎中佐に出しに行った。

「調べて来ました。『イラストリヤス』と間違っていたと思います」

江崎中佐は眼を通して、

「よし」と云い、卓上電話で軍令部三部へ連絡を命じた。三部の返事は、その艦隊に関しては別の情報が入っていたが、それで確認出来てよろしいという事であった。東京通信隊の第一放送が、間もなく、

「ボンベイに英空母一、駆逐艦一入泊中。英国東洋艦隊策動ノ兆《ちょう》アルモノト認ム。ベンガル、スマトラ方面厳戒ヲ要ス」という味方の暗号電報を電波に乗せた。

この事の為に耕二は江崎中佐から名前を憶《おぼ》えられた。

それから数日後、暮の三十日の晩、耕二は当直で江崎中佐と一緒になった。夕食後、本省の構内にある東京通信隊の風呂《ふろ》へつかりに行き、温《あたたま》って帰って来ると、S班の部屋で、五課の当直の藤田少尉《しょうい》が中佐と二人、差向いで電気ストーヴの炬燵《こたつ》に入って話をしていた。

「特務班という所は待遇の悪い所だ。暮の当直というのに食い物も出しおらん」江崎中佐はそんな事を云い、やおら立ち上ると、掛けてあった外套のポケットから平ったい水筒を取出して来て、「どうだ。一日早いが三人で年越をやろう。沢山無いがこれはジョニー・ウォーカーだ。藤田君、庶務の兵隊にグラスと何かつまみ物を持って来させろ」と云った。

藤田が立って行くと、庶務の井沢兵曹が草履をばったばった引きずって、無精たら

しい様子で、盆にウイスキーグラスを一つだけ載せて入って来た。

「三つ持って来なくちゃ駄目じゃないか」江崎中佐は従僕を扱うような調子で云った。

「三つですか？……課長、食い物は何も無いです」

「食い物が無ければ、茶を淹《い》れて来い」

「湯が無くなりました」井沢兵曹は云った。

「無くなったら沸かせ。一々云われないでやれ」中佐は下士官をにらみながら、「それから新橋のH屋へ電話を掛けて、至急何か美味《うま》い物を、三人前たっぷり届けろと云え。軍令部の江崎と云えばわかる」


まずい顔をして井沢兵曹は帰って行った。藤田少尉は、庶務の部屋では下士官連中が例に依って何処《どこ》かからくすねて来た食い物を食べながら猥談《わいだん》をしていた、湯が無くなったというのも嘘《うそ》で、見られていながらああいう事を云う、と云って怒っていた。予備学生出の若い士官達は、とかく古手の下士官から舐《な》められるのが例であった。

三十分程待っていると、さめた天ぷらだの吸物だの、余り美味い物でも無いが時節柄としては一通りの食い物が、欠けた急須《きゅうす》や湯呑《ゆのみ》と一緒に、別の下士官の手で運ばれて来た。それを肴《さかな》にしながら、奨《すす》められるままに耕二と藤田少尉はウイスキーを飲んだ。二階では始終電話のベルが鳴って、A班B班の当直員が、方位測定で測定された敵の艦船を図に記入するのに忙しいらしかったが、C班とS班のある階下は、夜は仕事が無くてがらんとしていた。時々庶務の部屋から下士官たちの笑い声が聞えて来た。

「小畑君はくにには何処か？」江崎中佐が訊《き》いた。

「は。広島であります」

「君は正月の休みはくにへは帰らんのか？」

「はあ」耕二は首を傾けた。「広島では大晦日《おおみそか》の夜こちらを発《た》ったのでは、着くのが元日の午後になりますから、願いを出せないので……」

　正月二日は正規の勤務があるので、大晦日に仕事修めをしてその足で離京し、二日の朝出勤時までに帰京出来る旅程だと正月の帰省願いが出せる事になっていた。その為《ため》には然《しか》し西はせいぜい神戸までで、広島は無理であった。勝手な旅行は海軍刑法の「濫《みだ》リニ勤務地ヲ離レ」という条項に触れるという訳で、耕二は一年前、台湾の訓練地でマラリヤにやられ、その癒《なお》りかけに病室から無断外出をして、それが露見して懲罰を食って、そういう事はこりていた。今日の昼あたり、福島とか名古屋とかに家のある連中がいそいそと帰省支度をしているのを見て、一寸《ちょっと》羨《うらや》ましくも思ったが、彼は元日には大阪へ帰る人の当直を代って引受けてやる約束をしていた。

「君は御両親はあるのか？」

「はあ、年寄りですが、広島に健在です」

江崎中佐は暫《しばら》く黙ってパイプをふかしていたが、ふっと何気ない調子で、

「どうだ、小畑少尉は明日の午後から風邪を引かんか?」と云った。耕二も思わず笑い出した。

藤田少尉がウイスキーグラスをくッと空けてにやっと笑った。

「それは、風邪を引いてもいいですが、元日の当直を代ってやる事にしていますから」

「そんな事は、熱でも高ければしようがない」中佐はむずかしい顔をして云った。

「はあ……」耕二は臆病《おくびよう》そうに一寸ためらっていた。すると藤田が毛布の下で、「いいから課長のいう事を聞けよ」というように耕二の膝《ひざ》を突ついた。それで彼はやっと、

「では課長、今から電話で明日の特急券の工面をしてみます。うまく取れたら風邪を引く事にします」そう云って炬燵を出た。

「おい、兵隊なんかに余計な事を勘づかせないようにやれよ」中佐は煙草《たばこ》の煙を濛々《もうもう》と顔の廻りに立てながら云った。

初め耕二は東京駅の出札へ電話を掛けてみたが、翌大晦日の特急は早くから満員ですと云って剣もほろろに断られた。彼は谷井の父親が以前鉄道省の或《あ》る地位にいた事

を憶《おも》い出し、次に西大久保の谷井の家へ電話をした。電話が遠いので、直ぐ隣の庶務の部屋にいる当直の下士官兵に悟られないように、そして谷井にだけ意味が通じるようにしゃべろうと思うと骨が折れた。彼はドイツ語を使ってみたりモールス符号で云ってみたりして、額に汗を出した。

「もしもし。ドイツ語でもう一度言うよ。ナッハ、それからツーツートトツー、トツートツー……」

「何だい？　え？　聞えないんだよ。ナッハとは何だ？」などと云っていた谷井は、漸《ようや》くの事で意味が通じると、向うの口でくすくす笑い出したが、

「それはいいじゃないか。今ね、広川と久木と和田と塘《つつみ》が来て、五人で忘年麻雀《マージャン》をやってる所なんだ。貴様の話をしてたんだ。俺の方がもし駄目だったら、広川か誰かが何とか都合するだろう。明日の『ふじ』ね、一枚ね、軍公用の証明があると楽なんだが、そうは行くまいな。とにかく何とかして明日の朝届けてやるようにするよ」

耕二が汗を拭《ふ》いて席へ帰って来ると、江崎中佐はウイスキーの残りを丹念にグラスへ滴《したた》らせながら、「何という下手な事かね。君は諜報《ちようほう》士官としては落第だな」と云った。「庶務の兵隊なんぞ、モールスは君より上手《うま》いに決ってるじゃないか。何にもなりはせん。とにかく、もっと悪い事でも嘘でも堂々と、顔色一つ変えずに手際《てぎわ》よくや

れるように、図太くならなくちゃ駄目だ」

三人は夜更《よふ》けまで、電気の火に煖《あたた》まって話をした。急に思いがけない帰省が出来る事になって、ウイスキーに酔って、耕二は陽気になった。江崎中佐も機嫌がよかった。江崎中佐はA班の課長の森井中佐と同じく長年外国廻りをした人で、シベリアの汽車旅の中でゲー・ペー・ウーに機密書類を狙《ねら》われる話とか、中央アジアの高原地帯を月夜に自動車旅行をしていて狼《おおかみ》に囲まれた話とか、ハルピンからの帰途、一升瓶にウォッカを詰めて二本持っているのを税関に摑《つか》まり、これは海軍省に視察報告に帰るに際して水質検査の為に採取して来た松花江《しょうかこう》と黒竜江《こくりゅうこう》の水だが、何なら開けて飲まそうかと云って税関吏を苦笑させて免れた話とか、中佐は得意気に語った。又、人を尾行する時は道路の相手と反対側の斜め後から行くのが最も見失う率が少いとか、ホテルの隣部屋の話を盗む必要がある時は、仕切のドアがあればその鍵穴《かぎあな》に薄いハトロン紙を貼《は》ると自然のマイクロフォンが出来て聞きいい、というような事も耕二達は聞かされた。

そういう話も興味はあったが、耕二は先日伊吹《いぶき》の云った事も頭にあって、こういう人はこの戦争の成行きをどう考えているか、聞いてみたい気がした。

「話が違いますが、この戦争を徹底的に勝ち抜いて始末をつけるという事は、やはり

容易な事ではないでしょうね？」彼はそんな風に水を向けたが、中佐は一寸乗って来なかった。然し暫くしてから、

「嶋田《しまだ》がどうもまるきり東条の副官だからな。海軍部内にはもっと偉い人間も居るんだが――。諸君も、余程しっかりして、覚悟を決めていなくてはいけない」と説教めいた事を云って、パイプの火を消し、

「さあ、寝よう」と立ち上った。

五

大晦日の長崎行の特急は満員であった。海軍士官の姿も二三人車窓に見えたが、特務班の者はいなかった。西へ帰省する連中は皆その日の勤務を終ってから夜の急行に乗るので、耕二は結局一番うまい事をした結果になった。

特急券は谷井で都合がつかず、広川が何処かで工面して持って来てくれた。「寝台は無いよ」広川は大晦日の朝、切符を目立たぬように紙に包んで彼に渡しに来た。昼飯が済むと耕二はすぐ江崎中佐の所へ行って、熱があるようだから早退したいと告げた。中佐は本から一寸眼を上げて「ああ」と云ったきりであった。彼は大急ぎで下宿へ帰り、用意して置いたスーツケース一つだけ持って、午後三時発のその列車に駈《か》け

つけた。

横浜で家へ電報を打った。大船、国府津《こうづ》、小田原。特急車は曾《か》つて学生の頃彼が年に幾度となく往返した東海道を下って行った。早川、根府川《ねぶかわ》、真鶴《まなづる》。それから湯河原《ゆがわら》、熱海。冬の日が早く暮れ始め、トンネルを抜けては現れる遠い眼下の海、黒い磯《いそ》に寄せる白い磯波が美しかった。

日が暮れて静岡を通過する頃、耕二は食堂車に入って夕飯を食い、それから文庫本の小説等読みながら、夜半に京都大阪を通る頃まで起きていた。暗い窓外にいつか智恵子と一緒に歩いた夙川《しゆくがわ》、蘆屋《あしや》の辺りが過ぎて行った。そしてやがて列車が須磨《すま》の離宮道を越す頃、腰に外套《がいとう》を巻き席にもたれて彼は眠りに落ちた。

元日の朝五時四十分に「ふじ」は広島に着いた。未《ま》だ白んでいなかった。耕二は荷物を提げてゆっくり家まで歩いて帰った。茶の間と玄関と勝手とに電燈《でんとう》がついて、母親はもう起きて、雑煮の鍋《なべ》を火に掛けたりしていた。

「お帰り」母親は先年白内障《はくないしよう》の手術をした悪い眼をしばしばさせながら出て来た。

「よう帰れたな。あんた春に台湾から帰りに呉《くれ》で面会した時より痩《や》せたな」

「ハルはどうしたんです？」女中がいないので耕二は訊いた。

「十一月の末に暇取りました。他処《よそ》さん見たかて何処ももうねえや使うてる家無いし、あれも帰りたいように云《い》うし。お父さんと二人やったら格別えらい事もないさかい」

父親は奥の六畳で寝ていたが、暫くするとごそごそ音をさせて起きて出て来た。

「よく帰られたな」

「課長に一寸変った人がいましてね。風邪を引いた事になってるんです。四日の朝までに東京に帰っていればいいんで、今度はゆっくりです」

「それはよかった。まあ先に御先祖様にお礼をして来い」父親は云った。

彼は仏間に入った。彼は仏様はどうでもよかったが、毎年正月の朝は其処《そこ》で先祖の位《い》牌《はい》に拝礼させられて来たので、鐘を鳴らして形だけ手を合わしていると、その為に家に帰って正月を迎えているらしい気持が湧《わ》いて来た。

「お線香あるか？」母親が供え物を持って入って来た。

「要りませんよ」母親は耕二と並んで仏壇の前に坐《すわ》り、

「お父さんがな、秋頃から大分ぼけなさった」そんな事を云った。「時々妙な事を云い出さはる。この間も耕二は未だ台湾から帰らんか、云やはるさかい、何云うてはります、今東京やないですか、云うたら、ああそうかそうか忘れとった云うて笑うてなさったが、急にぽっくりお参りしやはるような事ないやろうか」

「ふうん」大した事でも無さそうだと耕二は思った。

「まあええ。あっちへ行ってお祝をしましょう」

正月の食膳《しょくぜん》は年々乏しくなるようであったが、それでも屠蘇《とそ》と日本酒と白い餅《もち》とは用意されてあった。火鉢に固炭が赤く熾《おこ》って、鉄瓶《てつびん》が音を立てて滾《たぎ》っていた。

「おめでとう。親子水入らずで揃《そろ》えてよかった」

「おめでとう」

そういう挨拶《あいさつ》をして三人は盃《さかずき》を取った。

「お父さん、安東《あんとう》の川井さんの娘さんを憶《おぼ》えていますか？」耕二は云った。

「ああ、T商事の川井じゃろう？」

「ええ。あの娘さんで皆がおちゅうさんおちゅうさんと云ってた、背の高いハイカラな人がいたでしょう。去年……明けたからおとどしの夏、安東の駅へ見送りに来てくれた。あのおちゅうさんが、今私のいる所に勤めてるんですよ。この間向うから声を掛けられて、初めて気がついた」

「ふむ。軍令部に？　川井さんが本社づめになった事は聞いておったがな」

「そう？　私は知らなかった。軍令部と云っても部局が沢山あるわけなんですが、偶然同じ所だったんです。尤《もっと》も私の所は、徴用のがれもあって、そういう女の子が多勢来ているんですがね」

「そうか！」母親は興味あり気に云った。母親は耕二が〈幸いな事に〉東京勤務になってから、始終縁談を考えているらしかった。

「それでお前達の所では、お前、どういう仕事をしとるのかな？」

「さあ、それは云えませんね」

「参謀達の手伝いのような事でもやっとるのか？」

「まあそんな事です」

「大体どういう方面の事かね？　通信学校へ入っておったのだから、通信関係の事か？」

「とにかく詳しい事は云えないんです」

「何故《なぜ》？」父親は興味を持っているらしかったが、彼は話さなかった。

朝の酒はよく利《き》いて、彼は頬を染めた。軍服を脱いで、母親の手縫いの久留米絣《くるめがすり》の着物に着更《きが》え、そうして父親と差向いで又酒を酌《く》んだ。

「然しお前も倖《しあわ》せな子だよ」父親は云った。「軍令部というような名誉ある地位に居《お》って、しかも身は安全で、正月にはこうして家へも帰って来られる。御先祖の恩、天子様の恩、親兄弟や先生の御恩をよく思わねばいかん。今日でも明日でも一度軍服姿を見せ旁《かたがた》〻矢代《やしろ》先生の所へ挨拶に行って来なさい」

「矢代先生が海軍少尉《しょうい》の恰好《かっこう》を見て喜ばれるかどうか、疑問だな」耕二は云った。彼は谷井や広川や和田達仲間の少尉連中にだと、「東京勤務は少くとも死刑執行が延期になったぐらいの有難さはあるぜ。これで食い物が艦隊航空隊なみだったら極楽だね」等と言うのだが、父親にそういう言い方をされると反撥《はんぱつ》を感じた。

「そんな風に、自分の子供だけがどうだからって、倖せとか何の御恩とか考えるのはおかしいじゃないですか。私だって来月にも何処《どこ》かへ出て行くかも分りませんよ。日本はとにかくもう大変な所まで来かかっているんですからね。身勝手な事を考えている訳に行きませんよ。クラスにもそろそろ戦死者が出ています。今年はうんと出ますよ。私だって何時《いつ》それへ入るかも分らない。とにかくそういう風に御恩とか何とか考えられない。伊吹さんだって……」

「まあまあもうええがな。お父さんにそういう風に云うたら気の毒や。やめなさい」母親が口を入れた。「伊吹さんは、軍艦に乗ってなさったの、岩国へ変らはってんやてな」

「知ってるの？」

「はあ。この間智恵子さんが来やはって、兄が南から帰って東京で小畑さんにお逢《あ》いしたそうです、云うてはった」

「へえ」耕二は智恵子が何しに訪ねて来たのだろうと思った。

「あんたの下宿の所番地が教えて頂けないか云うて、思いつめたように云やはるんで困ったわ。東京に居る事は居りますが、あれが無精もんで、手紙もよこしませんので、何処に住んでおりますやら云うて、あんたの迷惑にならんようにしといたけど」

見えすいたような事を云うものだと耕二は思った。智恵子は彼が東京にいる事を知って、然《しか》し海軍省宛《あて》に手紙を出す事は気がひけて、訪ねて来たのに違いなかった。彼は母親の気持と、智恵子の気持と、両方の女心のようなものが、何だかうとましく感ぜられた。

「ええお嬢さんやけどなあ。小柄やし娘々してはって、若う見えるけど、明けてあの人も二十六にならはってんな。自分で焼きました云うて、アップル・パイかなんや、今時珍しい見事なお菓子を届けてくれはった」

「お母さんはのう、美味《うま》い食い物を持って来る人じゃと、この頃は皆ええ人じゃと云いおるよ」父親は笑った。

「この間伊吹さんとも話が出たんだけど、石川さんは一体どうしてるんだろう？」耕二は話を変えた。

「石川さんやったら、石川病院へ帰って来て、お父さんの手伝いしてはるのと違うか。

あの人は兵隊、行かんと済んだらしいな。丈夫そうな人やのに」母親は云った。

「そうなの？　それなら明日にでも訪ねてみてやろう」

彼は正月二日の日には、軍服を着て朝から矢代先生と石川とを訪ねる為《ため》に家を出た。国旗を出した家々が、物資も乏しく、寒々と正月の朝を籠《こも》っている感じで、町はどこかさびれていた。橋を渡るとつめたそうな澄んだ川水が流れていた。

矢代先生の家では、二人の子供達が彼の海軍の服装を珍しがって、短剣をいじったり、帽子を被《かぶ》ったりして騒いだ。先生はこの頃報国団というものが出来て、高等学校の中も神がかりで大変だ等と話した。耕二の後から又次々に軍隊に入った卒業生達の噂《うわさ》も出た。

彼は先生の所で昼飯の御馳走《ごちそう》になり、午後は石川の所へ行った。大島の着物を着て、袖口《そでぐち》からシャツを出して、正月休みの町医者然として出て来た石川は、徴兵をうまくのがれた事や、何とかこの戦争が終るまで生き延びる工夫をすべきだという事、大体この戦争自体が頗《すこぶ》る馬鹿《ばか》げたものなので、それに巻き込まれて一生懸命になる等は沙《さ》汰《た》の限りだという事、自分はもうまともな研究などする気はないので、学位が欲しくなったら金を儲《もう》けて買う方が早道だという事など、石川一流の調子で気焰《きえん》をあげた。

石川は丹前をもって来て、

「これに着更えないか。軍服を着ているると酒が不味《まず》いだろう」と云った。

「そんな事ないよ。非国民だなあ」耕二は笑った。

翌三日の、昼の急行で耕二は広島を発《た》った。母親は駅へ送って来て、

「もしええ人があったら、東京勤めでいられる間にもう結婚してくれへんか。戦争は段々ひどうなるし、私らも追々年やさかい」と云った。

彼は広島で過ごした三日間、外へ出ると、何処かの道の角でふと智恵子に逢わないかと思っていた。然し強いて家へ訪ねて行く事は出来なかった。曾ってその申出を断って置きながら、何となくいつまでもふっ切れていない曖昧《あいまい》さを思うと愉快ではなかった。

四日の朝東京へ着くと、彼は荷物を一時預けにして、その足で特務班へ出た。

「風邪癒《なお》りました」廊下で江崎中佐を摑《つか》まえて云うと、中佐は振向きもせずに、軽く頷《うなず》いただけであった。

助手の佐野兵曹が、溜《たま》っていた電報を沢山持って来た。佐野兵曹は、折角の正月に風邪ではつまらなかったろうとか、餅を食ったかとか、頻《しき》りに訊《き》いた。彼は仕方なしに佐野にだけ「風邪」の話をしてやった。

「なんだ。そうか。小畑少尉うまい事やったな」佐野兵曹は癖の、変な漫才のような

声を立てて笑った。

電報の綴《と》じを繰ってみると、年末の情報に出た通り、既解読の青密や「domic」に混って全く新しい武官暗号が現れていた。

一月一日附ニューデリー発重慶《じゅうけい》宛のものが最初で、それから七草を過ぎる頃には、モスコー、ワシントン、重慶、テヘラン等各地発信の電報の中に散発的にその暗号が出現し始めた。青密と同じくローマ字を使った文字暗号で、冒頭には明碼《めいま》平文の「平密」とか「仄密《そくみつ》」という字が入ったが、それは「平密」と「仄密」と二種の暗号なのか、「平仄密」という一つの暗号なのか、一符字はローマ字幾字か、基礎暗号書は何か、七八通の傍受資料では皆目見当がつかなかった。偶然の反覆と見られる物以外は、

電報の中に意味のありそうな反覆は全く見られず、使用ローマ字の頻度数は二十六字略ゝ《ほぼ》平均していて、何処から手をつけていいか、その見透《みとお》しが全く立たなかった。

六

小畑耕二の日記

昭和十九年一月×日

安東《あんとう》より手紙と小包来る。正月に風邪をひかせてくれたのが兄の気に入って、その

中佐に何か美味い物を送ってやろうと云っているそうだ。急いで断りの手紙を出す。相不変御大名気分《あいかわらずおだいみょう》だ。小包にはウイスキー・チョコレートと砂糖が入っていた。これは有難かった。チョコレートは明日持って行って谷井や和田に食わす。この頃皆何となくくさっている。一度又横須賀《よこすか》へ行って底抜けに騒いで来ようという話だ。帝劇で崔承喜《さいしようき》の踊りをやっているので、行ってみようと、これは広川と久木が云っている。

映画も小説も皆つまらない。「海軍」という小説が済むと「陸軍」という小説が出る。ムーラン・ルージュが名前を作文館と変えた。十二年間もなつかしまれて来た名前を変える事はあるまいと思うが、つまらぬ話だ。我々が戦争の事に集中させられるのは、そのつもりだからいいが、そうでない所まで何故《なぜ》妙な色に塗るのだろう。第一海軍では敵性国語の廃止などという事は、やっていはしない。相不変盥《あいかわらずたらい》がオシタップで風呂《ふろ》がバスだ。のんびりした話の方がいい。二三日前の新聞の研究余滴という欄に或《あ》る医者がベルリン大学の何とかいう教授の事を書いていた。「諸君、名医たらむ者は旺盛《おうせい》なる苦闘精神と綿密周到なる観察力とを以《もっ》て事に当らねばならぬ。昔の医者は患者の尿を舐《な》めて、その味で糖尿か否《いな》かを検《けん》した」教授はそう云って自ら尿に指を浸して舐めて見せた。学生達は悲壮な顔をして皆これに倣《なら》った。終ると教授は、「諸君の旺盛なる苦闘精神を見て欣《よろこ》びに堪えぬ。然し綿密周到な観察力に関しては落第だ。自分が人差指を尿につけて中指を舐めてみせた事に気づいた者は一人もいない。そんな事では名医にはなれぬ」と云《い》ったというので、面白かった。毎日新聞が「海洋航空機の大増産を行え」という論説を載せたら東条首相が毎日を叩《たた》きつぶせと云っていきり立ったそうだ。どこまで本当か知らないが、話半分にしても正気の沙汰ではないような気がする。

一月×日

横須賀で同期生会をやったら、谷井が一時間半遅れて来て、今日栗村が東京を通過したというのでびっくりした。仙台から上野へ着き、東京駅から西行きの汽車に乗るまでの二時間程の間に、逢いたいからと云って、谷井の所へ公衆電話を掛けて来たのだそうだ。声では元気で、何処へ向うのかと訊くと、「南へ南へと行くよ」と云っていたという。谷井は直《す》ぐ東京駅へ駈《か》けつけたが、見習士官が多勢いたにも拘《かかわ》らず、どうしても栗村が見つからず、部隊も乗る汽車も分らなかったという。栗村の倖せを祈る。

二月×日

クェゼリン、ルオットの守備隊が昨夜最後の突撃をしたらしい。クェゼリンには朝香宮《あさかのみや》の王子の音羽公《おとわこう》がいたので、救出の飛行艇を出すという話もあったが、駄目であったらしい。こういう時、十人か十五人しか収容出来ない救出機が来たら、その気持はどんなものであろうか。クラスの印南《いなみ》も戦死した模様である。近頃同期の者の戦死の報が頻々と入る。東京の連中は気があせるのか、頻りに結婚話をやっている。広川は加山千鶴子というパリ帰りの若いピアニストと話があっている。俺は惚《ほ》れてるんだが、どう思うか等と云っていた。加山千鶴子はステージで見たところでは、可愛《かわい》い無邪気そうな娘さんだ。

自分も誰かと結婚してもいいような気がする事もある。結婚生活の味も知らずに戦死なぞしては損だというと、妙に下劣な感じがするが、智恵さんの事を考えると、この際誰かと結婚してしまう方がはっきりしていいようにも思う。

二月×日

広島の父が倒れたという電報来る。

夕方から、和田、広川、谷井、塘《つつみ》、久木等大勢が帝劇に崔承喜の踊りを見に行き、中々面白く、朝鮮服を着けて朝鮮の民族舞踊のようなのを踊るのが美しいが、舞い終って暗くなり暫《しばら》くして再びスポットライトが点《つ》くと、光の中に崔承喜が朝鮮服で膝《ひざ》まずき、二階の朝鮮同胞の観客席にじっと思いを凝《こ》めたような視線を投げて艶然《えんぜん》と笑う。朝鮮人の観客席からは一種凄《すさ》まじい激した歓声がそれに答える。わあッとなって、一時劇場の中がその無言の意志で圧せられたようになり、朝鮮人の民族意識というか、それに驚いた。出てから久木にそう云うと、ラグビーの日鮮対抗試合などはもっと凄まじいもので、熱して来ると朝鮮人の応援団が「殺せ殺せ」と叫び出すという。

それから帰って来て、「チチカルイノウイツケツケサカラタテヌ」という電報を見た。これは何時か来る事と思っていたので、大して驚かなかったが、もし続いて死去の通知が来れば行かなければならぬと思い、新しい軍装と喪章とを用意して置く。今一時前で、今のところ何も知らせは来ない。

二月×日

母より詳細来信。朝、畑で作った黍《きび》の皮を二人でうつむいて剝《む》いていて、一休みしようと云って頭を上げた途端ふらふらとして手が利《き》かなくなり、それでもそのまま便所へ一人で行き、帰りに廊下で倒れて部屋まで這《は》ったという。直ぐ医者が来て注射をして貰《もら》ったが、左半身全く無感覚で安静にさせてあるとの事。意識は明瞭《めいりょう》、気分も悪くなく、続いて強いのが来なければ、生命に係わらないというが、このまま半身不随で、戦争が段々烈《はげ》しくなって来ては不自由な事と考える。自分の帰るのを心待ちにして、只《ただ》口に出せないでいるという事で、つらい気がするが、倒れただけで帰省は出来まい。兄の所から嫂《あによめ》が帰国する由《よし》電報があったという。

二月×日

この間うちから役所の中で、久木が鰐革《わにがわ》の革帯をやられ、和田が雨外套《あまがいとう》をやられ、誰かの靴が失《な》くなり、盗難が頻々とあって、機密保持のやかましい所だけに騒いでいたら、そのうち収った。今日久木が、席を外していたら、一期上の木原中尉《ちゅうい》が久木の机の上の手套《てぶくろ》をすうッと持って行くので、丁度入って来た久木がそれを見つけて取返したという。先日来の犯人はどうも木原らしく、木原のクラスで揉《も》み消しをやったらしいと云っていた。盗癖があるのか、変な奴《やつ》がいるものだ。

今日は又、中少尉整列で、若い士官が女子理事生と仲良さそうに話し合ったりしてはいかんというお説教があった。和田の専属の「ブルー」――いつも青いスェーターを着ているのでブルー、が綺麗《きれい》だと云って余り騒いでいたせいもある。どうも自分は近頃こんな話にばかりかまけているが、自分の仕事は大変な壁にぶつかり出した。日記に詳しく誌《しる》して置く訳には行かぬが、こうなると本当に壁に向って前へ進めで、手も足も出ない。毎日仕事を見るのが苦痛になって来た。

三月×日

雪が降りしきり二三寸に積り、尚《なお》降る。海軍大学校卒業式行幸の帰り、天皇陛下大本営海軍部にお立寄り。雪の中を威儀をあらためて本省の表玄関脇《わき》に奉迎する。本省でお昼食で、我々にも食堂で百貨店のお子様ランチのような御馳走が出る。久木は肩に雪が掛るので面倒臭そうに払いながら、「天ちゃんなんか見せて貰ったって感激も何もありゃしないのに」と云う。大名華族の久木が平気でこんな事を言うので、変に面白いような妙なような気がした。然《しか》し自分はその後、軍楽隊の君ヶ代の中を表階段を降りて来られるのをそっと眼を上げて見て、何だか胸を打たれた。陛下のお顔は光のせいもあるかも知れないが、透きとおる如《ごと》く白く、非常に憂《うれ》わしげな御表情に見えた。陛下にはこの戦争がきっと我々以上にこたえているのだろうと思って、後で久木にそう云ったら、「当り前だよ。毎日多勢の人間が自分の名前を呼んで死んで行くんだもの、天ちゃんはたまらないよ」と久木は云った。久木に云わすと、久木と和田とは「愛国」だとしても少くとも「忠君」ではないのだそうだ。いつもは女子理事生と一緒に海軍体操をしたり、気楽に答礼されたりする高松大佐宮が、今日は諸員の最敬礼に会釈《えしやく》を返されない。気がつかなかったのか、それともそういう仕きたりなのかしら。

三月×日

四月一日から日本中の特急、寝台車、食堂車、一等車が全廃になるという事を新聞で見る。別に困りもしないが、何だか敗戦国のような匂《にお》いがして来た。町には食い物が無くなり、人の服装がぼろになり、一カ月に一遍ぐらいずつ「玉砕」を聞かされるような気がする。今日広川が大政翼賛会の前に、「今に神風が吹くぞ」という大幟《おおのぼり》が出ていたと云って、変な顔をして話していた。水交社で飲んで帰ると、下宿の奥さんにちくちく皮肉を云われる。仕事は五里霧中、策の施しようを知らず。広島、父の容態は変りないが、近頃ひどく大食になり、折々とんでもない物を食いたいと云い出すので、困っている由である。

三月×日

台湾の時の副長の堀中佐が、軍艦高雄《たかお》の副長になって、高雄が横須賀へ入渠《にゅうきょ》しているというので、昨日多勢で中佐を囲みに横須賀へ行く。中佐はメナドに降下した時死んだと思っているので、今は生命に何の執着もなく、食欲、性欲、名誉欲、睡眠欲を慎しむに少しも苦痛が無いと云っていた。酒を飲んで一緒に踊った。東京で妙なインテリ面《づら》をして話をする報道部の連中など見ていると、堀中佐のような武人らしい武人は気持がいい。自分は横須賀に一泊。朝早くの横須賀線で帰って来る。昨夜来の雪が電線に重ったく積り、陽に溶けて大粒の露になってぽたぽた光りながら落ちている。春が来るのだと思った。冬の季節の終りのぼた雪が降って、からりと晴れた翌朝の気分が自分は好きだ。ぬかるんだ道、着ぶくれた子供、真っ白な刈田やたわんだ竹藪《たけやぶ》、それらが皆光っているのを、いい気持で車窓から見ながら帰って来た。それで今日は日曜。四月初旬に役所は目黒の方へ引越す事になったそうだ。

七

山手線の目黒駅から近い、品川上大崎の海軍大学校の構内は、樹木が豊富で、春が来るとクロッケのコートに使われる丘の芝生に、芝が青み、葉を落していた樹々《きぎ》が柔らかな芽を吹き、やがて庭の処々の山桜や染井吉野《そめいよしの》が花を飾ると、躑躅《つつじ》も蕾《つぼみ》をふくらませて、一時に美しい装《よそお》いに変って来る。

テニスのコートに続く丘の一角に建った、陽のよくあたる倉庫のような建物は、若い士官達の為《ため》の仮ごしらえの食堂である。霞ヶ関《かすみがせき》に在った特務班は、四月の初めにこの海軍大学校の中へ移って来た。

食堂の中は一列ずつ、細長いテーブルが奥へ延びて、白布の上に錨《いかり》のマークの入った白皿が二枚ずつ、昼飯のパンとハムの料理を載せてずらりと並んでいる。皿の側《そば》には名札が置いてある。パンをむしりながら高声で何か議論をしている者、煙草《たばこ》を喫《す》っている者、茶を持って来いと呶鳴《どな》っている者、窓が少いので音が籠《こも》って、和田や谷井は、その中で早目にもう食事を終りかけていた。瘦《や》せた青白い額をしたのが和田で、その向い側の席に肥《ふと》った谷井がいる、その周りに耕二や久木や塘がいる。

和田はコッペパンを半分食べ残して、煙草を吸い始めた。

「おい、貰うよ」耕二は、つと手を伸ばして、和田の残したパンに手を出した。塘が「しまった」というように顔を上げた。元気な者にはパン一つではとても足りなかった。

「やろうか？」耕二は半分のパンをもう半分にちぎって、塘と谷井の鼻先へ突き出した。

「結構だよ」「沢山だ」二人は意地悪くにやにや笑った。耕二は出した手の収りがつかなくなって、照れて、

「和田はどうしたんだ？　何時《いつ》も残すな」そう云った。

「ああ。ずっと胃の調子が変なんだ」和田は神経質に眉《まゆ》の間を寄せた。黙って何か刷り物を見ていた久木が、その時急に顔を上げて、

「おい。あのね、俺、実はきょう、遂《つい》に決っちゃったんだよ」と云った。

「何だ？」

「出るんだ。三艦隊司令部」久木は鼻に皺《しわ》を集めて笑って見せた。「一期のS中尉の交替なんだ」

皆初耳であった。

「ほんとか？」「何時？」皆はがやがや云い出した。

其処《そこ》へ一期の中尉で、A班の仕事をやっている中田が、小さな身体《からだ》を斜めにして椅《い》子《す》の後から入って来て、一人々々覗《のぞ》き込みながら、

「外へ出てクロッケをやらないか？」と云った。

耕二達より一クラス上の、一期の予備士官達は、数日前に揃《そろ》って中尉に進級し、同

時に森井中佐が大佐に、佐世保《させぼ》から帰った岩本大尉が少佐に、進級していた。

「久木が出るんだって」

「知ってるよ。行かしたかないけど、森井大佐から指名で、広川か久木かというんだったんだよ。広川はマレジの話があるから、久木にお鉢が廻ったんだろう」中田中尉は云った。広川や久木は中田中尉と同じA班の仕事をしていた。

「三艦隊とは、大変だな」

「死ぬぞ。貴様」台湾の時から久木と一番親しかった和田は、澄ましたような顔をして云った。

「いやだよ、俺、やだぞ。戦死するのは断るよ」久木はわざとふざけた調子で頸《くび》を振った。

「おい、やらないか?」中田中尉が催促した。

「クロッケ?」皆は煙草を消して立ち上った。

食堂の横の芝生に鉄のゲートを立てると、皆は道具箱から木槌《きづち》と木のボールを持って来て、拳《けん》で組を決めた。

「三艦隊もミッドウェイまでは華やかだったからな。全くあの頃は、こりゃひょっとすると日本が勝つんじゃないかと思ったからな」と久木は云った。

「ひょっとすると、とは何だい？」耕二は笑った。

中田と和田、塘と久木が組になって、谷井と耕二とは一回待たされる事になった。

耕二は、仲間のうちで一番悲観論者の久木が、艦隊決戦が近づいているという噂《うわさ》のある時に、機動艦隊の司令部へ転出して行く事になったというのが、皮肉な感じがした。

木槌の形をした打棒が木球を打つと、コーンと軽い音がして、球は若い芝の上を走った。和田が上手に塘の球をラインの外へ弾《はじ》き出した。久木は平静でないのか、最初のゲートを潜《くぐ》らすのに何度も失敗している。

「おい、あれがブルーだろう？」谷井が小声で耕二に云《い》った。

「どれ？　ああ、そうだ。あの右の端だ」

ブルーの木津や川井のおちゅうさん等、食事を済ませたタイピスト達が、三四人クロッケのコートの向うを箸箱《はしばこ》を手に持って通っていた。

「大きな声を出すな。然しあれがそんなに騒ぐ程綺麗かね？」

「そうだな。俺自身はそんなに興味はないよ」耕二は云った。「然し和田はどうなんだろう？　久木の説だと、この頃無い用事までブルーに申しつけているそうだぜ」

木津は明るい紺のハーフコートを着て、形の好《よ》い髪を肩の上で振りながら、川井理事生と肩を並べて、スッスッと白いふくらはぎを見せて、庁舎の方へ遠去かって行った。

「久木は大袈裟《おおげさ》な事を云って騒ぐんだよ。和田は別に何でもないんだろう。それより和田はこの頃少し身体がおかしいんじゃないかしら。見ろよ、悪い顔色をしてる、あんまりつめてやるからだ」谷井は云った。

和田は米国のストリップ暗号の解読に新しい端緒を見つけて、或《あ》る特殊な場合に敵が発信する筈《はず》の電文を想定し、その想定平文から逆に一度暗号盤を組立てるという仕事を、木津を専属のタイピストに置いて根気よくやっていた。

コーン、コーンと球を打つ音がして、四人の仲間はコートを廻っている。

「然し久木。久木はあいつ、一寸《ちょっと》参ってるんだぜ。俺たちの方もこれで一寸寂しくなるな」耕二は云った。

暫《しばら》くすると、中田と和田の組が勝って帰って来た。

「次、やるかい？」中田中尉はそう云って打棒を差出した。

「止《よ》そうよ。もうお偉ら方が出て来る時分だろう」谷井は云った。別の班員食堂で食事を済ませた各課長や参謀達が出て来ると、中少尉連中は、いつも遠慮なくコートを取り上げられる事になっていた。

「すっかり暑くなっちゃった。俺は部屋へ帰ろう」和田は白いハンケチを出して、額の汗を拭《ふ》きながら云った。「久木の送別会をやらなくちゃいけないな」

耕二と谷井とは他の連中に別れて、構内を散歩し始めた。

四五人の女子理事生達が、上衣《うわぎ》を脱いで紺のズボンとワイシャツだけになった士官を交えて、輪になってバレーのボールを打っている。輪は広くなったり、狭くなったり、崩れたりした。陽溜《ひだま》りの壁には、黄色のスェーターを着たのを中に、やはり理事生達が皆背をもたせて何かしゃべり合っている。三人でキャッチボールをやっている少尉達がいる。低い丘を下りて、二人は歩いて行った。

「あの連中をどう思うかね？」谷井は心持ち顎《あご》をしゃくって、「見るな見るな。あの中に一人いい人がいる」と云った。

下士官がピンポンをしている傍《そば》で、木津や川井達より一めぐり年の若い、子供っぽい女の子達が脚を跳ねて騒いでいた。

「下士官の上着を持たされている、あれじゃないか？」

「そう、あれあれ」谷井は庁舎の上の方に眼をそらして云った。「ブルーよりいいよ」

少しもじっとしていないで、頻《しき》りに騒いでいる子供々した五六人の仲間の中で、一人だけつまらなそうに、一寸憂を含んだような表情で、下士官の上着を腕に掛け、さいかちの木に痩せた細い身体をもたせている理事生がいた。

「うん、あれなら俺も前から感じがいいと思ってたんだ。つまらなそうな所がいいね。名前を知ってるかい?」耕二は云った。

「知らない」

二人はその連中の傍を抜けて、裏の弓道場の方まで歩いて行った。隣りの朝香宮《あさかのみや》邸の森が、濃淡さまざまの若葉の色を重ねているのが美しく見えた。

二人がもう一度クロッケのコートの方へ引返して来た時には、もう一時が近く、昼休みが終りの時刻で、遊びの道具を片附ける者、上着をつける者、そうして芝生の丘からも陽溜りの壁からも、次第に人影が引き始めていた。

「ところで久木の送別会を何日にするかな」耕二も谷井と別れた。

八

その年の一月から現れ始めた重慶《じゅうけい》政府の新しい武官暗号は、ひどく厄介な物である事が、傍受通数が増えて来るに随《したが》って却《かえ》ってはっきりして来た。暗号の名称は矢張り「平仄密《へいそくみつ》」で、それは三月初めに重慶から青密《せいみつ》で、ニューデリー宛《あて》に、「平仄密」附属変碼表《へんまひょう》に一箇所誤りがある故《ゆえ》訂正した変碼表を航空便で発送したという電報が出、それを解いて確かめたのであるが、基礎暗号書も転置の鍵《かぎ》も全く新しいものらしく、解読のめどは殆《ほとん》ど立たなかった。参謀本部の十八班でも躍起になっているが、作業はすっかり暗礁《あんしょう》に乗り上げているという話であった。

耕二は助手の佐野兵曹と二人で毎日この暗号をいじっていた。佐野兵曹は凝り屋で仕事好きで、前にも一寸したものを二三解読していたが、今度も「平仄密」の或る電報にローマ字のOとVとが妙な現れ方をする事に注目していた。この平仄密はアルファベット二十六文字が略〻《ほぼ》平均した頻度で使われているのであるが、或る特殊な電報に限ってOとVが非常に多くなり、しかもそれ等のOとO、VとVとの間隔に妙に一種の形が――つまりその間隔が三の倍数であったり四の倍数であったりするというような法則らしきものが、漠然とながら読みとれるのであった。そうして、二人はこの暗号の根本的な性質だけは嗅《か》ぎつける事が出来ていたが、それから先が少しも発展しなかった。

平仄密の暗号符字はローマ字三箇《こ》から構成されていると思われる。それはローマ字二十六箇を全部使用した暗号書というものは、三字一組の暗号符字の場合、包含語数が二十六の中から三字ずつ取った凡《あら》ゆる組合せ、乃《すなわ》ち二十六の三乗、一万七千五百七十六語で、この数は青密の跡をついだ暗号書の語数として常識的に妥当だからであった。もし一符字がローマ字四箇とすると、包含語数は二十六の四乗、四十五万六千九百七十六語で、これは何処《どこ》の国の暗号書としても、数が多過ぎた。そしてこの三字一符字で作成した暗号文を、「domic」と同じように横に書き入れ、それに定められた鍵をあて、鍵番号の順序に縦に取って電報に打つ、そういう推定が恐らく正しいものと思われた。

只《ただ》、その鍵の数が十五か二十か三十か皆目見当がつかないし、又各地の武官に依《よ》ってそれぞれ何か異った細工を加える規定があるらしく、発信地が異る毎《ごと》に、ローマ字の使用度数曲線に微妙な変化が見られる。この謎《なぞ》を解くものが重慶側の云う「附属変碼表」かも知れなかったが、その性格もまた不明であった。

平仄密は次第に青密や「domic」等の、解けている武官暗号と交替し始め、今までの武官暗号は段々姿を消し、随って情報が出なくなって来た。課長の岩本少佐は素《もと》より、一課二課の課長達からも、耕二は屢〻《しばしば》質問をされ、その度に気分が重かった。

眼の前にある文字の行列の中に、日本の運命に取って、どんな重要な意味を持つ文章が隠されているかも分らないと思う事は、不安であったし、特務班の対中華民国班の開設以来、ともかく一貫して後を追って来た武官暗号解読の歴史が、この平仄密のお蔭《かげ》で中断されて了《しま》うかどうか、今はそれが耕二の肩にかかって来ている訳で、彼は責任を感じなければならなかった。

ところでスイスのベルン駐在の重慶武官だけはこの平仄密を使っていなかった。四課で七十パーセントまで読めている「ABKF」という暗号を用いていた。青密が各地で使われている頃も、ベルンだけは「ABKF」であった。スイスは敵味方の外交官や武官が入り混って駐在している土地で、盗まれる事を恐れての措置らしかったが、その為《ため》もし平仄密が一部でも解ければ、重慶から米国やロシヤに打電したのと同じ内容の、所謂《いわゆる》同文電報が「ABKF」でスイスに発信されるのを捕捉《ほそく》して、平仄密の解読文字を一挙に拡張出来る望みがあったが、それも平仄密の構成が解けなくては話にならなかった。

耕二はこの暗号に関して、理論的に凡ゆる組合せを行って、有効反覆を出し得る可能性を計算してみたりもした。すると全部の場合を理論的に完全に洗う為には、百人のタイピストを一日八時間フルに働かせて十幾年掛るという途方もない答が出た。特務班では近頃タイプライター用紙の供給さえ不自由になって困っている有様で、こんな要求はするだけ馬鹿《ばか》げていた。

「全く解けない暗号と取り組んだら、こんな辛《つら》い事はないね」耕二は或る日谷井を誘って水交社へ出かける途《みち》で、平仄密の話をした。「貴様たちNCや、ストリップの連中の、デスペレートな憂鬱《ゆううつ》な気持も分るよ」

平素耕二が、弱音ばかり吹くと云って谷井につけつけ云っていたので、谷井はそれ見た事かというように振返ったが、

「然《しか》しそいつは、アメリカなら一万人のタイピストを使って、一箇月でやって了うね。アメリカというのはそれだぜ」と云った。

「タイピストを使うより、何か機械を発明するだろう。日本の手工業精神というのは、どうも、駄目かね。敵は百発一中の砲千門と来るからね」耕二は云った。量の質への転化というような事が、彼等の間で云われていた。「百発百中の砲一門は百発一中の砲百門に優《まさ》る」という言葉が帝国海軍の精神だとされて来たが、たとい味方が百発百中の砲を持っているとしても、アメリカは百発一中の砲千門万門で圧倒して来るという事態が、今日では到《いた》る所で起っていた。通信上の暗号の扱い方でも、日本軍がどんな場合にも平文を打たせないのと違って、アメリカの艦船部隊は危急の場合は、平気で平文を打つやり方であった。

「まあいいや、酒を飲みに行く時に仕事の話なんぞ止《や》めよう」耕二は前よりも酒に魅力を感じ出していた。然しその酒も段々思うようには口に出来なくなって来ていた。

その頃、久木は送別会も済んで、既に艦隊に向って赴任して行っていた。呉《くれ》まで行ってからでないと、何に便乗して何処まで行って着任するのか教えて貰《もら》えないという

事で、耕二は呉でもし滞留するようなら広島へ出て泊るといい、父親が中風で気持が悪いかも知れないが、酒ぐらい飲ませるだろうと云い、家の地図を渡して別れた。

——五課長の江崎中佐もまた、その頃久木と前後して、特務班から航空母艦瑞鳳《ずいほう》の副長に転出して行った。そして耕二達には未《ま》だ確《しっ》かりした状況は解《わか》らなかったけれど、中部太平洋に於《お》ける艦隊決戦の機が次第に熟して来ているようであった。——

「おい、あれの名前が解ったよ」水交社の食堂に入って、谷井と向い合うと、耕二は云った。

「何だ？」

「この間感じが好いって云ってたタイピストだよ。あの幼稚園みたいな連中の中でも一番子供の田村というのがいるだろう。あれが教えてくれた」

「ふうん」

「矢野典子《のりこ》というんだ。ノリはテンという字だがね。名前の感じも悪くはないじゃないか」

「…………」

「今日は興味が無いのかね？」

「無くも無いがね」谷井は盃《さかずき》を立て続けに乾《ほ》しながら、何か落ち着かぬ様子で辺りを

見ていたが、

「今日は俺、実は一寸祝い事があるんだ」そう云った。

「何？　又……」谷井は以前から艶福《えんぷく》が自慢で、耕二は一寸それを云いかけた。すると谷井は、

「違う。全然違う。未だ内緒だ」と急いで云った。

「じゃあ最初から何も云うな。内緒の事は聞かないよ」

耕二は運ばれて来た鯨肉の皿に黙って手を運んだ。水交社の食事も、日を追うて粗末になって来ている。特務班の若い士官達が、あちこちの卓で食事をしている。眼が合うとお互いに一寸微笑し、無意味に軽くナイフを上げたりした。

「貴様にだけ云っちゃおうかな」谷井は気にして云い出した。

「………」

谷井は突然眼をつむった。酒を一杯ぐっと乾すと、

「チンチンチン」それから、「おもオかアじ」と内火艇指揮の口真似《くちまね》をして、肩をすくめた。

「あ。貴様も」耕二はフォークを置き谷井の顔を見つめた。「出るのか！　え？」

「うん」

「何処だ？」

「未だ云《い》えないんだがな……」

「いいよ、云え。勿体《もったい》をつけるな。何処だ？」

「聯合《れんごう》艦隊司令部だ。内定だよ、未だ。今日昼に大沢中佐から話があったんだ」

「そうか。ふうん。いいじゃないか」

「NCよ、さようならさ」谷井は云った。

強烈な日光。濃い潮の色。波濤《はとう》の輝き。緊張と解放との烈《はげ》しい交錯。聯合艦隊司令部は未だ三艦隊のような危険配置とはされていなかった。そういう条件でなら、通信を志望した最初の気持からも、耕二にしろ谷井にしろ、海上勤務を一度はやってみたい気があった。耕二はその晩軽い興奮を覚えたまま谷井と別れた。

然し谷井のこの内定はそれから三日後に急に話が変った。谷井は二課の課長の大沢中佐に呼ばれ、「君は長男か？」と訊《き》かれた。谷井は妹と二人きりの兄妹《きょうだい》であった。

「家庭には心配な事情は無いか？」

「ありません」

「先日聯司という風に云ったが、都合で御苦労だが、五月一日附、北東方面艦隊司令部へ出て貰いたい」

谷井は顔から血が引くのを感じた。毎日の戦況説明から見ても、北の雲行きは近頃只事ではなかった。千島へ敵が上陸して来るのは殆ど時間の問題だと思われていた。艦隊と云っても、実際の行く先は千島列島北端の占守島《しむしゅとう》の陸上通信隊である。この話を聞くと、耕二は、谷井ももう生きては帰らないだろうと思った。

九

谷井の出発を前にして、恒例の同期生の送別会が開かれる事になった。

芝の水交社の一室をクラスの少尉《しょうい》達だけで借りきると、ドアを閉じて、皆は解放された学生気分に還《かえ》って、元気よく騒いだ。正客の谷井だけがその中で、無理にはしゃごうとして、ぎごちない態度を見せ、ふっと黙って了うかと思うと、突然発作的にだらしなくげらげらと笑い出したりしていた。腕のいいのがいて、メイドを抱き込んで酒を常になく豊富に次々と運ばせて来るので、酔が急速に廻り、塘《つつみ》も和田も広川も一時にしゃべろうとして、その度に話がぶつかった。話し声はその為に勝手に高くなり、すると皆は谷井の転勤の事は忘れて、先に出た久木の健康や、和田の父親の病気平癒や、何でも種にして盃を上げた。

「次に、では、青さんの為に乾杯」塘が立ち上った。

青さんというのは、つまりブルーの木津理事生の事だが、外地行の者の送別会の席上では、外国語を一切禁句にし、うっかりそれを云った者から一回につき十銭ずつ罰金を取る、そうして集った金を出て行く者に餞別《せんべつ》にするというのが、誰が始めたのか慣例になっていた。世間で英語廃止などと云っている、それを一つひねった冗談であった。

「青さんて誰だい？」ひどい近視眼の小野という少尉が訊いた。「誰だか分らない奴《やつ》の為に乾杯はいやだな」

腰を折られた塘少尉は、

「ちェッ。いやんなっちゃうな。つまり英語で青い、という言葉を綽名《あだな》に持った、綺麗《きれい》な理事生がいるじゃないか。ちっとは女の事も勉強しろよ」と小野を見下しながら云った。

小野は和田と一緒にストリップの解読をやっているが、一種の特異児童で、英語が非常によく出来るのと、酒を相当飲む以外は凡《およ》そ大人の社会を知らず、日常の勤務では台湾以来へまな事ばかりしていた。常に垢《あか》で汚れたような軍服を着て、仁丹の食い過ぎから始終仁丹臭い息をしていた。そして皆で横須賀《よこすか》へ行って芸妓《げいぎ》遊びをしようというような話に誘われると、小野は本当に身体《からだ》を震わせて、周章狼狽《しゆうしようろうばい》して恐ろしがった。

「そんなの、いるかい？」小野は然し負けてはいなかった。

「知らない訳が無いじゃないか。何時《いつ》も青いスェーターを着て――あ」塘は卓の上へ十銭投げ出した。小野は発育不良のようなとぼけた顔をにやにやさせた。

「青い毛糸の胴着を着て、スカートの色が毎日チャイナ・マーブルみたいに――あ。止《よ》すよ、俺はもう」

小野と和田とが一緒になって笑った。広川や耕二も笑った。谷井は然し段々と疲れていらいらして来ている様子であった。

暫《しばら》くして耕二は、幹事役の広川を蔭へ呼び、もう解散にして貰った方がいいと云った。それで広川の音頭《おんど》で皆は一斉に立ち上り、盃をあげて、口々に、

「それじゃあ、行って来い」「元気でやれよ」というような定《き》まり文句を谷井に投げると、騒ぎながら外へ出て、それから飯倉《いいぐら》の通りをそれぞれの方角へ別れた。

耕二と谷井とは二人きりになる為に、皆を後に残して急いで、半分走りながら虎《とら》の門《もん》の方へ向った。谷井はまっ直《す》ぐ正面を見て歩きながら、

「おい、遅いがこれから横須賀まで附き合え」と命令的な口調で云った。いつも気弱の谷井が妙に構えた調子で高圧的に云ったので、耕二は暗がりの中で独り一寸《ちょっと》笑った。

「まあ今夜は何処《どこ》でも附き合ってやろう。何処から乗る？」

「浜松町」谷井は耕二の方を振向きもせずに云った。

 先刻の罰金が丁度二人の電車賃ほどあった。浜松町から山手線で品川へ行き、品川で横須賀線に乗り換えると、谷井は疲れた、不平たらたらの顔をして、腰を投げ下ろし、眼をつむった。

「元気を出せよ、現金な奴だ。聯合艦隊へ出るという時には随分喜んでやがった癖に」

「当り前だよ」谷井は眼を開くと、反抗的な視線で耕二の顔を見た。「大沢中佐は何だって選《よ》りに選って、俺を北へ行かせるんだろう？」

「別に選りに選った訳でもあるまいじゃないか」

「ああア。たった一口の命令で、死にに行かなくちゃならないんだからなあ」谷井はだらしなく両脚を投げ出し、腐った魚のようにぐったりしながら云った。

「だって軍隊にいる以上、それは仕方がないよ。運命なんて何がどうなるか、分りゃしない。久木も黙って、行ったじゃないか。痩《や》せ我慢をしろよ。ふくれてみたところで、行かない訳には行かないだろう？」

「貴様なら喜んで行くか？」

「喜んで行きもしまいけど、仕方がなければ痩せ我慢で成るたけ平気な顔をすると思うがね」

「ふん、どうだか。貴様に俺の事は分りゃしない」谷井はすねて、嘲笑《ちょうしょう》的な笑いを泛《うか》べると、又眼をつむってしまった。

電車はがら空《あ》きになって横須賀に着いた。四月終りの暖い晩で、海から潮気を含んだ風が吹いていた。軍港の町は暗く、歩道の上を多勢歩いて来る水兵や下士官が、暗がりから探るように二人を見て、士官と認めると電気にかかったように敬礼して過ぎて行った。高い所に珠数《じゅず》つなぎの、赤い危険標識の灯《ひ》が見えていた。

二人は行きつけの、海軍士官専用の料理屋へ入った。お信という馴染《なじみ》の仲居が出て来た。谷井の転勤を知るとお信は、

「それはおめでとう。それに谷井少尉、どうしてそんな顔をしてるの？」と云った。谷井はさすがに苦笑した。

晩《おそ》いので中々誰も来なかったが、一時間ほどすると、却《かえ》って、横須賀の海軍芸妓の中で売れっ児の菊千代という美しい妓《こ》が、一寸酔って現れた。然し谷井は相変らず不機嫌丸出しで、酒のがぶ飲みをし、青い顔をしていた。

「俺はほんとにもう、つくづく軍人がいやなんだ」

「あら、珍しいわね。でもそういう人、いるわね」菊千代が云った。谷井は相手にならず、耕二に向いて、

「貴様は軍人が好きなんだろう。結構だな。え？　好きなんだろう？」そんな風にからみ出した。

「海軍へなんぞ、俺は入るんじゃなかった。海軍なんてまるで愚劣とインチキの固りじゃないか」

「何が？　それじゃあ、陸軍へ取られりゃよかったのかい？　俺は陸式よりやっぱり海軍の方がましだと思うがね」

「そうだろう？　貴様はやっぱり軍人が好きなんだ。ハッハハハ。文学なんぞやらずに、中学を出た時海兵へ行きゃよかったよ」谷井はヒステリックに笑って、突然菊千代の首に手を廻して抱き寄せようとした。

「よしてよ。何よ！」菊千代は谷井をはねのけた。「あんた卑怯《ひきよう》ね。あんたのような士官、航空隊には一人もいないわよ。わたしのインチ（深馴染の事）はマキンで死んだのよ。仇《あだ》を討って貰うまでわたし、働くつもりなんですからね」

「なんだ。お前、生意気言うとなぐるぞ」谷井は云った。

お信が入って来た。

「どうしたのよう、喧嘩《けんか》なんかして。——あんた、電話」お信はそう云って菊千代を促して立たすと、「菊《き》い坊はね、毎日世界地図出して、マキン島の所にギリギリ爪《つめ》立ててるのよ」そんな事を云った。

菊千代は出て行くと、それっきり帰って来なかった。谷井はしつこく耕二にからみ始めた。耕二はとうとう腹を立てて、

「馬鹿《ばか》！　よせ。貴様が行ってしまえば俺達だって皆淋《さび》しいんだ」と、谷井の肩を突き飛ばした。谷井は仰向《あおむ》けに倒れそうになって片腕つき、急に黙ってのっそり起き上ると、盃の中を見つめて泣きそうな表情をした。翌《あく》る朝二人はそれぞれに冴《さ》えぬ後味で其処《そこ》を出た。

谷井が朝の青森行で上野を立ったのはそれから間もなくであった。北海道の千歳《ちとせ》基地からでないと飛行機便がないので、そこまで汽車旅であった。耕二が見送りに行ってみると、やっと少し晴々した顔になった谷井が両親と妹と四人で駅へ来ていた。フォームへ入ると彼は耕二を横へ曳《ひ》き出して、「行く先は家の者には云ってないんだ。北海道辺りだと思わせてあるんだ。その積りでいてくれ。蔵にあった短刀を出して来たら、古くなってた鞘《さや》がぽっくり割れたんで、おふくろがひどく気にしてるんだ」そう云って、日本紙に包んだ自分の爪を渡した。

「それからもう一つ、俺の発《た》った後で、家へ行って機密事項を書いた物を貰《もら》うという事にして、俺の背広の内ポケットにある物を出して始末してくれ。変な物を入れ忘れた」

「何だい？」耕二は云ったが、直ぐ気がついて、「いやな事を云いつけるね」と顔をしかめて見せた。

　ベルが鳴り出した。列車には北へ赴任する海軍陸軍の軍人が幾人も乗っていた。

「それでは行きます」谷井は父親に云って、乗ってデッキに立った。母親と妹とは発車フォームに入れて貰えなかったので、隣りの省線電車のフォームに二人しょんぼり並んでこちらを見ていた。京浜と山手の電車が何分か毎《ごと》に入って来ては、こちらとの間を遮るので、母親は不安そうであった。

「いっそ千歳で飛行機を待ってまごまごしている間に、敵さんが千島へ上陸してくれないかな」

「最後まで未練たらしい奴だな」耕二は云った。

「うふん」と谷井は笑って、「幼稚園組もなつかしいよ。惜しい事をしちゃった」と云った。

　列車はがくんと揺れ、静かに動き始めた。耕二は拳《こぶし》を腰に当てて帽子を取って振った。谷井も帽子を振り始めた。すると遠去かって行く顔が硬張《こわば》って見えた。フォームの出端《ではず》れで、機関車の車輪が「シャッシャッシャッシャッ」と音を立てて空転すると、その方で白い蒸気が上った。速力が次第に早くなって、やがて谷井の姿がフォームの出端れを廻って消えた。

耕二は谷井の父親と一緒に階段を下りて、下で母親と妹とにあらためて挨拶《あいさつ》をした。谷井の母親は繰返し幾度も礼を云い、手に手巾《ハンカチ》を握って、頰を桜色に上気させていた。

十

耕二の平仄密《へいそくみつ》解読の仕事は少しも進展しなかった。役所の構内の若葉がもう、すっかり濃かった。彼は書類に手を触れる事がいやになって来た。当直の晩なども以前のような張りつめた気持で夜更《よふ》かしが出来なくなり、彼は一課の当直机でぼんやり暇をつぶしている事が多かった。其処には一課二課の当直員が幾人も、電話器と測定用の大圏図を囲んで屯《たむ》ろしている。

一課の班員の福田少佐が当直の日、丁度中田中尉、塘等も泊りで、耕二はその仲間に入って話をしていた。航空機用資材の配分問題で相変らず陸軍が主導権を握ろうとしているという話が出た。すると中田中尉が、

「陸式が輸送潜水艦を造ったという話は本当ですか？」と、戦況説明の時使う尖《とが》った棒でぴしぴし大圏図の上を叩《たた》きながら、福田少佐に訊《き》いた。彼等は上官の陸軍嫌いにかぶれて、皆例外なく陸軍嫌いで、陸軍があのさばらなければ日本の運命をこれ程窮地に追い込まなくて済んでいただろうと思っていた。それで陸軍の事は平素、陸式とか陸さんとか陸助とか、軽蔑《けいべつ》的な云《い》い方で呼んでいた。

「さあ、本当かも知れませんね」福田少佐は人のよさそうな微笑をして、眼をしばたたいた。元々潜水艦専門の人であった。「陸さんも海上輸送が大変なものだという事は、この頃やっと気づいたようですからね。然《しか》し造ってみたところで、急拵《ごしら》えの人員で潜水艦がそう自由に浮いたり沈んだりするものではありませんよ」

「一八三〇、目標ビメック、ペナンの八十七度。次、一八四〇、同じく目標ビメック、……」塘は電話に取りついて大声で復唱しながら、大和田通信隊から入って来る測定報告を受けていた。各地の方位測定所で捕捉《ほそく》測定した敵の艦船や航空機の報告が大和田の通信隊から集約されて入って来る、一課二課の当直員は翌朝の説明に備えてそれを整理して図に記入して置かなくてはならない。

「近い内に大きな会戦がある模様なんですか？」耕二は訊いてみた。

「大体あと一カ月でしょうね。これで敗れたら残念ながら日本はもう勝ち目がありません。あとはフィリッピン、台湾とじり貧ですね。そうしたら皆で腹を切りましょう」福田少佐は又微笑した。

「然し皆の人格を認めないような事を云うのは失礼だけれど、皆は必要以上に味方作戦の事を知ってるね。英国なんか、その点は徹底していますよ」――印度から飛行機でビルマの奥地へ入って来る英国の諜者《ちょうじゃ》等は、着地すると服装をビルマの服に整えて、腰の周りにアンテナを巻き、携帯無電機を手筥《てばこ》に仕立てて活躍を始めるのであるが、彼等を逮捕して訊問《じんもん》してみても、味方（英国）の事に関しては驚く程無智《むち》である。敵（日本）の軍事組織や艦船の名前に関しては実に精確な知識を持っているに拘《かかわ》らず、カルカッタの在泊艦艇に就てなど、隻《せき》数の他何も知らない。知らない事は云えない、危険に備えて彼等諜者の教育はそういう方針でなされているらしい、少佐はそういう話をした。

ウラニュームを使って、マッチ箱一つぐらいの量でニューヨーク全市を破壊出来るほど強力な爆弾の研究が可成進んでいるらしい等という話も出た。尤《もっと》もそれは、日本で進んでいるのかアメリカで進んでいるのか、よく分らなかった。

「一九二五、エンナ・トン・アール・ケー、高雄《たかお》の四十八度、一九二七、目標フェミイ、トラックの百四十五度」

「皆はこの頃又、理事生達とバレーをやったりしてよく遊んでいるけど、首席班員が大分御機嫌が悪いようですよ」福田少佐は話の序手《ついで》にそんな事を云った。

自分に云われたのでない事は分っていたが、耕二は一寸狼狽《ろうばい》した。彼は久木、谷井と続いて二人に別れ、仕事は行きづまりで、気持が自然に他処《よそ》の方へ向いていた。谷井が上野を発って十日もしないうちに、彼は心に或《あ》る波立ちを覚え出した。それは智恵子との時以来、未《ま》だ誰にも感じた事の無いものであった。彼は近頃用もないのに、特務班の廊下をぶらぶら歩いたり、退庁の時刻に忘れ物をした振りをして幾度も階段を昇り降りしたりしていた。相手は矢野理事生——谷井といつか感じがいいと話し合った矢野典子《のりこ》であった。矢野はB班のタイピストで、耕二とは仕事の上の繋《つな》がりが全く無いので、口を利《き》く折が無く、彼は無理に事を拵らえて、

「じゃあ、塘少尉《つつみしょうい》にそう云ってくれ給《たま》え」等とつまらぬ用を頼んだ。矢野は口の中で、「はい」とはにかんだ返事をし、頸《くび》をかしげて笑う。金持の娘が多く、彩《いろど》りの派手な特務班の中で、矢野は服装が貧しく、よく洗い晒《ざら》しの紺がすりのもんぺ等はいていた。それが却って耕二に好感を抱かせた。そしてその何時《いつ》でも寂しそうにうるんでいるような眼つきが彼は好きであった。そういう気持でいたので、彼は福田少佐の話に、思わずぎくりとした。だが、その晩は、その話はそれきりで、やがて用のない者は順々

に、当直室のベッドへひきとって行った。

然し彼の気持は、六月になると、仕事の不調と生理的な衝迫とから、段々昂《こう》じて来た。昼の休み等、彼は庁舎の屋上に上って、遥《はる》か下のバレーコートの横に戯《たわむ》れている所謂《いわゆる》幼稚園組の少女達の中に、矢野理事生がいるのを、その小さな腰や発育しきらないほそい脚を、盗むように眺めている事があった。〈いっそ結婚したらいいんだ〉——耕二は本気でそう思い始めた。彼は智恵子との事を思い出すと、常に曖昧《あいまい》な、そしてその為《ため》に重苦しい感じが残った。矢野と結婚してしまえば、善くも悪《あ》しくも智恵子との間はさっぱりする、彼はそう思った。

「一寸《ちよつと》話したい事があるんだが、今夜つき合えよ」耕二は或る日和田と塘とを晩飯に誘った。八分方決心をつけていたが、具体的な面を相談したく、又ともかく誰かに打ち明けてみたかった。三人は霞ヶ関《かすみせき》の本省から近い陸海軍将校集会所へ、ビールを飲みに出かけて行った。

「俺は実はある理事生と結婚しようかと思うんだがね」

「何だ、それは？」塘は驚くより、呆《あき》れたという顔をした。

「相手は矢野だ」耕二は自分の気持が動いて来た筋道を話し、「色々厄介な問題があると思うんだけど、俺が表面に出ちゃ不味《まず》いから、貴様たちでやってくれよ。何とかなるだろう?」そう云った。

「あの矢野をねえ……。へえ……」塘は云った。

「然しそいつは、余程注意しないと、スキャンダルになるぞ」和田は云った。

「あの眼がいいな」耕二は舌を出した。

「云っちゃ悪いかも知れないけど」塘は云った。「矢野の眼のどこがいいかね? 俺は彼女を浄書で始終使ってるんだぜ。よく見てみたのかい? 物欲しそうないやな眼つきだ。子供の癖に妙に色気づいて見える。あれは藪睨《やぶにら》みだよ。俺はそれは一寸不賛成だな。貴様がよほど考えた上でどうしてもやると云うんなら、するだけの事はしてやるけど、一度水でもかぶって来てからにしろよ」

「俺はどんな事があったってやるよ」耕二は反射的に相談の口調でなくなった。

「一寸待てよ、その矢野じゃないか?」和田が云った。「何時か谷井が感じがいいと云ってたというのは」

「そう。俺と谷井とが殆《ほとん》ど同時にそう云い出したんだ」

「分ったよ、貴様。それはね、錯覚だぜ」和田は続けた。「つまりだな、大学以来一緒の谷井が千島へ行って了《しま》って、貴様は淋しくなったもんだから、それで谷井の云ってた事が頭の中で変に固定し出したんだ、よく考えてみろよ、きっとそうだよ」

「そういう事はあるかも知れない。それだっていいじゃないか。何も錯覚という事はない。俺は本気なんだ」

「本気……か……」和田は云った。「然しどうしてもやるんなら、余程慎重にやれよ。家の事なんかちっとは調べたのか？」

「いや。何も知らん。家は何処《どこ》かな？」

「無茶だな、まるで」

耕二は和田の奨《すす》めで興信所に調べを頼む事だけは承知したが、あとの処置は全部この二人に委《まか》す事にし、消極的に反対している二人を無理に納得させてしまった。

以前和田が親戚《しんせき》の人の結婚調査で頼んだ事があるという、銀座の興信所を教わり、翌日耕二は背広に着更《きが》えて其処を訪ねて行った。廊下の壁に沿うて、埃《ほこり》まみれの黄色い戸籍の綴《と》じが、崩れそうになって天井まで積み上げてあった。彼は主任という陰気な感じの男に仕切部屋の中で逢《あ》った。被調査者の勤務先が軍隊の中だと、機密に触れるのが煩《うるさ》くて中々厄介だが、十日くらいで何とかなろうという返事であった。彼は自分の名前は他人名義にして伏せて置いた。一方塘と和田とは仕事の暇を偸《ぬす》んで、少しずつ矢野の事をさぐり始めた。

平仄密の解読は彼の机の上ですっかり投げ出しになっていた。助手の佐野兵曹だけが、毎日黙ってローマ字の行列に鉛筆をあてていた。耕二は矢野の事は、調べてみたところでどうせ結果は平凡なものに違いないと思った。何処かの女学校を中程度の成績で卒業し、父親は退職官吏か何かで、姉や弟が二三人いる、あまり豊かでないが平和で平凡な家庭、恐らくそんなところであろう。彼は貧しい人と結婚しても、自分が貧乏暮らしに落ちなくてはならないという事は無かったし、平凡な家の平凡な娘と一緒になるのが自分にはいい事のような気がした。今にあの眼も、腰も細い腕も自分の物になる、自分は満足してそれを大切にして、定められただけ生きる、それでいい。彼はそう思って或る幸福感と共に、生涯の事が決って了ったような軽い寂しさを感じた。

十一

「小畑、一寸屋上まで」

二三日後の朝、和田が何気ない調子で、C班の部屋へ耕二を呼びに来た。耕二も何気なく頷《うなず》き、仕事の上の連絡のような恰好《かっこう》に、書類を一束摑《つか》んで部屋を出た。

庁舎の屋上では塘が待っていた。

「矢野の出た女学校がわかった」

「そうか、ありがとう」

「貴様がっかりするな。K家政女学校だそうだ。あの仲間の田村が云ったんだ」

「ふうん」耕二は、いい報告を聞いたともさすがに云えなかった。K家政というのは、東京であまり所謂上等な家庭の娘の行く学校ではなかった。が、彼は直《す》ぐ、

「まあそんな事は構わない。ちっとも構わない。田村は矢野の事詳しいのか？」と気持を払うように云った。

「学校はK家政よって云うんだが、よく遊んでる癖に大して知っちゃいないようだな。尤もあんまり根掘り葉掘り訊くのもおかしいから……」

「それからね、もう一つ、矢野が近々此処《ここ》をやめるという話がある」和田が云った。

「どうして？　それは何故《なぜ》だろう？」耕二は不安そうな顔をした。女子理事生がやめるのは大抵結婚の為であった。

「ゆうべ俺は当直だったから、一課で測定線を入れる手伝いをしてたんだが、状況が閑散で三井中尉や酒井中尉が理事生の品評会をやり出したんだ。いい機会だと思って調子を合せて聞いていると、どうも矢野が近くやめるらしい。矢野や田村や、あの子供みたいな連中の中の誰か知らないが、三井中尉の遠縁の奴《やつ》がいるんだね。田村も矢野も時々こっそり三井の家へ遊びに行くらしいんだよ」

「へえ」耕二は不快な感じがした。「それはよくないね。首席班員が知ったら怒るぞ」

「身勝手な事ばかり云うな」塘は笑いながら一寸詰《なじ》るような調子で云った。「首席班員が聞いたら怒るのは、貴様の事だ」

「然し、まさか、矢野は三井中尉と結婚するんでやめるんじゃあないだろうな」

「馬鹿《ばか》な。いい加減にしろ」塘は頭ごなしに云った。「貴様以外に誰が矢野なんぞ問題にするもんか」

「まあ今のところそれだけだ。……それより」和田は云った。「ゆうべボルネオの附近に大分アメリカの潜水艦が測定されてたよ。三艦隊があの辺にいるらしいね。久木の奴どうしてるかな」

その日の昼休みに、耕二は二人から聞かされた話を頭の中で繰返して考えながら、一人で人のいない弓道場の方へ歩いていると、道ばたの繁《しげ》ったクローバーの上に、木津理事生ともう一人の理事生が、腰を下ろしているのが見えた。小さい虫が来るらしく、木津は顔の前を手で左右に払いながら、脚を投げ出して話していた。ふとその会話の端が彼の耳を捉《とら》えた。

「お決りになったんですってね」それから、「三井中尉」それだけ聞えた。彼ははッとした。そして耳に神経を集めて通り過ぎると、今度は、「三菱重工業……、もうすぐね」又それだけ聞えた。彼は一旦《いったん》弓道場の裏手まで遠去かって行った。柔らかそうな幹から枝を出して、桐《きり》に似た大きな葉を沢山繁らせている樹《き》が幾本も立ち並んでいる。彼はその葉を二三枚むしり、何気なく又木津のいる方へと引き返して行った。二人は話をやめて耕二の来るのを見ていた。彼は木の葉を振り振り、

「木津理事生、これ何の葉だか知りませんか？」そう云《い》って立ち止った。

「御存知？」木津はもう一人の理事生に顔を向けてから、「それ、あの裏に沢山ある木じゃありませんの？」そう耕二に訊《き》き、「あれだったら、木ささげという木じゃないかしら。秋にささげのような実が成るのよ」と云った。

「はあ……。よく知ってるな」耕二は云ったが、我ながら間の抜けた感じで、そのまま調子を変えて、「今何の話をしてたんですか？」と訊《たず》ねる訳に行かなくなった。

「小畑少尉」木津は尻上《しりあが》りの一寸媚《こ》びるような口調で逆に呼びかけた。「小畑少尉は××でいらしたんですって？」

「ええ。どうして？」耕二は一寸赤くなった。

「あたくしも××なの」木津はあでやかに笑うと、わざと得意気に胸を叩《たた》くような恰好をして見せた。××というのは広島の、耕二の出た小学校の名前であった。「でもあたくし、父の転勤で二年までしかいなかったから、憶《おぼ》えていらっしゃらないわね」

「そうですか。それは知らなかった」耕二は云ったが、実際はそれどころではなかった。彼は二人の所を離れて、急いで庁舎へ帰って行き、和田と塘を探した。朝から不安な気持でいた彼は、てっきり三井中尉が矢野と結婚するので、その噂話《うわさばなし》を木津たちがしていたに違いないと思いこんだ。和田は昼前から用があって本省に連絡に行って留守であった。塘は相手にならなかった。

「どうしてそう早呑込《はやのみこ》みなんだろう。そういうのが疑心暗鬼と言うんだ。三井中尉の娑婆《しゃば》での就職の事か何かだよ。興信所の調べが分るまで、とにかく待てよ」

その日耕二は夕方晩《おそ》くまで、和田の帰りを待っていたが、和田は本省の方からそのまま帰宅したのか、姿を見せず、彼は待ちくたびれて役所を出、それから思いついて、白金《しろがね》の通りからそう遠くないK家政女学校へ向った。

女学校の三階建のコンクリートの建物、その屋上からは青塗りの、バスケット・ボールのゴールのボールドが半分見え、正面玄関のガラス扉からは、ひっそりとしたホールに靴箱が沢山並んでいるのが見えた。生徒も職員も、皆帰った後らしく、玄関の扉はどれを押しても開かなかった。気づくと、暗い板ガラスの扉が鏡になって、背を曲げて覗《のぞ》き込んでいる軍服姿の気の利かない恰好が映っていた。急いで耕二は其処《そこ》を離れた。裏へ廻ってみると、建物に附属した小屋があり、戸を押すと今度は直ぐ開いて、小使いの婆《ばあ》さんが顔を出した。そして学校にはもう誰もいない事、二丁ばかり先の寄宿舎へ行けば舎監の先生がいる筈《はず》だという事を教えられた。彼は寄宿舎を探して行った。

低い石門に「養心寮」と彫ってあり、其処から奥へ細長い石畳道が通じて、薄暗い部屋から、キンキンいやに響くピアノの音が聞えている。二階の窓から二三人寄宿生の顔が覗いていたが、彼が見上げるとびっくりしたように引っ込んで了った。案内を乞《こ》うと、紺の袴《はかま》をつけた四十くらいの女教師が出て来て、少しおどおどしながら、

「どのような御用件でございましょうか？」と訊いた。耕二は軍服で来た事を気の毒に思った。応接間へ通され、彼はさりげない調子で簡単に矢野の事を訊ねた。

「矢野さん？　矢野さんて方、数人ございましたけど、矢野典子《のりこ》さんというのは一寸記憶にございませんが……。わたくしこの学校に八年勤めております。その間の卒業生でしたら大抵全部憶えているのでございますが、――でも一寸お待ち下さい。只今《ただいま》名簿を調べてみますから」先生はそう云って、名簿を繰ってくれたが、やはり矢野典子は無かった。

「改姓でもなさった方では……？」

「いいえ、そんな事はないと思うのですが」

耕二は何処に間違いがあったのか解《わか》らず、妙な気持で寄宿舎を出、下宿へ帰って行った。

翌朝耕二が出勤すると直ぐ、和田が呼びに来て、二人は又屋上へ上った。

「今朝早く、昨日の事を塘《つつみ》に聞いた」和田はいやに堅い顔をして云った。

「そうか。どうも不安でしようがないもんだから……」耕二は一寸照れた。

「三井中尉《ちゆうい》との事ね、疑えばそう取れる節があるかも知れない。然《しか》しこの機会に俺はもう一度貴様に云いたいんだ」

「…………」

「俺は貴様の気持を別に不真面目《ふまじめ》だとは思わないよ。然し士官としての貴様の奥さん、それから将来文学をやるのか、その場合の貴様の奥さんとして矢野を考えてみて、どうにもまるでぴったり来ないんだ。あれは、興信所の調べがどんな風だか解らないが、俺にはどうも好《よ》い娘さんだとは思えないよ。貴様は盛んにいい、いいって云うけど、あの眼つきは蓮《はす》っ葉《ぱ》な眼つきだぜ。貴様は自分でそう意識していないかも知れないが、この前も云ったように、谷井があんな事を云って出て行ったのが、相当貴様の気持に影響してると思うんだ。どうだい、もう一度考え直す事は出来ないか？」

「いやだよ」耕二は和田に向き合って、何かに抗するように云った。「大体貴様、俺が将来又文学をやり、貴様が人類学をやり、久木が外務省へ帰る、そんな事がどれだけ現実に想像出来るかね？　俺はいつか俺が又昔のように暢気《のんき》な旅をしたり、原稿用紙や小説本をいじったり、そんな時が来るという事が、何だかもうありそうもないような気がするんだよ。それで何でも無茶をやっていいとは思わないさ。然し唯《ただ》、俺は現在の自分の純粋な気持には忠実になりたいんだ。へんにもやもやしたくないんだ。もう二度と来ないかも知れない事なんだぜ。死ぬかも知れないんだもの、計算や遠慮気兼ねはもう沢山なんだ。参謀連中や一期の連中から、スキャンダルと云われようと、敵視されようと平気だよ。勇気が出るくらいだ。好きと思って、直ぐ結婚と、そう結びついただけ、むしろ自分じゃあ今度は真面目な積りなんだ」

「だから不真面目だとは思わないと云ってるじゃないか。問題は相手だよ」

「いや。とにかく今度の事は意地でも押し通してやる。なるべく早い方がいい」

「じゃあ貴様、もし三井中尉と矢野との事が事実だったらどうするんだ？　それでもやるか？」

「無論やる。やり甲斐《がい》がある。そうなったら断然三井と争うよ」

「そんな事を……。そういう風にしたら三人とも不幸になるだけじゃないか」

「構わない」

「どうしてもか？」

「うん」

和田は一寸《ちよつと》耕二から身を離した。そしてくるりと後ろ向きになると、靴の先を見ながらコツコツ三和土《たたき》の床の上を向うの端まで歩いて行った。耕二は動かず黙って見ていた。和田は鉄の手摺《てすり》にもたれて暫《しばら》く考えている様子だったが、又伏眼勝ちに耕二の所へ帰って来た。その青い貴族的な顔が妙に不機嫌そうになり、眉《まゆ》の所がぴくぴく痙《けい》攣《れん》した。

「実は」和田は云い難《に》くそうに云った。「ひとには決して云うまいと思っていたんだが、俺が貴様と同じような立場にあるんだ」

「え？」耕二は面喰らった。

「もう済んだ事なんだがね」

その時、屋上への出入口の扉が開き、一人のタイピストが顔を出した。続いてもう一人顔を出した。そして耕二達を認めると、

「あら」と云ったが、そのまま ぐるッと屋上を見渡して、「いらっしゃらないわ」バタンと乱暴に扉を閉じ、バタバタ足音をさせて逃げて行った。

「ブルーね」和田は云った。

「あ、そうか。やっぱり貴様は木津を？」

——昨年秋、耕二等のクラスが少尉に任官して二ヵ月後、川井や木津安芸江《あきえ》たち三四人のタイピストが新しく採用され、中で一番美しく、直ぐ若い士官達の評判になり出した木津理事生は、和田の考えている米国のストリップ暗号の新しい解読法を専門に手伝うよう、和田に配属された。二人は時には別室に籠《こも》ったりして、二人だけで毎日朝から晩まで同じ電報綴《つづ》りと同じ統計表と同じ想定平文とを扱う事になった。和田は艶麗《えんれい》な木津に段々惹《ひ》きつけられて、仕舞いに気持が退《の》っ引《ぴき》ならなくなって来た。両親に打ち明け、それから今耕二が矢野の事を調べさせている興信所に調べを依頼した。結果は悪くなかった。本人の木津は、信者ではないが或《あ》るキリスト教の女学校を出、父親は退役の海軍少将だが、応召になって現在スラバヤにいる。兄は兵学校出の戦闘機乗りで、横須賀《よこすか》航空隊附の大尉である。その他姉と妹とが一人ずつある。

和田の父親は厄介な肝臓の病気で病院生活をしているので、自分の余命の事を考え、一人息子の和田のこの話を非常に喜んだ。母親も賛成した。和田は話がスキャンダルにならないように、極く内々で話を進め、それがうまく運べば適当な折に木津に特務班をやめて貰《もら》い、それから皆が少し忘れた頃になって目立たぬように話を具体化するつもりであった。ところが三月の中頃になって、それまで頻《しき》りと興信所以外の訊き込みに努めていた和田の母親が、その本人には既に許婚《いいなずけ》があるという事を、可成確かな筋から聞いて来た。和田はがっかりした。病気の父親も大変失望した。然しそうと分れば、それ以上押して行くのは、不必要に事を表立てるだけだというので、三人とも不幸になるのは嫌だと思って、和田は話を留める事にした。然し特務班では仕事は毎日一緒で、始終木津と話をし、その身体《からだ》を身近に感じているので、何もなかったような顔をしているのが大変つらい。──和田はそのように話した。

「やっぱりブルーとね。……貴様がパンを残すのはそれだったんだな？」

「そうでもない。胃も悪い」和田はむつかしげな顔をして云った。

「どういう男なんだ、その許婚《いいなずけ》というのは？」

「其処までは知らない。もうよそうじゃないか。まあ俺の場合はそうやって此方《こっち》が身を引いたという話さ。別に貴様の事と関係は無いよ」

「ふん」耕二は然しその話での和田の態度を一寸不満に思った。「俺のはまあ、あんまり猪突《ちょとつ》猛進かも知らないが、貴様のそれは又、少し弱気で諦《あき》らめがよすぎるな」

「余計な事を云うんじゃなかったよ」和田は云った。「これは絶対に誰にも云っちゃあ困るぞ。塘にも、広川にも」

又屋上への出口の扉が開いた。塘がにやにやしながら姿を見せた。

「いると思った。どうだい？」塘は寄って来て、「注意しろよ、おい。三人がよくこうやって話しているだろう。田村が何か勘づいてるんだ。今朝廊下で逢《あ》ったら、いきなり、『塘少尉、今日は矢野さんお休みよ』て言うんだ。びっくりしたけどね、この野郎子供の癖にと思ったから、『へえ、そうかい、然しどうして君、そんな事を教えてくれるんだい？』って言ってやったら、田村の奴《やつ》つまって、真っ赤になって逃げて行ったよ」と云った。

「よしよし。もう下へ降りよう。大分長い間机を空けっ放しだ」

階段を降り始めると、弾《はじ》くようなタイプライターの音が一斉に聞えて来た。二課の部屋の前で和田と塘に別れた。四課へ帰りかけると廊下で彼は広川に逢った。耕二は広川はどうしたのかひどく緊張していた。

「小畑一寸来い」そう云って広川は耕二を一課の部屋の方へ引っ張り、途々《みちみち》、「貴様達この頃仕事もせずに、何だかごそごそやってるが、何の相談だ？」と云った。耕二は反抗的に、

「何でもいいじゃないか。和田と相談してる事があるんだ。その内貴様にも話す」と警戒しながら云い、「用事じゃないんだろう。俺は部屋へ帰るよ」と広川の腕を振り離した。

広川は然し、

「とにかく一寸A班まで来い。見せるものがある」と、無理に耕二を引っ張って行った。

「これ」広川は自分の机の上を指した。耕二ははッと其処に立ちすくんだ。それは、

「あ号作戦決戦発動」

「皇国ノ興廃此《この》一戦ニ在リ。各員一死報国ノ決意ヲ新ニシ粉骨砕身其《そ》ノ任ヲ尽スベシ」という、二通の味方作戦電報の写しであった。

十二

中部太平洋の決戦海域を目ざしてスル海を北上する機動艦隊の中で、久木が同じ電報を眺めていた。久木の乗艦《ふね》は第一機動艦隊兼第一航空戦隊旗艦の大鳳《たいほう》という新しい航空母艦で、この艦は巡洋戦艦改造の空母や、商船改造の特空母とちがい、最初から航空母艦として設計され、その年の三月に就役したばかりの艦《ふね》で、久木は特務班を出て呉《くれ》から昭南《しょうなん》へ飛び、昭南でこれに着任した。装甲が厚く、無駄な空間と舷窓《げんそう》とが少い為《ため》非常に居住の窮屈な暑い艦であったが、公室には冷房装置と蛍光燈《けいこうとう》とがあり、電波探信儀、ジャイロ・コムパス、光学兵器、無電機、高角火器等には日本の技術の最

も新しい物が整えられてあった。第一航空戦隊はこの時、大鳳、瑞鶴《ずいかく》、翔鶴《しょうかく》の三隻《せき》の正規空母から成っていた。

　同じ時刻にそれより三十浬《かいり》前方の第二航空戦隊の航空母艦飛鷹《ひよう》の飛行甲板には、伊吹《いぶき》がいた。伊吹は総員集合の列の中で、艦長からあ号作戦発動の訓辞を聞いていた。第二航空戦隊は、隼鷹《じゅんよう》（旗艦）、飛鷹、竜鳳《りゅうほう》の三空母から成っていた。竜鳳は元潜水母艦大鯨の改造艦で、隼鷹と飛鷹とはそれぞれ、日本郵船の橿原丸《かしはら》、出雲丸《いずも》を改装した特空母であった。

　第三航空戦隊は更に三十浬前方の、千代田（旗艦）、千歳《ちとせ》、瑞鳳《ずいほう》の三隻の空母で、これらもまた、水上機母艦その他の改造艦であったが、この三箇《こ》航空戦隊都合九隻の母艦群は、大和《やまと》、武蔵《むさし》、長門《ながと》、金剛《こんごう》を始め、戦艦巡洋艦駆逐艦多数を含む大部隊の輪型陣に護衛されていた。随《したが》って、久木少尉の乗っている全艦隊の旗艦大鳳は、縦に長い陣の最後から走っているわけであった。瑞鳳には曾《かつ》て特務班の五課長の職にいた江崎中佐が副長で乗組んでいた。各艦は、日本海海戦の故事に倣《なら》って、檣頭《しょうとう》に各ゝ一《いち》旒《りゅう》のZ旗を上げていた。

　九隻の母艦に搭載されている飛行機は、艦載攻撃機天山《てんざん》、艦載爆撃機彗星《すいせい》、艦載戦闘機零戦《ぜろせん》改良五二型等であったが、彗星を除いて、攻撃機と戦闘機とは既に時代に遅れた飛行機であった。曾てガダルカナルの攻防が激しかった頃には、優秀な搭乗員を擁して、米軍の前線司令部に、「AllB-17 avoid Munda point! Zeroes there.」と平文電報を打たせたというのが語り草になっている程、「ゼロファイター」と称して恐れられた零式戦闘機も、この頃には防禦力《ぼうぎょりょく》の不足と、彼我の乗員の素質の逆転とから、「ペーパープレン」とか「ゼロライター」とか呼ばれて既にアメリカの航空機に太刀打がかなわなくなっていた。そして新鋭機の彗星艦爆もまた、乗り手の技倆《ぎりょう》を得ない為にその機能を発揮しなかった。大鳳が昭南の泊地で訓練中、練度の低い搭乗員の為にこの彗星が屢〻《しばしば》失速を起して、その為の犠牲者は五十名を数えていた。海軍航空隊は緒戦当時の秀《すぐ》れたパイロットを既に悉く《ことごと》失っていた。若い新しい搭乗員達は、後に書くように三カ月の速成訓練で、只一式の攻撃法しか叩《たた》き込まれておらず、これらの事はマリアナ決戦に向う艦隊の上に、拭《ぬぐ》い難い不安を投じていた。

久木は四月から五月中旬にかけての一と月足らずの間、昭南リンガ泊地を出て訓練の為に移動する大鳳に乗って、毎日のように赤道越えをやりながら、若い予科練出の頰の赤い下士官搭乗員達が幾人となく死んで行くのを見た。事故の主な原因は、技倆の未熟から着艦訓練の際、艦橋を心理的にひどく邪魔にして、避けようとし過ぎて失速を起し、海へ突っ込む為で、一旦《いったん》海へ落ちると、飛行機は風防を開く間もなく、乗員を入れたまま忽ち沈んでしまう。久木は現地のこういう状況を眼のあたり見て、益々気持が悲観的になり、内地への航空便に托す機密書類の中に、公用の朱印を押した私信を封入して、和田や広川や小畑耕二に、戦争の前途の到底芳しくない事を皮肉混りに書き送っていた。

五月中旬、各戦隊は決戦を予定して、各〻の訓練地からボルネオ北東ミンダナオ南西のタウイタウイ島に集結し始めた。久木の大鳳も伊吹の飛鷹もその中にいた。それは、戦艦五隻、航空母艦九隻、巡洋艦十三隻、駆逐艦約三十隻、給油船糧食船多数を含む、現存の帝国海軍艦艇の殆《ほとん》ど全部であった。タウイタウイの海はライト・ブルーの美しい、あかるい海で、久木は次室の主計や軍医の怠け仲間と一緒に、始終仕事を怠けては、艦首へ涼みに行って、敗戦論に花を咲かせた。其処《そこ》は飛行甲板の蔭《かげ》で風通しがよく、母艦が訓練で航走していると、艦の進む先から、銀色の飛魚が水鳥のようにシッ、シッと飛び立って波の上を飛んで行くのが見えた。怠け仲間達はそれを日蔭ぼっこと称して楽しんでいた。

然《しか》し艦隊の集結後間もなく、タウイタウイ島の周辺には敵の潜水艦が幾杯となく海豚《いるか》のように出没し始め、駆逐艦が出動すると逆に撃沈される有様で、その為に母艦の泊地外への行動は不能になり、随って艦載機の発着訓練が出来なくなった。未熟な搭乗員達は、技倆を更に低下させながら、空《むな》しく此処《ここ》で待機していた。

　敵の第五十八機動部隊がサイパンを叩き始めたのは、六月十一日であった。艦隊は内部の可燃物を全《すべ》て陸揚げし、総員 盃《さかずき》 を上げて、六月十三日の午前八時、残存全兵力をもってタウイタウイを出撃した。その日の午後、対潜哨戒《たいせんしょうかい》に出ていた三機の艦載爆撃機の内の一機が着艦の際、誤って前に降りた飛行機の上にかぶさり、炎上する事故があった。母艦には損傷が無かったが、艦爆は未使用の爆弾を抱いている為、危険で消火作業が出来ず、全員下へ退避して火の消えるのを待ったが、この為に士官三名を含む八人の焼死者が出、艦隊は夕刻イロイロ北東の水道に仮泊して、焼死者を降ろし併せて補給を行った。近くの青黒い大きな島影を見ながら、久木はこの時も不吉な予感を感じないではいられなかった。

　次の日サンベルナルジノ海峡を出離れる時、サマル島の突角の上に土人の焚《た》く火が見えた。アメリカの潜水艦に対する通報らしく、呼応するように大鳳の見張員が潜望鏡の視認を報じた。久木ら第一機動艦隊の通信 諜 報《ちょうほう》班は、間もなく同一潜水艦と見られるものが、極めて良好な感度で、潜水艦用のストリップ指示符「bimek」を用いてO電（作戦特別緊急信）を発信するのを捕捉《ほそく》した。大胆にも艦隊のすぐ近くから電波を出しているらしく、暗号の内容は解けないが、明らかに日本艦隊発見の報告と思われた。久木は直《す》ぐ通信参謀に知らせたが、処置が遅れて味方はこの潜水艦を失した。あ号作戦失敗の直接原因の一つは此処にもあったようである。

六月十六日には洋上補給を行った。十八日、艦隊は決戦海面に到着し、午後には敵機動部隊の消息が一部判明したが、日没が近くなったので攻撃は取止《とりや》めとなる。索敵機は翌十九日の未明から数段に分れて出発した。その早いものは、暗い内に、近接している敵機動部隊の上空を通過した筈であったが、報告が中々届かず、敵の態勢が概略判明した時には既に日が昇っていた。早暁から始められる筈の先制攻撃の企図は、その為に数時間の遅れを取った。敵の機動部隊はサイパン島を中にして数群に分れ、その各〻の一群が略〻《ほぼ》味方の全艦隊に匹敵する兵力を含んでいる模様である。七時、母艦は風に向って艦首を立て直した。八時三十分には大鳳の第一次攻撃隊の全機が発艦を終った。続いて第二次攻撃隊の出発準備が始められた。するとその時、大鳳から最後に離艦した第一次攻撃隊の艦爆が一機、急に妙な姿勢を取ったと思うと、忽ち急降下して海へ突込み、直ぐ機影を波に没した。殆ど同時に大鳳の見張員が、右三十度に雷跡を発見した。大鳳は大きく転舵《てんだ》して三発まで魚雷を避けたが、一発が艦首右舷に命中した。艦爆は離艦して雷跡を認め、体当りで母艦を守ろうとしたのだが、成功しなかったのである。

久木は配置について、がくんと、自動車が岩の上へのし上げたような衝撃を感じた。大鳳は火災を起さなかったが、艦首のガソリン庫に罅《ひび》が入り、六十サンチ装甲の飛行甲板が一部裂けて、甲板に出ていた第二次攻撃隊の飛行機を吹き飛ばし、前部のリフトが格納庫へ降りかけたまま、ショックで作動しなくなった。ガソリンのガスが艦内に溢《あふ》れ出して来、そのガスを多量に吸って気の変になった兵隊が出る。舷窓開け、靴に鋲《びょう》のある者はラッタルの昇降を静かにせよ、という命令が出る。鋲が鉄梯子《てつばしご》でスパークするとガスに引火するからであった。大鳳は指定の最大戦闘速力三十三ノット即時待機を崩さず、航海には支障がなかったが、リフトが大きな口を開いたままでは次の攻撃隊が出発出来ないので、作業員はガスマスクを着け、材木を集めて復旧作業を急いだ。

然し第一航空戦隊は敵の潜水艦の網の中へ入りこんでいた。間もなく今度は、すぐ近くで翔鶴が雷撃を受けた。翔鶴は艦の中央に大きな穴を開けられ、忽ち火災を起し、間もなく速力を落した。一時沈没を免れ、戦列を離れて巡洋艦に護《まも》られながら横須賀廻航になったが、結局この二万九千噸《トン》の母艦は暫《しばら》くしてあっけなく沈没した。

一方大鳳には攻撃隊から何の報告も入って来なかった。長い不安な時間が経過した。攻撃隊は敵母艦群の五十浬手前までは極力低空飛行を行い、五十浬に近接した所で一斉に急上昇をして、高々度から逆落しで急襲を掛ける予定であった。低空飛行をするのは、地表面の丸みを利して、敵の電探の電波を避ける為であり、一旦高々度まで急上昇するのは、敵の母艦群の上には、敵の戦闘機群が直掩《ちょくえん》をやっていると判断されたからである。これが速成訓練を受けた搭乗員達の教えられて来た唯一《ゆいいつ》の戦法であった。彼等はこれ以外に状況に応じて機宜の攻撃法を採る事は知らなかった。彼等は忠実かつ正確に教えられた戦法を守った。敵は意表に出た。敵の状況判断がすぐれていたのか、味方の暗号電報が解読されていたのか、それはわからない、敵艦群の手前五十浬で編隊が一斉に上げを掛け、その為に速力が鈍った時、その上空に敵の戦闘機の大群が待っていたのであった。

戦果は殆ど皆無であった。味方の損害は大きかった。九隻の母艦を出た約四百機の第一次第二次攻撃隊のうち、テニヤン、グアム、ロタ等の陸上基地に降りたものを除いて、帰投し得た飛行機は僅《わず》かに百機内外しかなかった。

こうして生き残った攻撃隊が、午後になって少数機ずつ大鳳に帰投し始めた時、久木は電信室の隣りの休憩室で遅い昼飯を済ませ、次に食事をする者と交替して自分の配置に着いていた。突然裂けるような大音響が聞えた。久木は意識を失った。

或《あ》る不明確な長さの時間が経《た》って、彼が気づいてみると、辺りは真っ暗である。彼は眼も耳も、全て意識が確かりしなかった。平和な学生時代、自分の寝床の上でぼんやり朝寝をしているような心持《しっ》がしていた。すると彼の眼覚めた意識はもう一度消え入りそうになった。人の呻《うめ》く声が聞えた。

「いかん、やられたんだ！」彼はそれで咄嗟《とっさ》に飛び上ろうとした。すると脚から背筋へ引攣《ひきつ》るような痛みを感じた。足が何かに銜《くわ》え込まれていて動けない。背の方に当る格納庫の中で、ゴロゴロと底力のある音を立てて、何かが転《ころが》るか燃えるかしている。鉄板の裂け目から一条《すじ》の光が強く射《さ》し込んでいた。

彼は段々様子が分って来た。先刻大きな音がした時、自分の前に在った重い机が自分の方へ倒れ掛り、自分は何かに強く頭をなぐりつけられてその横へ倒れ、足を机に喰われて了《しま》ったのだ。それが分ると彼はいくらか落着きが出来た。背側の鉄壁の裂け目から火が吹き込み始めて、自分の頭髪の焦《こ》げる匂《におい》がしている。なるほど、こうして死ぬのだな、と悲しくも何ともない気持で彼は考えた。肉親や親しかった人間の幻影が時々網膜の上に映るように感じる。大きな母艦は全体どうなっているのか、少しも分らない。航走しているような気もする。奥の方から水兵らしい男が二人、どやどやと出て来ると、急いで弾上機の横の、光の見える割れ目から、渡り廊下の方へ逃げて行こうとした。

「おいおい。おい！」久木は思わず叫んだが、二人は見向きもせずに脱け出して行った。

「久木少尉《しょうい》ですか？」却《かえ》って隅の暗がりの中から別の人声がした。それは田島という兵曹長であった。「K兵曹とY兵曹が其処でのびとります」

「どうです、出られませんか？」

「駄目ですな。足をやられたです」田島兵曹長は云《い》った。

「私も足をはさまれているんだ。髪が焦げて来て困るね」久木はそう云って、自分で、ひどくのんびりした事を云うものだと思った。彼は然し動かない足を中心にして、身を廻して髪に火の吹きつけるのを避けていた。不自然な姿勢をするので、妙に下腹が張って来て、彼は殆ど無意識に腰の革帯に手をやった。バンドがゆるむとズボンが脱げそうになった。彼は驚いたように足を蹴《け》った。足は簡単に抜けた。何でもない、只《ただ》ズボンの折返しが邪魔になって今まで抜く事が出来なかったのである。すると、生きたいという気持は奔流のように久木の心に湧《わ》き上った。

「ズボンを脱げ。逃げられるぞ！」彼は田島兵曹長に怒鳴って、急いで休憩室へ飛び出した。やられる十五分程前、自分が昼飯を食ったその部屋で、自分と交替した当直員が総員死んでいた。折れて松葉杖《まつばづえ》のように突出した骨が、赤黒く肉塊を着けている。

瀬戸引の食器と食物とが周囲に散乱して、血に汚れている。鉄扉《てっぴ》の間から出ようとすると、其処にも矢張り出ようとしたらしく、血まみれになった頭が一つ、柘榴《ざくろ》のように割れて、突っ込まれていた。彼は裸足《はだし》にその頭を踏みつけて、外舷の渡り廊下へ踊り出た。直ぐ、渡り廊下に少尉候補生が一人、水兵が二人うろうろしているのが見えた。母艦は黒煙を上げながら、海上に殆ど停止していた。

「一体どうしたんだ？」

「ガソリンの誘爆です」候補生は答えた。「後部のカッターを降ろしませんか」

ガソリンのガスと空気との混合が或る比率に達すると、その爆発がどんな爆弾より強烈になるという事を聞いていたのを、瞬間久木は思い浮かべた。彼は然し未《ま》だ艦全体の状況は充分呑《の》み込めなかった。

「退艦命令は出ていないだろう。上へ行こう」久木は三人に叱《しか》りつけるように云った。

「久木少尉、然し大分怪我《けが》をしとられます」兵隊の一人が云った。久木は初めて自分の身体《からだ》に異状がある事に気づいた。右脚には斜めに深い裂傷があり、靴とズボンを捨てて来たので下半身は褌《ふんどし》一枚である。右耳に手をやると、耳が赤貝のように垂れていた。水兵が手拭《てぬぐい》で仮繃帯《かりほうたい》をきつくしてくれた。四人は飛行甲板に向った。ラッタルの途中に身体を引っかけて、外舷へ落ちそうに手を投げ出して死んでいる者がある。

無傷の兵隊が無闇《むやみ》と右往左往している。

広い飛行甲板は屋根型に中を持ち上げてへし折れ、到《いた》る所から黒煙が赤い焔《ほのお》を包んで吹き出し、艦橋も既に煙に包まれていた。久木はラッタルの途中からそれを見て引返し、艦内で僅かにまともな形を留めている後甲板まで辿《たど》って行ってみると、其処では既に浮く物をどしどし海中に抛《ほう》り込んで、勝手な退艦が始り、年少の元気な連中が勢いよく海へ飛び込んでいた。久木が舷側《げんそく》から覗《のぞ》き込んで見ると、海面から如何《いか》にも高く、彼は訓練時代以来水泳の高飛込は大の苦が手で、断念した。足と耳とがひどく疼《うず》き始めた。候補生や水兵達は何処《どこ》かへ分れ分れになって了《しま》っていた。駆逐艦が一隻《せき》、大鳳《たいほう》が爆発を起している為《ため》に近寄れないらしく、チカチカと頻《しき》りに発光信号をやりながら遠巻きに游弋《ゆうよく》している。久木はもう一段下のデッキまで降りて行った。其処でも整備長の中佐が指揮を取って、多勢の兵員が靴を脱いで海へ入り始めていた。

「おい貴様、大分やられとるじゃないか。先へ入れ」整備長は久木を認めるとそう声を掛けた。水兵達が黙って道を開けた。彼は整備長に敬礼をし、舷側に吊《つ》るした太い索を摑《つか》んで、ずるずるッと海面まで降りると、水へ落ちて大きなうねりの中へ潜った。索のとげが掌に沢山刺って痛かった。浮き上って見ると、近くに腰掛けの取れたソファが浮いていたので、久木はそれに取りついた。ソファには端にもう一人、重油で顔を黒くした男が取りついており、ゴムまりのように弾んで浮いているので、心強い感じがしたが、久木の身体の傷は海の中で烈《はげ》しく痛み始め、特に深くえぐれた右脚の傷の為、脚掻《あしか》きが自由に出来ず、手で掻いているだけではソファは中々進まなかった。余程泳いだと思って振返ると、未だすぐ後に大鳳の巨体が、覆《おお》い被《かぶさ》るように傾いていた。久木の身体の側に人間の手首が一本流れ寄って来た。それはソファにまつわりそうになったが、又離れて、真《ま》っ蒼《さお》な色を水の中に見せ、下向きに静かに潮に流されて行った。母艦の沈没はもはや時分の問題と思われ、久木はそれまでに出来るだけ遠く、艦から離れていようと、焦《あせ》り気味でソファを押していたが、そのうちソファは次第に水を吸い始め、少し力を入れる度に、ぐうッと頼り無げに沈むようになって来た。

駆逐艦が一隻、二百米《メートル》くらいの距離まで近寄って来て、見ているとカッターを降ろし始めた。潮の加減でソファはそれとは逆の方向に流されているように見えるので、久木は暫くためらった後、思いきってソファを捨て、単身駆逐艦を目がけて泳ぎ出した。気持は張っていたが、脚が益〻《ますます》いう事を利《き》かなくなり、大鳳は漸《ようや》く遠去かったが、今度は二百米先の駆逐艦に中々近づく事が出来なかった。カッターを降ろし終ると駆逐艦は後進を掛けるのが見え、更に右へ回頭して前進し始めた。カッターは勢いよく、久木の進む方向と直角をなして左手の方へ漕《こ》ぎ始めた。ソファは何処へ行ったかもう見えなかった。久木は気持ががっくりと萎《な》えて来るのを感じた。重油が黒く厚く浮き、うねりが潮水と一緒にそれを口や鼻に絶えず叩《たた》きつけて来た。大鳳の甲板にはもう早や殆《ほとん》ど人影が見えず、母艦は今左舷に傾斜したまま、赤腹を見せ艦尾を上にして静かに沈んで行くところであった。一人の士官が傾く甲板の上に立って、帽子を盛んに振って別れを告げている。檣頭《しょうとう》には降下する筈の戦闘旗が掲げ放しになってい た。走っている駆逐艦の上でも、多勢の乗組員がこちら側の舷に塑像《そぞう》のように立ち並んで、一斉に挙手の礼をしているのが見える。沈み始めると早かった。三万四千噸の巨体は虚空《こくう》に艦尾を突き上げ、するすると見る見るうちに波に没して行った。久木の頬を後から後から涙が伝った。重油の潮がそれを洗った。

然し久木の意識はやがて再度朦朧《もうろう》とかすみ始め、快い眠気が襲って来て、大鳳が覆没してから約一時間後、漸く暮色が近づいて艦影も見えなくなったマリアナ西方の海の、大きなうねりの底へ、彼の身体もまた静かに消えて行った。久木は二十六歳であった。

十三

カビエンから帰って東京で小畑耕二に逢《あ》い、その後岩国航空隊へ赴任して行った伊《い》吹《ぶき》幸雄は、司令部附の軍医大尉として、第一航空戦隊の再編訓練中、ずっと岩国に留っていたので、その間二三度広島の家へ帰る機会があった。妹の智恵子は腎盂炎《じんうえん》で正月から寝ていた。他人に対しては腎盂炎で通していたが、呼吸器にも故障があって、父親の古い友達で、碁敵《ごがたき》の医者が、時々診察に来ていた。母親の話では、智恵子は縁談を全く顧みず、妹の郁子《いくこ》に海軍の飛行科士官との話が起っているのを、却って喜んでいるという事で、段々に狭く一途《いちず》に、小畑耕二の帰って来る事だけを頼みにして生きているらしかった。伊吹は戦争の前途がどうなるかも分らず、それに小畑の気持がもう可成智恵子から離れて了っているように思えるので、智恵子のそういう態度を不安に思ったが、直接にそうとは妹に云わなかった。

春になると智恵子の病気も恢復《かいふく》し、一方三艦隊の主力は燃料の豊富な昭南《しょうなん》へ進出して、訓練の仕上げを行い、近づいた決戦に備えるという事で、伊吹もそちらへ出て行く事になった。第三艦隊司令長官の出撃祝いの宴会が、鹿児島の鹿屋《かのや》で催され、岩国の士官室全員と共に伊吹もダグラスに乗ってそれに参会したが、その後彼は配置を変り、瑞鶴《ずいかく》に乗って昭南へ往復し、呉《くれ》に帰ると隼鷹《じゅんよう》に移され、次に竜鳳《りゅうほう》に乗り、母艦渡りの旅鳥《たびがらす》のような形になっていたが、五月の初めに飛鷹《ひよう》の乗組に落ちついて、それで漸く気持も定まる事になった。飛鷹は郵船会社の出雲《いずも》丸という、完成して就航すれば日本最大の豪華客船になる筈《はず》であった船を、建造途中から改装した大型空母で、居住も食事もよい、住み心地のいい艦であった。

六月十三日にタウイタウイを出撃すると、第二航空戦隊の隼鷹、飛鷹、竜鳳は、前を進む第三航空戦隊、後を続く第一航空戦隊と同一の針路を取って、ネグロス海峡からサンベルナルジノ海峡を抜け、一路マリアナの決戦場に向った。飛鷹の士官室では飛行長が、敵はサイパンを叩き、これに指向するように見せながら、実際はトラックに上陸して来るだろう、サイパンでは敵は補給路が長過ぎて作戦が不利になるのではないか、という意見を吐いていたが、この飛行長の予想は当らなかった訳である。

十九日の朝十時三十分までに、飛鷹の第一次第二次攻撃隊は全部出発を終った。右舷後部の准《じゅん》士官室が右舷の治療室に充《あ》てられ、伊吹の戦闘配置は其処《そこ》で、従来の経験からも、攻撃隊が無事に出発を終れば勝算は我に在るというので、彼は吉報を待っていたが、その日は終日何らの戦果の報告が無かった。

午後一時頃、デッキに出て見ると、水平線近くに、煙を上げて燃えている艦影が小さく望まれたが、敵か味方かはっきりせず、そのうちあれは翔鶴《しょうかく》がやられて曳航《えいこう》中だという噂《うわさ》や、いや大鳳だという噂がとりどりに伝わって来、不確かなまま間もなくその艦は、誘爆を起したらしく、遠雷のような音を何度も響かせて、沈んでしまったようであった。飛鷹からはっきり視界内に在るのは、航空母艦隼鷹、竜鳳、戦艦長門《ながと》、重巡最上《もがみ》、及び四五隻の駆逐艦で、皆健在のまま夜に入った。その日攻撃隊が少数しか帰艦しなかったのは、多くがテニヤン、ロタ等に降りた為だと云われ、伊吹は暇であったが、ともかく戦果は殆ど皆無らしかった。戦隊は昼間は母艦保護の建前から稍〻《やや》遠距離で飛行機を発進させ、そのまま遠ざかって、夜間に又近接して朝の発艦に備えるように行動しているという事で、艦隊決戦が終れば、大和《やまと》、武蔵《むさし》が巨砲でサイパンの敵橋頭堡《きょうとうほう》を砲撃する筈だという威勢のいい話も聞かされたが、軍医の伊吹にはあまり確かな筋の事は分らなかった。

翌二十日の朝、飛鷹は補給部隊と合して洋上補給を行った。然しその日も終日、戦果もない代り敵の来襲も無く、緊張しきっていた艦隊決戦は、どうやらこのまま有耶《うや》無耶《むや》に終って了いそうな気がして来て、伊吹は張っていた気持がゆるんで来、配置から一度私室へ帰ると、それまで肌にしていた眼鏡や財布など身の廻り品をトランクに収め、暑いので褌の上から三種軍装一枚と略帽防毒面だけを着けた身軽ななりに変った。従兵は治療室の、さっぱり負傷者の来ない卓を片附けて、夕食の配食を始めていた。その時高声令達器が急に電流を流し始め、

「敵大編隊近ヅク。敵大編隊近ヅク。総員配置ニツケ。イソゲ」と云ってカチリと切

れた。

「今頃になってまさか」という気が伊吹はした。部下の看護兵を一人後甲板まで見にやると、看護兵は興奮して戻って来て、約三千米向うで三航戦の空母群が、転舵《てんだ》して魚雷を避けながら、敵機を盛んに撃っていると報告した。伊吹はさっと緊張した。間もなく真上で爆発音が聞え、数分後には部屋全体にずっしりとこたえる強い鈍い衝撃があって、机の上の薬瓶が音を立てて転げ落ちて割れ、治療室は左舷に大きく傾き始めた。

すぐ数人の軽傷者が入って来た。敵機が飛鷹を襲い始め、爆弾と魚雷とが一発ずつ命中して火災が起ったらしかった。伊吹は直《す》ぐ治療に掛った。緊張から頬が痙攣《けいれん》するような感じがした。戦傷者の治療に夢中になる事が唯一《ゆいいつ》の気持の拠《よ》り所であった。窒息した下士官が戦友に抱かれて運び込まれて来る。直ぐ強心剤の注射をする。火傷《やけど》の患者にはリバノールガーゼをあてて繃帯をする。先のショックで薬瓶が割れて薬は急に不足していた。頭上では又轟音《ごうおん》が起り始めた。火災の煙が室に侵入して来、伊吹は防毒面をつけて、機械的に次から次へ手当を続けていたが、暫《しば》くすると息苦しさに耐えられなくなって、三十人程の患者を誘導して後甲板へ出、患者は甲板に並べて寝かせた。大部分の者が火傷で、顔面を繃帯に覆われているが、特にひどい者はいないようで、この程度以外の者は皆戦死したのかも知れなかった。焔が通路から紅蓮《ぐれん》の色をあげて後甲板に向って吹き出していた。その火焔《かえん》の中から一人の若い機関科の少尉《しょうい》が、煙に巻かれ軍刀を握りしめて飛び出して来ると甲板にぶっ倒れた。伊吹は手当を加えずに一寸《ちょっと》それを見ていた。すると機関少尉は再び眼をかっと開き、無言で立ち上ったが、軍刀を摑んでもう一度火の中へ飛び込もうとした。其処にいた機関科の兵隊が三人で素早く少尉を抱きとめた。少尉はそのまま彼等の腕の中にぐったりとなった。

その時には飛鷹は艦の後尾に更に二発の魚雷を受け、火災は拡大していた。顔に一面火傷を負った兵が、ごろごろしている死体を跳び越すようにしながら「飛行長戦死」と叫んで走っていた。一人の特務中尉が艦橋から連絡に来たが、艦橋は燃え始めて再び連絡に帰る事は出来なくなった。特務中尉は無念の形相で歯を食いしばりながら、魚雷で配電機室がやられ、消防装置が作動しない為、消火作業が渋滞していると告げていた。

伊吹は退艦の覚悟を決め、特務中尉と二人で天井にある材木を手当り次第海中に投じ、負傷者を連れて海へ入った。波が忽《たちま》ち患者達と伊吹とを離れ離れにして了った。伊吹が材木にすがって泳ぎながら見ていると、傾いた母艦の前部の方からも、乗員達が次々に海へ跳び込んでいるのが見え、母艦はもはや片舷を水に浸して沈み始めていた。敵機は去って、空は静かになっていた。

伊吹は怪我が無いので元気に泳いでいたが、時間が経《た》つにつれて、脚が冷えて次第に感覚が麻痺《まひ》して来るのを感じた。厚い重油の波を口に飲むのが苦しかった。やがて波の間々から「軍艦飛鷹万歳」という声が途切れ途切れに起って来た。顧ると、母艦は火焔に包まれて、殆ど垂直になってその艦影を波に没するところであった。辺りは暗くなり始めていた。誰からともなく軍艦行進曲を唱《うた》い始め、その歌声は波の上に散らばっている将兵の間に次第に拡《ひろ》がって行った。兵士達は唱いながら重油に汚れた顔で泣いていた。

伊吹はショックを避ける為に、仰向《あおむ》けになって浮いたが、格別な音もせず、誘発する機銃弾か、プスッ、プスッという鋭い音が暫く聞えただけで、再び姿勢を返して泳ぎ始めた時には、飛鷹は既にその姿を没し去って、潮に幾つも大きな渦が巻いているだけであった。

日が暮れた。友軍機が二機、エンジンを極度に落して海面すれすれに飛んでいた。その低い静かな機関音がひどく印象的に思われた。四隻の駆逐艦が潮の上に光を投射しながら周囲を游弋《ゆうよく》しているが、四辺が暮れた為それが最上《もがみ》クラスの巡洋艦のように大きく見えて心強かった。駆逐艦の下ろした内火艇やランチやカッターは、幾艘《そう》も救助に廻り始めていたが、此処《ここ》にもう一度敵の潜水艦が現れたら、それでお終《しま》いになるという事を、伊吹は頻りに考えていた。

間もなく伊吹の眼の前にも一隻の内火艇が軽快なエンジンの音を立てて近寄って来、艇の上と海中の其処此処《そこここ》とで、盛んに人声が呼び交し始めた。艇の上では伊吹をも認めたらしく、ロープが長く伸びて飛んで来た。彼の周りには然し材木も持たぬ負傷者が幾人も泳いでおり、伊吹は声をあげてそれを示し、自分は次の回の救助を待つ事にした。内火艇が遠去かると、今度は駆逐艦自身が微速で近寄って来た。再び索が投げられ、伊吹はそれに取附いたが、脚がしびれ、手がふやけて、舷側《げんそく》を這《は》い上るのがひどく苦しく、甲板まで上ると彼は力なくへなへなと身体《からだ》を崩した。重油の混ったいやな味の海水がどッと口から溢《あふ》れ出た。伊吹が頭髪を伸ばしていたせいであろう、「搭乗員だ搭乗員だ」と周囲で騒ぐ声が聞えたが、伊吹は甲板に伏したまま他人事《ひとごと》のようにそれを聞いていた。一人の男が彼の身体をぴしッぴしッとロープで何度も叩きつけた。それで彼は漸く気を失うのを免かれ、やがて誰かに腕を取られて士官室へ連れ込まれると、其処のソファに横になってカルピスを飲んで、もう一度胃の中の重油と海水とを全部吐いた。苦しかった。出されたビスケットはとても食えなかった。然し三十分程して、冷えきった身体を拭《ふ》き、貸与のよく乾いた木綿の服で包むと、初めて彼は人心地を覚え、身体がほかほかと暖かくなって、馬鹿《ばか》に幸福な気持が湧《わ》いて来た。

伊吹を救助した駆逐艦は浜風であった。浜風はその前にも水無月《みなづき》という沈没した駆逐艦の生存者を三百人程救助していて、艦内は超満員であったが、砲術長が思いがけず、以前伊吹が乗組んでいた時の瑞鶴のケプガン（次室長）であった。砲術長は伊吹に気がつくと、白い歯を剝《む》いて、「やあ。やられたですな。私の部屋へいらっしゃい」と云《い》った。伊吹は砲術長の私室で椅子《いす》を四五脚並べてその上に寝ながら、沖鷹《ちゅうよう》で戦死した勝田軍医中尉の噂などをした。飛鷹の乗員は三分の二は救助されただろうという話であった。暫くすると暖かいのが暑くなって来た。もう身体は大丈夫であった。砲術長の部屋は機関室の真上で、従兵のくれる水が湯のようになっていた。

その頃あ号作戦の残存艦隊は、てんでんに燃料を補い合いつつ、約十六ノットの巡航速力で沖縄《おきなわ》を指して避退し始めていた。戦果は結局、巡洋艦インディアナポリスに一機突入、戦艦サウス・ダコタに直撃弾一発を与え、敵機僅《わず》かに十八機を撃墜したにとどまったが、その代償として、味方は航空母艦三隻《せき》計九万一千五百噸《トン》を沈め、艦載機約三百を失った。のちにアメリカ海軍をして敢《あえ》て「マリアナの七面鳥狩り」と呼ばせた戦闘はこうして終った。

一夜が明けた。六月二十一日。然し未《ま》だその日の昼頃までは敵の空襲圏内にあるという。今一度敵の攻撃隊が現れたら、敗残の艦隊に何程の戦いが出来よう。前部の甲板にデッキチェアを出して休みながら、伊吹には唯茫々《ただぼうぼう》として人間の生命の安さが思われた。

次の次の朝、浜風が沖縄の中城湾に漸《ようや》く無事入港した時、生き残った六隻の母艦を始め、大部分の艦艇は既に到着していた。間もなく長門、最上、瑞鶴、隼鷹、千歳《ちとせ》、竜鳳、千代田等の大型艦は呉を指して、中城湾を抜錨《ばつびょう》した。浜風は巡洋艦利根《とね》に横着けになり、伊吹等飛鷹の生存者は利根に移され、利根は遅れて同日昼頃中城湾を抜錨した。

敗戦の際の例で、沈没艦の生存者を乗せている艦は直接呉入港を許されず、瀬戸内海の柱島《はしらじま》泊地に一週間の間仮泊させられた。広島から遠くない柱島の海には梅雨の雨がしとしとと降り続いていた。雨に濡《ぬ》れた島山の間にちりめん波を拡げた内海の景色は、馬鹿々々しい程静かであった。

寸刻の油断で財布も眼鏡も失った伊吹は、呉に入港した時、利根の主計長から金を借りて上陸した。それから彼は一旦《いったん》瑞鶴に移乗したが、七月末に佐世保《させぼ》鎮守府附の発令があって、佐世保へ転任して行った。

十四

あ号作戦の発動が下令され、敵がサイパン島に上陸を始めると、目黒の軍令部特務班では、森井大佐、福田少佐を始め一課（A班）の殆《ほとん》ど総員、それから二課（B班）の和田や小野、更に耕二や藤田たち四課（C班）五課（S班）の直接仕事に係りの無い者までが、連日徹夜で詰め始めた。皆はこの運命的な戦闘に、少しでも役に立ちたかったし、少しでも早く希望の持てる結果を耳にしたかった。尤《もっと》も仲間の中で塘《つつみ》だけは、

「野次馬性を出すものじゃないよ」等と云って、毎日退庁時刻になると、さっさと家へ帰って行った。

霞《かすみ》ケ関《せき》の東京通信隊の暗号室（味方暗号電報の処理をする所）には、中田中尉等三四人の士官が交替で配備され、目黒との間に直通電話が設けられて、味方の戦闘概報や作戦電報と、通信諜報《ちょうほう》で探知した事項との照合を速かにする事になった。

然《しか》しこうした特務班のものものしく緊迫した様子に、反応を示す事を拒絶したかのように、艦隊からは戦闘概報の華々しい物は一通も舞い込んで来ず、敵の呼出符号、通信量、測定された艦船航空機に眼を集中している一課の机の上にも、通信状況判断

の上から特に変った現象は何も現れなかった。

一度、機動艦隊の予定針路上にO電を発する米潜水艦が測定され、作戦部隊に注意を促す「キン」(米海軍のO電に当る味方作戦特別緊急信)が発せられたが、艦隊は無電封鎖をしている為《ため》返電は得られず、この電報の効果は特務班では不明であった。この潜水艦の電波を久木が大鳳《たいほう》で捕捉《ほそく》して、しかもこの敵を逸した事は前に書いた通りである。

決戦予定の第二日には、マリアナ群島西方に弧を描いて、三群の敵機動部隊と思われるものが測定された。特務班がやった仕事は結局この二つであった。

時々味方の索敵機から、

「ワレ敵影ヲ見ズ」という索敵電報が入って来た。然し戦果の無いまま、それは次第に、

「ワレ残存可動機銀河一機。昼間極力隠蔽《いんぺい》ニ努メ夜間右一機ヲ以《もっ》テ敵艦隊攻撃ノ予定」というロタからの電報のようなこころもとない報告に変って行った。

皆の焦慮と緊張とは、段々だれた気分に変化し始めた。次第に無駄口を叩《たた》く者が多くなった。

「アメリカでも、ブラック・チェイムバアが相当活躍してるでしょうね」誰かが云う

と、参謀懸章を吊《つ》った上着のフックを外しながら森井大佐が、

「それはそうさ」と云った。森井大佐は海軍の通信諜報班の創設当時からの関係者で、この人に釘《くぎ》を一本持たすと、大抵の金庫は開けるという噂があった。大佐は曾《かつ》てワシントン駐在の大使館附武官でいた頃、毎日電報配達に来るボーイが、余分な電報のコピイを持っているので、呼びとめて詰問《きつもん》すると、その少年は初め口を割らなかったが、到頭一通は陸軍省に、一通は国務省に、「アンド、ラスト・ワン、フォア、ユー」と云ったので、米国が日本の暗号電報を研究している事が分ったという話をした。又アクロン号という飛行船の墜落事件の時、駐在武官は米国の海軍省に弔問に行く筈《はず》であったが、東京からの公式の弔電が却々《なかなか》入電しない、それで時機を失しないうちにというので、表向き弔電を受取った形にして次官を訪問すると、向うの海軍次官は鄭重《ていちょう》に謝意を表してから、さてにやッと笑って、「東京から未だ電報は来ていなかった筈ですが……」と云ったという話も出た。

「これでサイパンも駄目だったら、一体どうなるんだろう」森井大佐が席を立った後で耕二は云った。

「次はフィリッピン、台湾、沖縄。福田少佐が云ってたよ。じり貧さ」中田中尉が云った。三井中尉も傍《そば》にいた。耕二は然し、三井中尉がいると、とかく矢野の事が頭に

まつわりついた。

「駄目だったらって、もう駄目に決ってるじゃないか」和田は小声で云った。「Sも可哀想《かわいそう》だな」特務班からSという同期の少尉がサイパンに行っていた。

「久木もどうかな」

「サイパンが陥《お》ちると東京の空襲が始るね」海図にコムパスをあてていた広川が云った。

「何マイルある？」和田は立って海図を覗《のぞ》いた。「あとは時間の問題だな。敵がB29の基地を造るまでに何カ月掛るかだ」

「この間の九州爆撃の程度じゃあ済まなくなるね」

皆は夜食に出た麦飯の不味《まず》い鮨《すし》を食いながらそんな事を話していた。東京通信隊から電話で、遅延していた味方電報が一通入って来た。

「昨夜触接ヲ失セル敵機動部隊ヲサイパンノ二六〇度一五〇浬《かいり》ニ発見ス。彼我《ひが》ノ距離二八〇乃至《ないし》三〇〇浬」という、攻撃部隊からのもので、皆は一寸色めいたが、その後は又何も入って来なかった。

和田が青い参ったような顔をしていた。平静を装《よそお》っていたが、サイパンの事とは別に、和田はすっかりふさいでいる、それが耕二だけには分っていた。今まで一切包み隠していた木津理事生との事を、つい口にして、その後耕二が色々な事を云う為に、変な気分になっているに違いなかった。

疲れて当直室のベッドへ引上げる者が出始ると、耕二は和田をそっと屋上へ誘った。暗幕を出ると、気温がぐっと違い、風があって、梅雨時《つゆどき》に似ない晴れた星空であった。

「貴様、気持が落ちつかないいんだろう？　矢野の事で厄介を掛けてるからという訳じゃないが、何でもするぞ。ブルーにもう一押し踏み出してみる気はないのか？」

「又その話か」和田は云った。それまでに幾度か、耕二は押し強くやってみる事を和田に奨《すす》めていた。

「迷惑かね？」

「迷惑じゃないけど、俺は貴様のような無鉄砲は出来ない」和田は云った。

「どうも俺は納得が行かないいな。大体許婚《いいなずけ》が出来たって、人の口から又聞きの不正確な話なんだろう？　場合によっては話を毀《こわ》せるかも知れないいし、ひとりでに毀れているかも知れやしない」

燈火管制《とうかかんせい》で町が暗いので、砂を撒《ま》いたように星が沢山見えた。家並の向うにエビスビールの工場の大きな建物が影絵に浮いている。

「貴様は好意のつもりだろうけど、いくら云われたって駄目だよ」和田は云った。

「そうかなあ。それだけの気持をむざむざ捨てて了《しま》うものじゃあるまいと思うがな」

「それより貴様の方はどうなんだい？　興信所の調べは未だ来ないのか？」

「未だだ」

「ああ、おい、星が流れた」和田は云った。「貴様流れ星の大きさってどの位あるか知ってるか？」

「おい、こら。話をそらすな」耕二は云った。和田は然し、

「疲れたよ。もう寝ようじゃないか。サイパンもお終いだな。久木が生きて帰るといいがね」と、もうそれ以上は相手になろうとしなかった。

十五

二三日して興信所から通知が来た。耕二は夕刻背広に着更《きが》えて有楽町の事務所へそれを受取りに行った。金を支払い、丈夫な封筒に入った部厚い書類を貰《もら》うと、彼は外へ出て、日比谷の方へ歩きながら、書類を披《ひら》いて読んだ。美濃《みの》の罫紙《けいし》に複写紙を入れ、タイプライターで綺麗《きれい》に浄書した物々しい書類で、本人の祖父母、血統から書き起してあった。

矢野の事を、平凡な家庭の平凡なお嬢さんと決めていた耕二の気持には、それを最

低限と見て、多分それより悪い事はあるまい、少しでもそれ以上のよい事を知ればもっと喜べる、そういう想《おも》いが知らず知らず働いていた。然し活字が記している事実は、それ以下であった。

　矢野の家は維新の頃没落した小士族で、父親は現在大蔵省に守衛を勤めていて、家は貧しく、順位をつければ中流の下である。其処《そこ》まではよかったが、母親の条になると、子供に構いつけぬとか、隣組で出しゃ張るとか、配給物に汚いとか、恐らく近隣の評判を聞き込んだものであろうが、悪い事が多く、耕二は読みながら、金歯など入れた、無教養な顔の平ったい五十女を想像して、あまり面白くない気がした。しかしそれも未だよかった。本人の項になると、K家政女学校を出たというのは全くの嘘《うそ》か誤りであるという事が記してあった。

「低能トイウ程ニハ非《あら》ザルモ、幼少ヨリ学業ニ親シマズ、成績ハ常ニ最下位ニシテ、N女子商業学校入校後モ全ク学業ニ興味ヲ有セズ、一年二学期ニテ自ラ退校シ、ソノ後ハ家庭ニ在リテ家事ヲ手伝ウ。万事ニ飽キッポキ性質ナリ。十八歳ノ三月Tタイプライター学院ニ入リ和文タイプヲ修メ云々《うんぬん》」

　本人には兄や妹が数人あったが、それらにも少しも香《かん》ばしい事は記されていなかった。殊《こと》に下の兄の友人で、或《あ》る専門学校の学生が、どの程度か本人と関係があって、調べには、「コノ事ハ別途探求ヲ要ス」と書いてあった。耕二は自転車と衝突しそうになって、はっと眼を上げた。そして書類を鷲摑《わしづか》みにすると、

「低能という程には非ざるも、か」と呟《つぶや》きながら、丁度停っていた新宿行の都電に飛び乗った。電車は動き出した。彼は窓の方を向いて、自分の身体《からだ》で書類を隠しながら、もう一度その箇所に眼を落した。

それはずいぶんひどい言葉だという気がした。然しその為に彼の気持は却《かえ》って爽《さわ》やかになって、二度目にざっと書類全体を読み了《お》えると、彼は何か霧でも霽《は》れて行くように、自分の胸の中から矢野に対する執着が消え始めるのを感じた。「これは駄目だ」とはっきり彼はそう思った。苦痛は少しも感じられなかった。その晩彼はひどく朗らかになって、下宿の人に冗談を云《い》ったりして、夜はぐっすりと眠った。

翌朝、耕二は特務班へ出ると、塘と和田とを呼んで、結果を話して、礼を云った。

「ありがとう。済んじゃった」

「驚いたな、危いところだ。よかったじゃないか」和田は云った。

「それで然し、もう未練は無いのか？」堀が云った。

「それが不思議に無い。今朝一寸《ちよつと》矢野を見掛けたが、よく見ると矢っ張りあれは藪睨《やぶにら》

みだね」

　和田と塘とは笑い出した。

「思い込むのも簡単だが、諦《あき》らめるのも簡単だね。俺は矢野が少し可哀想になった」

塘は云った。

「まあ、何とでも云え。とにかくへいへんにせいせいした」

「そうだよ。和田が云ってたように、貴様は谷井の言葉の幽霊に化かされてたんだ」

「その傾向があったんだろうな。どうしてだろう、然し？」

「いやに今日は素直だね」

「三井中尉《ちゆうい》との事はどうなんだ？」

「それがどうも、全《ま》るで関係は無いらしい」

　三人は一緒に声を立てて笑った。

「然し機密保持もあったものじゃないぞ。矢野が特務班で昼飯に出るコッペパンを、食わずに家へ持って帰る事まで調べてあった。興信所というのは偉いものだね。仕事の事も、これは比較的几帳面《きちようめん》だと書いてあった」

「じゃあ純情ないい娘じゃないか」塘は耕二をすこしからかうように云った。

　耕二は久し振りに、少し本気で平仄密《へいそくみつ》の暗号電報綴《つづ》りに眼を通し出した。

助手の佐野兵曹は、平仄密をニューデリーとかワシントンとかシドニーとか、発信地別に区分けして、その中で前に注意したOとVとが著明に多く使われる電報が、必ずニューデリー発信のものの中にある事を示し、頻《しき》りに耕二にそれを云って、色々な予想を述べた。然し長い間上の空で見ていた電報綴りからは、耕二の頭に何の考えも反射して来なかった。OとVとの或る特殊なくさい関係が、果して何を意味するか、其処から如何《いか》にして有効反覆を組立て得るか、端緒は得られそうもなかった。暫《しばら》くすると又仕事は投げ出しになった。佐野兵曹は彼が解読に熱意を示さないのを物足りなく思っている様子であった。耕二は毎日のように自分の机を空けて、和田を探して、その木津への気持を焚《た》きつけた。彼は自分の事は失敗したとしても、和田の弱気な引っ込みようには甚だ不服があった。

和田は有難迷惑な様子で、然し日々に考え込んで、陰鬱《いんうつ》な顔になって行った。一週間ほどして、とうとう和田は、木津の事をもう一度だけ耕二から探って貰おうか、と云い出した。

「ブルーに直接ぶつかったりしちゃ、絶対にいけないぞ。許婚の男の事さえはっきり分ればいいんだ。それがどこまで具体化しているかさえ分れば、それで俺は貴様につまらない事を云って憂鬱になっているのにけりがつくんだから」

和田の気持がそう決れば、一時も早い方がよく、そして矢張り直接あたってみるのが一番だと耕二は思った。彼は許婚の話も毀せるものなら毀してやろうと思ったが、和田には黙って置いた。只《ただ》木津と何処《どこ》で逢《あ》って話すかが、問題であった。中少尉連中は女子理事生と仕事以外に口を利《き》くな、バレーやピンポンを一緒にするなというのが、始終、首席班員の多田という気の小さな万年大佐の、口叱言《くちこごと》の種であった。

彼は少し考えて、川井のおちゅうさんを利用する事にした。おちゅうさんの両親から、おちゅうさんを通して、一度家へ遊びに来るように彼は誘われていたし、彼女なら木津とも親しく、家も白金台町《しろがねだいまち》で役所から近かった。要件が要件で、川井に対して気の毒な気もしたが、そうと決めると、耕二は直《す》ぐ人気の少い折を見すまして木津のいる小部屋へ忍び込んだ。好《よ》い具合に木津と川井と二人きりで、二人共暇らしく、新しいレミントンのタイプライターを胸に抱くようにして、差向いに両方から身体を乗り出し、何か話し合っているところであった。

「木津理事生」耕二は呼び掛けた。

「…………」

「大変突然で失敬ですが、今日退《ひ》けてから、一寸貴女《あなた》に話したい事があるんだが」

「まあ……。何かしら？」木津は姿勢を直し、口許《くちもと》から笑いを消した。

「一寸話なんだが、心配しなくてもいい事です。それでね、町でも困るんだが、川井理事生、貴女の家に一寸邪魔させて貰えないかな？」

「ええ。構わないけど……、何なの？」川井のおちゅうさんは云った。

「気味が悪いのね」木津も少し不愉快げに云った。

この小部屋はストリップ関係のタイピストの特別室で、仕事に関係の無い耕二が入って話し込んでいるのを誰かに見られる事は、具合が悪かった。彼は命令的な口調で、二人に落ち合う時刻を約束させると、部屋を抜け出した。入れ違いにその部屋のもう一人の理事生が入って行った。

特務班の食堂で夕食を摂《と》り、時間を計って耕二が白金の川井の家に訪ねて行くと、おちゅうさんが迎えに出て、それに随《つ》いて行くと、奥の洋間のソファの上に、木津が一人坐《すわ》っていた。おちゅうさんはその横に掛けて、一寸天気の話などしていたが、

「じゃあ、お話お済みになったら仰有《おっしゃ》ってね。お茶を持って来るから」そう云って引き取った。耕二は又少し気の毒な気がした。

「どういう御用件でしょう？」木津は先に切口上で云った。

「失礼ですが、貴女の御縁談の事を伺いたいのです」

「まあ」

耕二は構わず、追っ被《かぶ》せるように、

「婚約していらっしゃるそうですね」と云った。

「何故《なぜ》そんな事を小畑少尉に申し上げなくてはなりませんの？」

「訳は後で云います。どういう方ですか、相手の方は？」

「どうして？……わたくし婚約なんかしてないことよ」

「本当の事を云って下さい。真面目《まじめ》な話なんです」

「いやねえ。本当も嘘もないわ。わたくし婚約なんかしてないわ」

「本当にそうですか？」耕二は赤くなった。

「お疑いになるんなら、大森の家へ電話を掛けて母に訊《き》いて下さってもいいわよ。――でも、どうしてそんなに仰有るの？」

「そうかな。今年の三月頃婚約した筈《はず》なんだがな」

耕二がそう云うと、木津はふっと、目立たぬ程微笑した。

「それ、あの、わたくしの姉の事じゃありませんかしら。五月の初めに海軍の技術大尉の人と結婚致しました」

もう疑う事は出来なかった。この数カ月来の和田の、青い神経衰弱めいた顔付を想い浮かべ、耕二は〈それ見ろ〉と思った。

「訳を云いましょう。失礼しました。訳と云ってもあれですが、それが本当なら、貴女は和田の事をどう思いますか？」耕二はそう切り出し、和田の由緒《ゆいしょ》の正しい家柄の事、専門の人類学の事、両親の事など、知っているだけの事を混じえて、昨年秋からの和田の気持の動きを話した。何故自分がこんな話に介入する事になったかは云えなかったが、和田の苦しがっている事を云い、

「突拍子もない事に聞えるかも知れないけど、決してそうではないんです。和田はいい奴《やつ》です。私が和田に代って、是非承諾して下さるように頼みます」そんな風に話を結んだ。

木津は姿勢を崩さず、眼を伏せてじっと聞いていたが、耕二が返事を促すと、今直ぐそういう事を被さるように云われても困る、和田少尉を仕事の上では尊敬しているが、その事は母に委《まか》せてその上で自分も考えたいと、割にしっかり、すらすらと云った。其処まで来ると、双方で気が軽くなった。木津は顔を上げて、何時《いつ》ものあでやかな笑顔を見せると、

「でも和田少尉っておかしな方よ。あんなに几張面な癖に、時々書類がどっかへ行ってしまうの。難しい顔をして、よく戸棚の中を二十分も三十分もごそごそ探していらっしゃるわ」

「ああ、それは」耕二は云った。「あいつはそういう間の抜けたところがあるんです。いいじゃありませんか。……もう川井さんを呼びましょう」

おちゅうさんは、盆に紅茶と菓子皿とを三つずつ載せて入って来た。

「いかが？　いいお話だった？」彼女はそう云って木津の顔を覗《のぞ》き込むようにした。

「木津さんの結婚問題です。そのうち詳しく話します」耕二は代って答えた。

「そう。きっと御縁談よって云ってたのよ」

木津は然《しか》しそれ以上対坐《たいざ》しているのが心地悪いらしく、紅茶に少し口をつけて、間もなく立ち上った。

「とにかくうんと云いなさい。云わなかったら私が承知しない」耕二は彼女を玄関まで送り出してそう云い、居間へ還《かえ》って来て、初めて安東《あんとう》の夏以来の川井の母親に挨拶《あいさつ》をした。兄の友人の川井の父親は留守であった。安東や奉天《ほうてん》、大連《だいれん》の町の事や、今も安東にいる耕二の兄夫婦の事を、彼は努めて話題にしたが、おちゅうさんの母親は少し拘泥《こだ》わった顔をしていた。

耕二は早々に川井の家を辞し、最寄りの公衆電話で和田を呼び出すと、良い話だから待っているようにと云い、すぐ電車で下谷《したや》の和田の家へ向った。

和田は椅子《いす》に深く腰を下して、終始黙って青い顔をして聞いていた。

「だから云わない事じゃない。あとは貴様がぐんぐん押して行けばいいだろう。自信を持って厚顔《あつか》ましくやればいいじゃないか。大丈夫だよ」そう云うと、和田は初めて肩で大きな息をして、「そうか」と云った。

それから和田は下へ降りて行って、暫く上って来なかった。

和田の部屋には和田の父親の蒐集品《しゅうしゅうひん》らしい外国の小さな油絵や、皿や、西洋物の家具調度類が、和田の専門の方の書物や貝殻や骨片や毛髪の標本と一緒に、雑然と並べてあった。

暫くして、和田は小柄な年寄った母親と連れ立って二階へ還って来た。母親は眼に見えて喜んでいた。耕二は内心大いに得意であった。

その晩は晩《おそ》くなって、彼は和田の家に泊めて貰《もら》った。和田は蔵から古い葡萄酒《ぶどうしゅ》を一本提げて来て、「然し貴様に逢っちゃあ、ブルーも敵《かな》わなかっただろうな」と云って、朽ちかけたコルクの栓を抜いた。

十六

あ号作戦に参加した第二艦隊及び第三艦隊の主力が、第一機動艦隊の編制を解かれ、敗れて内海西部に入泊した頃には、既にサイパンの島内戦闘も概《おおむ》ねその帰趨《きすう》が明らかとなり、特務班では敵信の傍受によって、六月二十二日に敵機のアスリート飛行場使用を確認した。今度の決戦で三艦隊が大鳳《たいほう》、翔鶴《しょうかく》、飛鷹《ひよう》の三空母を失った事、大鳳に乗っていた久木が戦死した事も、それから間もなく特務班の若い士官達の間に伝わって来た。耕二等四五人の、特に久木と親しかった者達は、一晩芝の水交社に集り、久木がその春まで何時も陣取って酒を飲んでいた隅っこのテーブルで、久木を悼《いた》んだ。

同じ頃、耕二の手許へ、北千島の谷井から最初の便りが届いて来た。直ぐにも戦死させられるような顔をして谷井が出て行ったにも拘《かか》わらず、北東方面では案外な平静さが続いていていた。

「着任してから今までのところ、情勢の変化も大して無く、そうなると此処《ここ》は長閑《のど》かな毎日である。ちょうど一時に春の訪れで、雁紅蘭《がんこうらん》という花が沢山咲いている。米粒程の小さい紅《あか》い花で、葉も厚ぼったい小さな葉だ。枝に昆虫の殻のような節があって、光沢がある。これに実が成る。それから酒が出来る。海岸には巌《いわ》の間に海胆《うに》がごろごろしているし、昆布の間には海苔《のり》が一杯からまっている。もうそろそろ鮭《さけ》の産卵期で、河を上って来るのを見るのを楽しみにしている。興廃を賭《と》した戦の中とは思えないのどかな風景で、たまさかの晴れた日には海を越してカムチャツカの白い山が望まれる。東京はなつかしい。タイピスト達もどうしているだろう。皆の手紙だけが楽しみで待っているが、未《ま》だ一通も届かない。和田や塘《つつみ》や広川には貴様からよろしく伝えてくれ。それから家の事はどうかよろしく願いたい。家には千島にいると分るような事は書けない事になっているので」

この手紙は仲間の間に回覧した。そして塘、広川、和田、耕二等のクラスの者は、病気で遅れた数人を除き、七月一日附でそろって中尉に進級した。

それから一週間ばかり後、丁度サイパンとの無電連絡が遂《つい》に完全に断《き》れたという報《し》らせで騒いでいる時、四課長の岩本少佐が外出先から汗を拭《ふ》き拭き帰って来ると、

「小畑中尉、ちょっと」と耕二を呼んだ。

少佐は厚い鞄《かばん》から何か書類を出しながら、

「参謀本部で平仄密《へいそくみつ》を解いたそうだ」と云《い》った。耕二はハッとした。

「未だ極く一部が分っただけらしくて、中々くれそうもなかったが、今後は協同解読で、こちらも平仄密に人員を増やして、凡《あら》ゆる解明事項を毎日交換し合うという事にして、折り入って頼んで来たから、君は今から直ぐ参謀本部へ行ってくれ給《たま》え」

耕二は「はあ」というような感嘆詞を発しただけで、返事が出来なかった。あれがどうして解けただろうと、不思議な気がされた。彼は鞄に平仄密に関する海軍側の資料と、紙や鉛筆を詰めると、急いで特務班を出、市《いち》ヶ谷《や》の参謀本部十八班へ向った。

海軍の内部とちがって、陸軍の解読班の中は、やはり陸軍特有の薄汚れた陰気な感じが漂っていた。彼は堀という牛のような感じの大尉《たいい》に面接した。その人がこの暗号を解いた当事者であった。

堀大尉がぼそぼそ話すところに依《よ》ると、参謀本部でも海軍側と同様、これの解読には理論上から数年の日子を要するという結論が出て、作業は一時全くの停頓《ていとん》状態になっていたが、五月末に何かの都合で大連に住んでいた堀大尉の細君が、急病で亡《な》くなり、堀大尉は一時仕事を離れて大連までその後始末に行って、十日程して東京へ帰ってから新しい気持で暗号を見始めたところ、ニューデリー発信の電報に、OとVとが屢〻《しばしば》特殊な現れ方をする事を認め、其処《そこ》に所謂《いわゆる》ウイーク・ポイントを摑《つか》んで、解読の手掛りを作ったという事であった。〈やはりあのOとVとが……〉と思うと、耕二は矢野や木津の事にかまけて、それをいい加減に扱っていた事が、佐野兵曹に対しても済まなかったように、今更に感じられた。日本中でこの暗号の事を実際に即して詳しく研究している者は、この堀大尉と自分と佐野兵曹とその他二三人を出ない人間だけで、おまけに世界でもそれは少数の中の者であったというような事が、妙な気持で考えられた。これが機密ずくめの仕事だから、成功も不成功も黒幕の蔭《かげ》であるが、例えば科学上の或《あ》るテーマに就ての研究であったような場合なら、自分は世界中に対して面目を失う立場だったというような、誇張した気持もした。

彼は机に差向いで、堀大尉から一々のデータの説明を受け、それを纏《まと》めて特務班へ帰って来た。

平仄密はやはり(bus)が「敵」、(gol)が「英」、(iic)が「船」、という風に三字一符字の暗号であった。そして暗号書は所謂一冊制で、青密と同じく発信用受信用も同じ本を使うのである。文字の配列は、中国で市販の明碼《めいま》電報書という民間電報用の一種の辞書に拠《よ》って、劃順《かくじゅん》に並べてあった。ニューデリーの本を基礎にして云えば、Zの頁《ページ》から始り、ABCの順でYの頁に終る二十六頁の暗号書で、例えばそのB頁のUの行のSの列に、劃順に随《したが》って「敵」という文字が入れてある訳であった。

重慶《じゆうけい》の武官達が、こうした法則に随って暗号書を繰りながら、その作成した通信文を何百字かのローマ字に変えると、それで第一次の暗号化が成立する。然しこのままでは青密と同じように反覆が現れる。つまり文中に「敵」という言葉が五回使われると、暗号文の中にも(bus)という字が五回出て来る訳で、これを防ぐ為《ため》に第二次の暗号化が行われるようにしてあった。

二十五字の原稿用紙を縦に置いたような、二十五箇《こ》の枠を持つ特定用紙があって、それに、丁度横書きの原稿を書く時のように、最初の行の初めを幾字か空けて、第一

次の暗号文を横書きに記入して行く。各地の武官は各〻専用の鍵《かぎ》番号を持っていて、その、

「11, 3, 21, 17……24, 12, 6, 1, ……14, 18, 7」という風な鍵を二十五の枠に当て、その鍵番号の一から順に二十五まで、縦に取ってローマ字を拾って行くと、それで第二次の暗号化が成立し、これにはもはや、何の反覆も現れて来ない訳であった。

只《ただ》、華語《かご》の性質上、西欧の地名や人名や特殊な言葉は、英語その他の外国語を使って記さねばならぬ場合が多かった。その為に必要な、ローマ字が、暗号書のOの頁のVの行にずらりと順序よく並んでいたのである。「A」は（ova）であり、「B」は（ovb）であり、「C」は（ovc）であった。随って、「ANDAMAN島PORTBLAIR」とか、「TACTICALAIRFORCE」とかいうような、少し長い英語が通信文の中にはさまれていると、暗号電報にはOとVとが目立って多くなり、その構成は鍵で破壊されながらも、二十五の枠に依る周期の為に、OとVとは或る特殊な形を採って現れるのであった。

暗号電報の冒頭には、受信者側に組立ての誤りを冒させないように、指示符が入っていた。それは、「absef hhfxx」というような形をしていた。この第一の指示符は、特定用紙に暗号文を受け入れて行く場合、その段数（原稿用紙に喩《たと》えれば原稿の行数

である）が幾段あるかを教える物で、一字目のAからアルファベット順に四字目のEまで数えた五という数がそれを示した。第二の指示符は、特定用紙の最上段の初めに幾枠「空け」を置くかを教える物で、尻《しり》のXからYZABC……とHまで数えた十一という数がそれを示した。真中のSやFは無意味で、Xの重複やABと連続しているのは、指示符自体の誤りを防ぐ為である。

耕二と佐野兵曹とは極端に多忙になった。参謀本部で解いたのは未だニューデリーの鍵だけであったので、彼等はその他の土地、モスコー、ワシントン、シドニー、メルボルン、テヘラン、ロンドン、重慶等の鍵と、各地の換字表——これが前の年の末に出た「附属変碼表」の正体であったが——とを解く事、暗号書を作成して解読文字を増やして行く事、毎日相当通数入って来るこの平仄密電報の内、鍵の解けているものは読んで、情報に出す事、正月以来数百通溜《たま》っている電報綴《つづ》りを整理し直す事、と、到底正規の勤務時間では足りなくなった。上海《シャンハイ》のX班という出先から帰って来た一期上の芝崎中尉を始め、三四人の者がこの仕事に廻されて来たが、矢張り前から手掛けている耕二が中心に立たねばならず、彼は自分から進んで一週間のうち三日乃至《ないし》四日当直を引受け、当直の夜は興味と責任感とから大抵徹夜をした。これは前に重慶の軍令部が、「米英暗号の水準に達したもの」と称して自負していた暗号だけに、相当機密程度の高い事柄も扱って打電していると思われ、此処からどんな重要な情報が——例えば敵の中華大陸への上陸作戦の時機とか、連合国内の妥協的和平の動きとか、そういうものが出て来るか分らないというように、耕二は考えた。

一週間程経《た》つと、参謀本部と特務班との両方で、可成色々な鍵や法則が分って来た。重慶側はこの暗号には余程念を入れたものと見え、各〻の土地によって同じ文字が異る符字になり、例えばニューデリーでは「敵」は（bus）であるのに、ワシントンでは（jca）となり、重慶では（cxv）に変るという風で、初めは土地毎《ごと》に別の暗号書が用意されているかとさえ思わせたが、それは解けてみると、一枚の簡単な換字表に基く変化である事も分った。つまり、ニューデリーが、

「ABCDEFGH……XYZ」と、基本の表を用いているとすると、ワシントンは、

「IJKLMNOP……FGH」、重慶は、

「DEFGHIJK……ABC」と、それぞれABCを幾つかずつずらして換字をして、変化をつけているので、暗号文上のAが、ニューデリーではA、ワシントンではI、重慶ではDになるという仕組みであった。

又、ワシントンやモスコー等では鍵も、海軍武官、空軍武官、陸軍武官と、各武官が各〻異った鍵番号を用いている事も分った。

耕二達は、初めに解けたニューデリーを総《すべ》ての基礎にして基本暗号書を作り、凡ゆる鍵と換字表とに解読の手を進めて行った。仕事は順調に進捗《しんちょく》した。それにしてもニューデリーの（ov…）の欄の末尾が、そのまま、内容のローマ字と一致していた事は、重慶側の非常な失策であったと思われた。

十七

或る日の午後、耕二は給仕から電話が掛っていると云って呼ばれた。それはわざわざ下の玄関脇《わき》の守衛の部屋に繋《つな》いであるという事で、彼が降りて行って受話器を取ると、声の主は、

「わたくし、木津安芸江《あきえ》の母でございますが」と云った。そして少々話したい事があるから、都合のよい日に一度訪ねて来て貰えないか、という話で、彼は承知し、その日の夕刻行く事を約束して、大森の駅から家への道順を聞いた。

町はすっかり夏であった。連日の照りで青葉が埃《ほこり》っぽく汚れ、夕映えの残光が街の灯を透かして、それを水の中の燈《ひ》のように見せていた。耕二は明け方特務班の木椅子の上で二三時間仮睡しただけで、疲れと暑さとで神経質になっていた。そして、簡単に承知したものの、訪ねて行くと、木津の母親から、自分の出しゃ張った取持ちを、

皮肉混りでひどくやっつけられるのではないか、という心配を頻《しき》りに感じた。

大森の駅から山王一丁目の方へ彼は歩いて行った。同じような構えの家々が、小さな道を挟《はさ》んで立ち並んでいる。然《しか》し人通りは少く、周りは屋敷町らしい静かさであった。杉戸、竹垣、手入れした松の木、それらが彼に、ふと、過ぎ去った、そうして何時《いつ》還《かえ》って来るか分らない平和な世に対する親しさを感じさせた。

家を探しあて、玄関に立って案内を乞《こ》うと、「私が先程御電話を頂いた小畑中尉です」と彼は少し堅くなって云ったが、小走りに出て来た木津の母親は、未だ若い人で、「まあまあ。わざわざ。さあ上って頂戴《ちょうだい》。汚いのよ」と彼を玄関脇の部屋へ上げ、直《す》ぐ絞ったタウルと冷たい飲物を運んで来て、

「まあそんなにかしこまらないで。上着を取って」とさばけた調子で云った。耕二はやっと安心した。

「安芸江は今日はお役所休んだでしょう」木津の母親は云った。「鎌倉の姉の所へ遊びに行くと云って出たきり、未だ帰って来ませんのよ。この間はね、川井さんのお宅へ寄ったと云って、晩《おそ》く帰って来てね、気分が悪いと云ってピアノばっかり弾いてて御飯頂かないんでしょう。段々訊《き》いてみると、例のお話でびっくりしたのよ」

木津の母親が広島の人で、木津理事生と耕二とが同じ小学校に通った事があるとい

う事が、耕二の舌を幾分なめらかにした。彼は自分で照れ臭い思いをしながらも、努めて仲人口《なこうどぐち》めいた事を云って、和田の事を讃《ほ》めた。

母親は結構な話とは思うが、家柄がちがって先で困らないだろうか、こちらの周囲は皆海軍で、和田中尉も海軍には違いないが、いずれは専門の学問に還って行くであろう、人類学などというのはどんな事をやる学問か見当もつかないので不安な気がする、そんな事を云い、

「どうでしょう？　安芸江が学者さんの奥さんになれるかしら？」と、然しその口調は、もう半ば承知しているもののように思われた。

蚊が羽音を立てて脚の周りを幾匹も飛んでいた。木津の母親は蚊やりを持って来、団扇《うちわ》で頻りに脚許《あしもと》をあおぎながら、出来ればスラバヤにいる主人にも相談したいのだが、情勢が情勢で連絡がつきにくいから、それは内地にいる身内の者だけで決定しても構わないのだ等とも云った。

間もなく木津が鎌倉から帰って来た。三人になっても、それ以上格別な話もなく、耕二は和田から聞かされた、石器時代の年代の測定法を受売りで話したりして、一時間ばかりして木津の家を辞した。

その後和田と木津との話は、事毎によく運んで行くようで、耕二のする事はもう何

もなく、彼はその事からは手を引いた。和田の叔母にあたる人が大森の家を訪ねて正式に申し入れをし、それは受け入れられた。特務班長のK少将と首席班員の多田大佐が、木津の父親の少将と親しい間柄であったので、K少将は却《かえ》って話を喜んで、進んで仲人の役を買って出、万事内々のうちに、木津理事生は近く特務班を辞める事になった。

「どうです、その後？」廊下で木津に出逢《であ》って、耕二が訊くと、木津は、

「たいへん順調らしいのよ」と親しみを籠《こ》めて、はにかみながら返事をした。

彼の平仄密の仕事は、解けた鍵の増すにつれて、更に忙しくなって来ていた。彼が最初に予想した通り、スイスのベルン駐在武官だけは依然として「ABKF」という暗号を使っているので、重慶から定例の国内戦況報告が発信される度に、平仄密と「ABKF」との同文電報が出、暗号書の中の既解読文字はその度に増した。大陸の戦況報告では、重慶側が満洲《まんしゆう》国の事を必ず「偽国」と云っているのは興味があった。

古い電報綴りの中からも、時機を失しているにも拘《かかわ》らず、情報として貴重なものが多数出た。殊《こと》に西南太平洋連合軍司令部との連絡武官にあたっている濠洲《ごうしゆう》駐在の中国武官は、中々の腕《うで》利《き》きらしく、始終新鮮な情報を重慶に送附し、重慶からは軍令部長の名で賞讃《しようさん》の言葉が贈られたりしていた。一旦《いつたん》暗号が解けて了《しま》えば、こちらにとって

は敵側の武官の入手する情報は、優秀なほど好都合であった。日本軍の新しい飛行機の名称とか、日本の潜水艦がアメリカの電探に手を焼いて、電探除《よ》けのゴムの外装をしている事とか、耕二はそういう知識を却って重慶側の電報から教えられた。

間も無く彼等の次の期の予備学生が訓練期間を終って任官し、特務班へも四五十名の新しい少尉《しょうい》が配属されて来た。四課にも五人配属になり、耕二はその人達の指導官を命じられて、重慶暗号の基本的な知識を教える事になった。然し新しい少尉達は仕事が中々呑《の》み込めず、彼はよくいらいらして腹を立てた。

各地の武官名を答えて貰《もら》うつもりで、「青密の使用者を問う」という問題を出すと、「使用者芝崎中尉」などと書く者があり、探偵小説に毛の生えた程度の、単式換字の解読練習問題を呈出し、内容は戦況に就ての英文だと教えても、三時間掛ってそれの解けない者がいた。

「頭が悪くて特務班の仕事が勤まるか」等と、彼は曾《かつ》て江崎中佐から云《い》われたと同じ、頭ごなしの調子で新しい少尉達を怒鳴ったりした。

麦克阿瑟（マックアーサー）、蒙巴頓（マウントバッテン）、中途島（ミッドウェイ）、真理報（プラウダ紙）、希特勒（ヒットラー）というような時事用語の音訳意訳の字句は、他で解き難い文字の解読に役立つものであったが、彼等はそれも中々読めなかった。彼は何とかして、その中から一人、平仄密のしっかりした後継者を作らねばならなかった。毎日のように通る町筋では、工兵隊が出動して古い建てこんだ家々を崩す作業を始めていた。サイパンの失陥が、そんな所にもうはっきりした影響を現しているようで、彼は何となく火照《ほて》るような、焦《あせ》るような心で毎日を送った。暇を割いて千島の谷井には長い手紙を書いた。矢野の事から始めて、木津と和田の事、平仄密の事、近く矢張りピアニストの加山千鶴子と結婚する事に決った広川の事と、書く事はいくらでもあった。

そのうち木津理事生の辞める日が来た。評判のブルーが辞めるというので、士官達の間ではかれこれと騒いでいたが、彼は知らぬ顔をしていた。和田は然し彼以上に澄まして、落ちつき払っていた。雇員が辞める時には辞令を持って各課長と関係の士官の所へ挨拶《あいさつ》に廻るのが慣例で、その朝彼女は和服を着て、おそく出て来ると、持ち物を纏《まと》めて置いて、二課から一課、三課と廻り始めた。

暫《しばら》くして四課の扉が開き、木津が入って来るのを認めると、耕二は赤くなりかけて、急いで席を外し、外へ出て了った。廊下では矢野と田村との二人が、腕を組んで、子供が花嫁さんの後をつけるように、珍しげに佇《たたず》んでいた。耕二は行きちがいに矢野の例の眼を盗み見て、

「矢っ張り一寸《ちよつと》美しいな」そう思ったが、それ以上は気にならなかった。

十八

廊下に並んだタイピスト達に送られて、木津理事生が退庁して行った後、耕二は又机に還って来て、平仄密に手をつけていたが、午後になって課長の岩本少佐から呼ばれた。課長はその前に、特務班長の部屋へ何か相談に行っていた様子で、彼は木津の事を何か云われるな、と思ってひやりとした。

然しそれは思いがけず、彼の支那《しな》方面艦隊司令部への転勤の内命であった。

別れを兼ねて、耕二と和田と塘《つつみ》は、一晩横須賀《よこすか》の何時も行く料亭へ遊びに出掛けた。それまでに塘は、矢野の事以後和田と耕二とが何か始終相談しているのを勘づいて、露骨に不愉快がっていたので、席で耕二と和田とは二人の口で木津の事の経緯を打ち明けた。初めて知った塘は、

「ふうん。それはまあおめでとう。小畑は相変らず無鉄砲だな」と、未《ま》だこだわった笑い方をしたが、又、

「然し小畑も、今度の事は俺にさえてんで見当がつかないようにやったのは偉いよ」

などとも云った。

酒を飲みながら耕二はこの数年間、学生生活から軍隊へ、台湾から横須賀、東京、次に上海へと、慌《あわ》ただしい身辺の変化を考えて、それが混み入った網の目を行く先も知らずに辿《たど》って来たようなものだと思った。何処《どこ》かで目を一つ違えていたら、今自分は全く別の土地で全く別の事をしていたかも知れなかった。大学でふとした思いつきで華語を習ったのが、現在此処《ここ》に自分がいる事を運命づけた岐《わか》れ目であったし、谷井に千島行の命令が出、それから矢野、木津と糸を引かなければ、和田の境遇も変っていたに違いない。そういう事は平時でもある事ではあろうが、こういう自分達の意志の介入しない事象に依《よ》って、次々と運命が転変して行くのが、何かはかない気がされ、今日から以後自分の網目が、どのような所へ抜けて行くかとも思われた。

「ところで」と塘は云った。「今夜はそれじゃあ、小畑の為《ため》の会が和田のお祝いにもなった訳だが、もう一つ実は俺も転勤なんだ。今日話があったんだよ」

「どこだい？」

「ベニヤ板の魚雷艇へ行く事になった」塘はそう云うと、盃《さかずき》を持って構えて見せた。

「嘘《うそ》をつけ」

「アッハハ。通信学校の教官だ。人もあろうに俺を教官にするなんかは、海軍も敗戦で焼きが廻ったんだろう。横須賀は食い物がいいから好《よ》いだろうよ」

「段々皆いなくなるね。俺一人じゃないか、後に残るのは」和田は云った。

「まあ残ったら、サイパンも陥《お》ちたし、式は暑いのを我慢しても早く挙げた方がいいね」耕二は云った。「俺は色んな事が皆片づいて、上海行きになって、さっぱりした気持だよ」

席には菊千代と、もう一人海軍芸妓《げいぎ》が来ていた。菊千代は耕二に、「いつかの卑怯《ひきよう》未練の少尉はどうしてるの？」などと云っていたが、何故《なぜ》か落ちつかぬ様子で、始終部屋を出たり入ったりしていた。

暫くして、菊千代は又お信と連れ立って入って来たが、すると後から突然一人の背の低い丸坊主《まるぼうず》の開襟《かいきん》シャツの男が現れた。安芸江《あきえ》の兄の木津大尉であった。女たちは、和田が遊びに来たらと云って、連絡を頼まれていたのだ。

「一度逢いたいと思ってたんだが、東京へ出る折が無くてね」木津大尉はバサバサ扇子を振りながら云った。三人は一寸堅くなり、白けた気持になったが、木津の兄は戦闘機乗りらしくさばさばした気楽な男で、話しているうちに座は又賑《にぎ》やかになった。

その大尉は一時間程席にいて、

「まあ、シスをよろしく願います」と、和田にとも耕二にともなく云い、扇子を合図のように振りながら、横須賀航空隊へ帰って行った。

平仄密の解読は、文字の拡張も未知の鍵《かぎ》の組立ても全く調子よく行っていた。耕二の転勤が決定したので、仕事の中心は一期上の芝崎中尉と、一期下のM少尉とに移され、耕二の行く先は上海《シャンハイ》か、都合で漢口《かんこう》かという事であったが、いずれにせよそちらでは重慶《じゅうけい》空軍の事を扱わねばならぬので、彼は芝崎中尉の指導で毎日中華民国の地図を拡《ひろ》げて、敵側の主な航空基地を頭へ詰めこむ事に努力した。然し、長らく手掛けた武官暗号と別れる事には、随分未練もあった。

そうして和田の結婚式の一週間前になって、彼は愈〻《いよいよ》東京を発《た》つ事になり、或《あ》る晩大森の木津の家へ別れの挨拶に行った。家には輿《こし》入れの調度が其処此処《そここ》に置いてあるのが見受けられた。転勤の事は仲間以外には早く洩《も》らさない事になっていたので、木津は初めてそれを知って驚いていた。

「でも、小畑中尉って案外気がお弱いのね。辞める日、わたくしが四課へ入って行ったら、部屋を出ておしまいになったでしょう。あの人は心臓よ。仕方がないから、永々お世話になりましてって、他の方と同じように挨拶したの。そしたら、あ、そうですか、御苦労様、どうかお元気でって、澄まして云うのよ。呆《あき》れちゃったわ」木津はそんなに云って笑った。

帰りに彼女は駅まで彼を送って来た。

「でも残念ね。K少将にお願いして行かせないようにするんだったわ」彼女はそう云って途《みち》で耕二の腕を取った。

八月十七日の方面艦隊の飛行便が取れ、それは福岡からで、耕二は十四日の夜東京発の急行に乗った。東京駅は見送人を入れないので、品川のプラットフォームに、和田と安芸江と、それから谷井の母と妹とが見送りに出ていた。和田は白の夏軍装で、女の人達は皆薄物の着物を着ていたが、その晴れやかな姿が耕二の眼には楽しく、かつ名残惜しく映った。今度こそは何時《いつ》東京へ帰って来るか分らない気がした。彼は谷井の家の事を和田に頼んだ。

短い停車時間が過ぎると、電気機関車の抜けたような笛が響き、列車は信号燈《しんごうとう》の色を滲《にじ》ませた薄い夜霧の中へ、静かに動き始めた。

途中十八時間程の余裕があったので、彼は広島で下車し、家で一晩泊る事にし、初めて病気の父親を見た。父親は寝床の傍《そば》に尿壜《にょうびん》を置き、不随になった左足の先に紐《ひも》をつけて、それを曳《ひ》いていざりのように這っていた。中風の老人によく見る、妙に白っぽい腫《は》れたような顔になっていて、

「わしがこんなになったからな、早う帰って来てくれよ」と涙ぐんで云った。彼は父母と逢うのはこれが最後のような気がしたが、悲しいとは思わなかった。

夜に入ってから彼は町へ矢代《やしろ》先生を訪ねて行った。先生は彼の行き先がともかく上海である事を喜んだ。彼は笑い話のつもりで、矢野との結婚話の失敗を先生に語って聞かせた。先生は黙って聞いていたが、

「君は今度は伊吹《いぶき》君の家へは行ったの？」と云った。耕二は赤くなった。そして、

「いいえ」と答えた。

「はたから口を出す事ではないと思うがね」と先生は云った。「実は二カ月ばかり前伊吹君の妹さんに逢った事があってね。あの人は君との間を堅く信じているんじゃないかね。君はどう考えているの？　もう智恵子さんの事は全然念頭にないのかな」

「全然という訳ではないんですが……」耕二は弁解しようと思ったが、うまく云えなかった。

「今は人の運命がひどく粗末に扱われている時勢だが、それで君にどうと云う事も云えないけど、とにかく出処進退だけはもっとはっきりしないといけない事はないかね」先生は云った。その言葉は彼には少しこたえた。然《しか》し彼はその晩無理にその気持を払いのけてしまった。

支那方面艦隊機のダグラスはその翌々日の正午前に雁《がん》の巣《す》へ降りて来た。定員の三分の二ほどの便乗者に混って耕二が待合室で待っていると、半長靴《はんちょうか》を穿《は》いた操縦士が

入って来て、上海からの頼まれ物らしい郵便物を一束、備えつけのポストに投函《とうかん》し、待合室のベンチに横になって帽子を顔にかぶせて昼寝を始めた。それが如何《いか》にも、其処と此処との往復をしている人のようで、彼にも上海という土地が大変近い所のような感じを起させた。

両替所で彼は円を儲備券《ちょびけん》に交換した。財布に入りきらない部厚な札束が手渡された。一時間ほど寝ると操縦士は起き上った。そして午後一時丁度にダグラスは雁の巣を離陸し、すぐ海岸に近い小島の緑色の段々畠《だんだんばたけ》が眼の下をゆるやかに過ぎて行くのが見え、やがて少しずつ高度が上って、紺色の海だけが見えるようになった。窓辺の深い椅子《いす》に腰を下ろして、席の上の通風栓をひねると、冷たい風がシーッと音を立てて入って来る。

積乱雲が巨大な塔のように行く手に聳《そび》え立って、じっと動かず、烈《はげ》しく白く輝いている。彼は飛行場で貰った弁当を食った後、暫く本を読んでいたが、気圧の関係か、引き入れられそうに睡《ねむ》くなって来、軍刀を膝《ひざ》に抱いて風を入れながら間もなく眠ってしまった。

それから二時間ばかりして眼を開くと、窓から見える右翼の下に、薄いちぎれ雲が飛んでおり、下方の海は今ちょうど、紺青の色から汚れた赤い鉄銹《てつさび》色に変るところであった。揚子江《ようすこう》の河口が近くなったのだなと思った。そして彼は、長江《ちょうこう》の赤茶けた水の色が海水の紺と少しずつ混ざり合うのではなくて、はっきり一つの線を引いて色が変る事を知った。時間を見ると四時を少し過ぎていた。

やがて、水からそのまま続いているような低い湿地の島の上を、飛行機はゆっくり高度を下げながら越えて行った。遠くに、写真で知っているブロードウェイ・マンションの建物が見え、続いて目の下に白い壁、反りかえった緑屋根の支那風の塔が見え、機がゆらりと一つ揺れると、ぐるぐると視界が変った。機は滑らかに地上に辷《すべ》り降りた。上海大場鎮《だいじょうちん》の飛行場であった。訓練も休みの時刻か、広い飛行場が一面の静かさで、夏の草に陽炎《かげろう》がめらめら燃えているのが見えた。

第三章

一

日本が開戦後三度目の、そして最後の秋が来た。湖北省漢口《かんこう》の西郊にある中山《ちゅうざん》公園の園内は、陸軍の通過部隊の宿営で、あちこちに泥色のトラックが置かれ、湿ったテントが張られて、橋桁《はしげた》は壊れ、道路は割れ、林の中は朽ちた落葉の上に泥と糞尿《ふんにょう》とが堆積《たいせき》して、荒れて汚れていた。立ち停ると湿った落葉の匂《にお》いがする。道の上には馬糞《ばふん》が散っていた。夕方の薄日は、黄色い葉を残した樹々《きぎ》の枝から洩《も》れて来た。公園の中の四辻《つじ》に立って彼は待っていた。

「ハッチ、二。ハッチ、二」先任下士官の掛声が聞えて、兵士達の駈足《かけあし》の隊列は池を廻って帰って来る。少年電信兵達のくりくりした顔が、どた靴を曳《ひ》きずって走って来ると、その後には年輩の下士官連が四列に、揃《そろ》いの仏頂面《ぶっちょうづら》をして続いていた。下士官の或《あ》る者は彼の前を通る時に、殊更《ことさら》に腿《もも》を高く上げて見せた。下士官達の多くが彼に不服を懐《いだ》いている事を、彼は知っていた。

「ハッチ、二。ハッチ、二」彼は列の後について走り始めた。道をへだてて公園の南側には、彼の属する海軍の受信所がある。

あと一時間、夕食が済むと外出の時刻だ。士官たちは料理屋へ、下士官たちは慰安所へ、酒と女とを求めに出て行く。此処《ここ》では、内地に較《くら》べて、食物も酒も、煙草《たばこ》も、女も、不自由は無かった。野暮な事は云《い》わずに、何事も「大陸的に」のんびりと大目に見て、自分も享楽《きょうらく》の中へ身を横たえていれば、安らかな気持になれるかも知れなかった。

レイテの戦は終っていた。三日間の比島沖《ひとうおき》海戦とその前後一両日の戦闘で、戦艦武蔵《むさし》、扶桑《ふそう》、山城《やましろ》。航空母艦瑞鶴《ずいかく》、瑞鳳《ずいほう》、千代田、千歳《ちとせ》。巡洋艦摩耶《まや》、愛宕《あたご》、鳥海《ちようかい》、最上《もがみ》、鈴谷《すずや》、筑摩《ちくま》、多摩、鬼怒《きぬ》、阿武隈《あぶくま》、能代《のしろ》。駆逐艦秋月《あきづき》、初月以下十一隻は沈み、その後十一月末までには更に、戦艦金剛《こんごう》。航空母艦神鷹《しんよう》、信濃《しなの》。巡洋艦那智《なち》、木曾《きそ》、八十島《やそしま》、熊野《くまの》。駆逐艦若月《わかつき》、浜波以下十一隻が撃沈されて、日本人の勝利への信頼を繋《つな》ぎ留めている筈《はず》の聯合《れんごう》艦隊は、殆《ほとん》ど壊滅していた。特務班にいた江崎中佐も、航空母艦瑞鳳の副長として、この頃艦と運命を共にした筈であった。

彼は自分の立場を何と考えればよいか分らなかった。気持は次第に狂暴になって来た。彼は部下に要領のいい事は許せなかった。若い兵隊に口止めをして、女の所へ入り浸って、規定の時刻に帰隊しない下士官達を、彼は幾度もなぐった。

「要するに我々を支那《しな》へ寄越してくれたのは、お前達も御苦労であるから、一つ大いにのんびり遊んで来いという意味なんでしょう」得意気にそう云っていた少尉《しょうい》もなぐった。会議で集って、各隊への竹箒《たけぼうき》の分配を如何《いか》に決めるかという事で、一時間も論争している参謀達には軽蔑《けいべつ》の眼を向けるほかなかった。式の日などに司令部に各隊が揃うと、士官達は三々五々輪を作って話の花を咲かせているが、彼は大抵軍刀を握って、一人離れて立っていた。四箇月前までの、東京での親しげな賑《にぎ》やかな空気に較べると、彼は全く孤独であった。軍令部での生活では、学生時代の延長のように、自分の受持の暗号だけやっていれば事が済んだが、今は二百三十人の部下を持って、それを纏《まと》めて行かなくてはならない。彼は自分の心を扱いかねると同時に、あの古手の下士官達の心を量り、それを上手に扱う事が出来なかった。

「ハッチ、二。ハッチ、二」と駈足の縦隊は、中山公園の門を出て、道を横切り、受信所の構内へ走り込んで行く。隊の中で、「課業ヤメ」の笛が鳴り始めた……。

その八月に上海《シャンハイ》のX班に着任すると、彼は方面艦隊の参謀の意向で、一週間ほどで漢口へ廻される事になり、数日後に飛行機で赴任して来たのであった。

漢口の市内には、北は日本租界の端にある水上警備隊から、西の飛行場の傍の地上警備隊まで、根拠地隊司令部、測量隊、海軍武官府、軍需部、陸上警備隊、防空砲隊というような海軍の諸機関が点在している。耕二の属する受信所は、市中から飛行場へ通ずる広い田舎道に面し、通称揚子江《ようすこう》方面特別根拠地隊の第八分隊と呼ばれているが、仕事の上ではW班と称して、海南島《かいなんとう》のY班、上海のX班と共に、中華民国における軍令部特務班の出店であった。W班の差し当っての仕事の目標は、重慶《じゆうけい》の空軍と、在華米空軍の動静の監視であった。班長の舟木少佐は根拠地隊司令部の兼務参謀で、最近東京へ帰って行った一期の分隊長の代りが来るまで、耕二は分隊長代理の役目であった。

市中には、本当の名を「清流」というのだが、皆が「濁流」と呼んでいる、海軍士官専用の慰安所がある。流れ者の女が十数人抱えられていて、参謀達もその他の士官達も、連夜此処で酒と歌と女とで幕らしていた。耕二も着任後屡〻《しばしば》此処へ遊びに通ったが、比島沖海戦の終った頃、知らない民間人から、

「毎晩あの馬鹿《ばか》騒ぎでは、海軍も敗《ま》けるのが当り前ですね」と云われ、なさけない気がして、それ以来ふっつり行くのを止《や》めて了《しま》った。

武漢三鎮《ぶかんさんちん》の秋は美しいという事だった。然《しか》し今年は陰雨ばかり降り続いている。その日、夕方から珍しく薄日が射《さ》し始めたので、彼は同じ隊の対米をやっている、小泉という少尉を誘って、水交社へ鴨《かも》のすき焼を食いに外出する事にした。

町には美味《うま》い食い物があった。大道の麵《メン》の立ち食い、その中へ入れる油条《ユージャオ》。汚い食べ物屋の店先で、蒸籠《せいろう》から湯気を上げている饅頭《マントー》。餃子《ジャオズ》。或《あ》るいは湯円《タンユアン》とか月餅《ユエビン》、皮蛋《ピータン》、五香蛋《ウーシャンタン》。大王という店で食わす、小麦粉の薄皮に肉とスープを包み込んで蒸して出す湯包子《タンパオズ》。曾《かつ》て大学で朱講師が北京《ペキン》の自慢をした時聞かされたような、庶民の珍しい風味が皆味があったが、儲備券《ちょびけん》の月を追うての暴落で、隊内で廻転する金と市

中でのそれとは、桁が甚だしく違い、支給の軍用煙草を闇売《やみう》りしなくては、菜館《さいかん》へ上って卓を囲む事はおろか、彼等の月給では屋台の麺を食う事も中々困難であった。耕二は部下に隊規を紊《みだ》す事をやかましく云っている手前、内緒の事をして金を作る気がせず、仕方なくいつも水交社の平凡な家庭料理を食って我慢していた。

小泉少尉は三期の予備学生出で、彼より少し早く漢口へ来ていて、此処の士官達の間で、段々偏狭な気持になって行く彼に、比較的好意を示している殆ど唯一《ゆいいつ》の人であった。アメリカの大学へ留学していて、戦争で第一回の交換船で帰国して海軍へ入ったので、年は耕二より上であった。小泉は「アメリカはいい国ですよ」とよく云っていたが、一方留学中の経験から、ずいぶんアメリカに対して反感も持っているらしかった。

「アメリカが妥協的な動きを示すなんて思ったら、とんでもない間違いだと思うんですよ」

その晩水交社で鴨を食って、帰って来る道で、小泉は耕二に云った。

「私は時々考えるんだが」耕二は云った。「そのうち我々中少尉の若い者に、特攻隊の志願者を募って来やしないかな。小泉少尉、どうです、その時行けますか？」

「小畑中尉どうですか？」

「さあ、それが」彼は云った。「私は開戦の時、この戦争にならら命が投げ出せると思ったんだが、そして今でも勝つ為《ため》に――勝てなくても、出来るだけ日本に有利な道を拓《ひら》く為に働きたいという気がするんだけど、募られて特攻隊の志願が出来るかと云うと、正直に云ってひどく迷うだろうな。何とか偽善的な理窟《りくつ》を並べて、遁《のが》れようとするかも知れない」

「そうですか？　私は行くなあ。行けますよ。アメリカは必ず凡《あら》ゆる悪どい手段で、徹底的にやって来ると思うんだ。日本はアメリカに占領されたら完全に骨抜きにされますよ。それを守る為なら、行けるじゃないですか」

「…………」耕二は大学の卒業式の日に、栗村が、「決死隊一歩前へ、と云われたら、一歩後へをやるつもりになるんだぜ。そうして生きて帰ろうぜ」と云った事を憶《おも》い出していた。

「ああ、然し、そんな時が来たら」小泉は少し酔っていて、急に感傷的に云い出した。「東京へ帰って、一度おふくろにだけ逢《あ》いたいなア」

「まったく、通信諜報《ちょうほう》も、こうなって来ては果してどれだけ意味のある仕事か、分らないからね」耕二は云った。

五年前、武漢が陥落し、初めて特務班の出先が漢口に開設された頃には、此処の航空基地に海軍の九六式攻撃機が多数進出して来、それが編隊を組んで重慶や成都《せいと》を爆撃に行く時、このW班は敵の飛行機の配備や動きに就て、暗号解読に依《よ》る、貴重な直《す》ぐ役に立つ情報を提供していた。攻撃機隊はW班の蔭《かげ》の力に依って随分戦果を挙げたものであった。然し現在では事情は変って了っている。対米英戦が既にあしかけ四年目に入り、海軍航空隊は疾《とう》の昔に漢口を引揚げ、通信諜報の勝負もまた、重慶の空軍に対するそれではなく、印度《インド》から北部ビルマの山岳地帯を越え、三十秒乃至《ないし》一分に一機の割で、二十四時間中昆明《こんめい》に発着している強大なアメリカの輸送機隊、成都に着々と増えて行くB29群、各地の在支米戦闘機隊、中型爆撃機隊、その全部に対する勝負であった。W班では耕二が近頃「防空情報電台」という機関の暗号を手掛けている外、色々な試みがされていたが、総じて目ぼしい成果は何一つ挙っていなかった。

「何か、すかッとした事が……」小泉が云った。

「今度の日曜、陸警の馬を借りて、遠乗りでもやろうか?」耕二は云った。小泉は賛成した。

二人は夜更《よふ》けて受信所へ帰って来た。隊の中は、受信室だけを残して眠っていた。

二

日曜日の朝、彼は司令部の表玄関に小泉少尉を待たせて、報告の書類を持って副官の部屋へ入って行った。休日であったが、彼は四五日前に捕虜の訊問《じんもん》に行った事の報告と、二三隊務の打合せとをして置かなくてはならなかった。

大陸の非占領地域の各処に、沢山の小さな防空監視所が散在していて、これは初め日本の飛行機の進攻を監視する目的で設けられたものに違いないのであるが、近頃では日本機の行動が頗《すこぶ》る不活潑《ふかっぱつ》になり、奥地の攻撃に行く事などは殆ど皆無の状態なので、何故《なぜ》かこの監視所群はアメリカの航空機の行動を観察して、それに就ての報告を附属の防空情報電台に丹念に打電させている。尾野という一等兵曹が暫《しば》く前に偶然この電波をキャッチしたので、彼が調べてみたところ、暗号が解ければアメリカ機の行動が知れて、こちらの防空情報に逆用出来る事がわかった。然しその暗号は、一行だけの簡単なものであったが、中々見当がつかなかった。

四五日前、彼は陸軍の人に頼んで、収容所に一人いる米空軍の捕虜を訊問に行った。この監視所と防空情報電台の事を少しでもさぐり出そうという心算《つもり》であったが、小泉に通訳を頼み、彼がその事を訊《き》き出すと、捕虜は不思議そうな顔をして、

「電探があるから、アメリカの航空隊はそのような古い施設には頼っていない」と答えた。

「アメリカの事ではない。中国空軍の附属機関なのだ」

「全然知らない」

「話にそういう物がある事を聞いた事もないか」

「我々は中国のパイロットとは交際しない。だから何にも聞いた事がない」

嘘《うそ》ではないらしかった。武昌《ぶしょう》を爆撃に来て撃墜されたP51搭乗員の、背の低い若い暢気《のんき》そうな捕虜であった。仕方なく彼は雑談風な質問になり、その捕虜は、自分が芷《し》江《こう》の第××戦闘機中隊員で、米国の何とかいうカレジを出たやはり予備士官の少尉である事、基地では非番の日にサッカーが盛んな事などを話した。耕二は訊いてみる気もなかったが、東大の国文科にいたヘルミックなぞも案外、そんな所に来ていて情報係でもやっているのではないか等とも思ったりした。武漢地区の対空砲火の精度に就て感想を訊《たず》ねると、

「日本の高角砲が正確な射撃をするなら、私たちがあんなに低く飛ぶと思いますか」

と答えるし、戦争の見透《みとお》しは、

「二三年以内にアメリカが勝つ。そして早く国へ帰りたい」という風で、極くはっき

りしていた。質問を打切りにして、最後に附添ってくれた陸軍の人が、何か不満や希望があれば述べていいと云うと、捕虜は早口で一寸《ちよつと》しゃべって、

「トロロロル」と舌鼓《したつづみ》を打った。通訳の小泉は、

「食事が食えない。もう少し食えるような物が欲しい。ビフテキ、オムレツ、ドーナッツ。たまらない、と云うんです」そう云って笑った。陸軍の人も、笑って頷《うなず》いた。

捕虜は足をカチッとつけ、無帽の坊主頭《ぼうずあたま》に正しく挙手の敬礼をして、収容所の兵に連れられ、出口で振向いて人恋しそうな顔をしたが、そのまま引かれて行った。陸軍の人は収容所を出がけに庶務室を覗《のぞ》いて、中国兵の捕虜と同じ食事では可哀《かわい》そうだから、少し食い物を考慮してやってくれと頼んでいた。耕二はあてにして来た事が要領を得なかったせいもあって、小泉と二人きりになると、「何だい、あんな者。妙に親切にするね」と云ったが、然し一方、毎日のように十三ミリ機銃の火を噴きながら低空で襲って来る、あの小癪《こしやく》で不気味なP51に、丁度自分達と同じような境遇の、ドーナッツの食いたい青年が乗っているのだと思うと、一寸妙な気もされた。

——十分程で副官との話を済ませ、副官から、今日上海からの飛行便があるという事を聞いて、彼は玄関へ出て来た。小泉少尉は馬の手綱を握って寒そうに待っていた。

「お待ちどお。さあ行きましょう」

長江の水は著しい減水で、木組の栈橋が遠く低い所のポンツーンへ伸びて、江の泥岸には、枯れた葦《あし》がひょいひょいと立っているのが見える。

背にまたがって、捌《さば》いた革手綱を緩め、長靴の踵《かかと》で腹を蹴《け》ると、馬は蹄《ひづめ》の音を早めて走り出した。「アスファルトの上は危いですよ」後から小泉少尉が叫んだ。彼は構わず、手にした柳の枝を更に一鞭尻《むちしり》にくれた。

揚子江の岸を水交社の横で曲り、狭い胡同《フートン》を二つ三つ抜けると、日本租界の西北へ出端《ではず》れる。乾いた白い田舎道が拓ける。陸軍の呂武集団、統集団の司令部が見えて来る。番兵が自動小銃を捧《ささ》げて敬礼しているのを見返しながら、頭を低くし、鞍《くら》に腰を浮かせて彼は馬を飛ばした。雑木林の中に、陸軍が接収して高級将校の宿舎に充《あ》てている赤屋根の家々が、点々と見える。眼の下にはクリークが一条《すじ》、馬について走っていた。驢馬《ろば》の曳《ひ》いた二輪車を、砂塵《さじん》をかぶせて彼は追い抜いて行った。二輪車は、青い大褂児《タークアル》を着、腕を筒に組んだ無表情な百姓を乗せて、カタリコト、カタリコト、と悠長に歩んでいる。羽根に赤や青の顔料を、べたべた盗難よけの目印に塗りつけられた雞《にわとり》が、悲鳴を挙げて馬の脚下から辺りの民家へ逃げ込んで行った。彼は鬱屈《うっくつ》した気分をすべて蹴散らしてしまいたかった。漢口の市街が漸《ようや》く、影絵を積み上げたように遠去かって行った。

次第に肌が燃えて来る。馬の頸筋《くびすじ》もぐりぐり肉を躍らせながら、べっとり汗をかいている。暫く無茶苦茶に走らせてから、初めて並足にし、広い池の傍《そば》まで来て振返ると、小泉の馬は一本道を遠く遅れていた。

「おーい」彼は馬首を回《めぐ》らせて呼んだ。向うでは手を振って何か云《い》ったが聞えなかった。鞍がゆるんだらしく、小泉は馬を下りて、身体《からだ》を馬に押しつけるようにしながら、鞍の締め直しをやり始めた。

耕二も馬から下りた。尻がひりひりし、身体中が熱くなっていた。四辺は静かで、道の左側は池になっていて、中程で野生の小鴨が四五羽浮いて遊んでいる。池の汀《みぎわ》には薄氷が張っていた。危険な、何もかも不安な日本の状況、もはや何処《どこ》までも自分について来て離れなくなった暗号の数字の化物、それが又ふと暗い憂鬱な翳《かげ》となって彼の心に泛《うか》んで来た。鴨はブルルと水に首を突っ込んでは餌《えさ》を探している。手頃な石を拾って、彼は力一杯池の中へ向って投げてみた。鴨は一斉に舞い立ち、尻を重そうに羽音を立てて、違う池の方へ逃げて行った。

「済みません。これがすっかり緩んだものだから」小泉少尉が馬を曳いてやって来た。

「おら、おら」耕二は自分の馬が、道傍の草に屈《かが》み込みたがるのを引戻しながら、

「鴨がいたけど、皆逃げたよ」と云った。

「今日の飛行便というのは、それで新しい分隊長が着任されるんですか？」

「いえ。それは何とも……。然し来るかも知れない、もう来ていい頃だ。どうせ東京で知っている顔だが、誰か愉快な人が来ればいいけどね」彼は云った。

二人は再び馬に乗った。天秤棒《てんびんぼう》の荷を担《にな》った焼栗屋《やきぐりや》が近寄って来て、馬を見上げて何か云った。甘い焼栗の匂《にお》いがした。二人とも空腹であった。耕二は華語で一斤《きん》の値を訊いたが、

「ほう」と云って、そのまま馬を歩かせ始めた。栗売は、「喂《ウエイ》、々《ウエイ》」と、まけると云って大袈裟《おおげさ》な身振りをしながら馬を追って来た。二人は買う事が出来ないので、見向かず馬を速歩にした。

二人は漢口《かんこう》の西の郊外を、北から南へ、広い畠《はたけ》の中を抜け、深くえぐられたトラックの轍《わだち》を頼って、漢水のほとりへ馬を進めた。

漢水の土手の上に立つと、堤は高く、水量は少く、揚子江《ようすこう》から入って来た戎克《ジャンク》が、川一杯に見える大帆を絞りながら、ゆっくりと溯《さかのぼ》っているのが見えた。身体の汗が次第に冷えて来た。

ごたごたした民生路の通りへ入って行く。孫文《そんぶん》の銅像が立っているロータリー。道傍に梶棒《かじぼう》を下ろして目白押しに洋車《ヤンチョ》が並び、綿入れの服を着た車夫達が、地面に股《また》を

開け拡《ひろ》げて休んでいる。鈴の音を立てて馬車が行き交い、町の人は極度の無神経さで、彼らの馬の鼻面《はなづら》の先をのろのろと横切った。帽子を阿弥陀《あみだ》に被《かぶ》った巡捕は大声でわめき散らしていたが、二人の馬を見ると怒鳴るのを止《や》めて、敬礼した。耕二は、異国の巡査に敬礼される事に対し、極めて無感動に、答礼した。

「香烟祥記号」、「随時小酌粤菜館東華楼」等とした、汚れたままにけばけばしい店看板を見ながら、二人は循礼門站の踏切を越え、木立の中に空中線マストの見える自分達の隊へ帰って来た。

従兵が迎えに出て、拳銃《けんじゅう》を受取り、今東京から分隊長が着任されました、と告げた。

三

馬の始末を言いつけて、士官室へ入って行くと、外套《がいとう》を着た中尉《ちゅうい》が、猫背にテーブルに屈みこんで飯を食っていた。一期の木原中尉――。

ごつんと胸に応《こた》えるものを感じたが、急いで気を変え、

「やあ、貴方《あなた》でしたか。いらっしゃい。暫く」と耕二は声を掛けた。

「やあ、暫くやなあ。小畑、よう肥《ふと》りよったな。馬に乗りに行ってたて?」木原は口を拭《ふ》きながら立って来た。

「小泉少尉です」小泉は初対面で、堅くなって頭を下げた。

「貴様小泉か。名前は聞いてきとる。只今揚根八分隊長《ただいまようこん》として着任した木原中尉。しっかりやってくれ」木原は小泉に対しては態度を変えて、身をそらせ、大阪弁の震え声で云った。

「班長に逢われましたか？」

「いや。舟木少佐も外出やそうな。今朝七時に上海《シャンハイ》発《た》って、大別山《だいべつざん》のエア・ポケットでえらい振られてなあ。スリー・キャッスル一本くれんか。えらい済んませんなあ。こっちはこれあるやろ？　飲まして貰《もら》いまっせ。もう東京はあかんぞ。食う物も飲む物も何にも無いがな。そうそ、手紙を仰山ことづかって来たある、あとで出すわ」木原は酒焼けの、にきびの痕《あと》の一杯ある顔をほころばせて、そんな調子にべらべらとしゃべった。東京の様子は耕二も小泉も興味があり、色々質問をした。

従兵が二人の昼飯を、洋食屋の岡持のような物に入れて運んで来た。そして暫くすると、木原中尉は案内の兵隊について、荷物を提げ、私室の方へ出て行った。

「大阪の人ですか？　さばさばした面白そうな人ですね」小泉は云った。

「さばさばした？　そうかしら」耕二は冷めた大根と肉の煮つけで、もそもそ飯を頬張りながら、少し考え込んでしまった。

一年ほど前、東京の特務班で久木の鰐革《わにがわ》のバンドが盗まれ、和田の雨外套が盗まれ、その他幾度も盗難事件が起って騒いだ事があったが、そのうち事件は揉《も》み消されて、その後、犯人は一期の木原中尉だという専《もっぱ》らの評判が立った。木原はひどい酒乱で、曾《かつ》て森井大佐と一緒に台湾の高雄《たかお》通信隊へ行っていた時、乱酔して大佐を殴り、軍刀を抜いて追っかけられ、もう少しで斬《き》られるところだったという噂《うわさ》も聞いていた。

耕二は食事を済ませて、煙草《たばこ》に火をつけ、バネの傷《いた》んだソファに席を移しながら、又人もあろうにとんでもない奴《やつ》が分隊長にやって来たものだと、ひどく憂鬱になって来た。彼にはこの木原を自分の上長者として、これからの此処《ここ》での生活が一層思いやられる気がした。

小泉は食事を終ると、

「失礼します」と云って二階へ上って行った。暫くして耕二も立ち上り、不興顔をして二階の作業室へ上った。

解読や事務に使われる中の部屋を挟《はさ》んで、両翼にA班とC班の傍受電信室があり、ピイ、ガアー、ピイピイ、という神経質な音に混って、時々米軍の無線電話が、

「エイブル、フォックス、オーヴァー……」等と大きな声を上げている。

軍用電話の下の机では、熊井兵曹長が、黒いちょび髭《ひげ》を撫《な》でながら、その日に判明

した敵機の運航出撃状況を、略図に書き込んでいた。丹念な色鉛筆の線が、図で示した基地と基地との間を、無数に彩《いろど》っていた。

「日曜だというのに、相変らず多いらしいな」

「今日は漢口は御安泰らしいですがな。昆明成都《こんめいせいと》間の輸送機が非常に多いです。怪しいですよ」

「又B29が満洲《まんしゅう》へでも行くんだろう」

「そうではあるまいかと思うですがね。警戒電報はもう出しました」熊井兵曹長は云った。

四川《しせん》省の成都周辺基地には、相当数のB29が駐留していて、北九州も台湾も満洲も、既に幾度もこれの空襲を受けていた。一方雲南《うんなん》省の昆明には、印度から米空軍用のガソリン器材を積んだ輸送機が、四六時中入って来ていて、随《したが》って昆明と成都との間の輸送機の動きが活潑《かっぱつ》になると、それは昆明に集積したガソリンを成都へ補給している事になり、成都基地のB29群の出撃が近づいた事を、少くともその可能性の強い事を意味する事になる。電報綴《つづ》りを繰って見ると、彼が馬に乗っていた間に、W班情報の警戒電報が、九州、広東《カントン》、台湾、満洲等に宛《あ》てて発信済みになっていた。

「時に小畑中尉。分隊長が着任されましたな」

を撫でた。

「うん」

「警報が出んとなると、今夜あたり歓迎会ですかな」熊井兵曹長は飲みたそうに口髭を撫でた。

「そういう事になるかね」耕二は自分の机の上に少し溜《たま》っている防空情報電台の電報をめくって見ながら答えた。解読の仕事に、もはや東京にいた頃のような大きな意味を感ずる事が出来なくなっていながら、彼は矢張り始終それに拘泥《こだ》わっていた。然《しか》し今日は仕事はやめて置こう、木原が手紙をことづかって来ていると云ったな──彼は、「一つ、午後も願いますよ」と熊井兵曹長に頼み、A班の部屋を一寸覗いて下へ降りて行った。

　私室まで来ると、斜め向いの分隊長室で木原中尉がゴトゴト荷の整理をしている気配がした。あの噂が本当なら、木原の奴は外地へ来るというので気を許して、盗んだ久木や和田の品物を持って来ていはしないか、そんな事があったら一つじりじり取っちめてやってもいい、彼がそんな事を考えながら靴を脱ぐと、室の入口には従兵にでも持たせたのか、既に一束の手紙が置かれてあった。彼は扉を閉め、ベッドに横になって、その六七通ある部厚な封書の束を、貴重なものでも開くように楽しみ楽しみ封を切って読み始めた。和田、塘《つつみ》、広川等の手紙の中の「四谷見附《よつやみつけ》」とか「山手線」とか「水交社のメイド」とかいう単語を、彼の眼はなつかしさに吸い取るように辿《たど》って行った。又中に一通占守島《しむしゅとう》の谷井から特務班気附で廻って来た手紙があり、それは日附が可成古くなっていた。

「七月のと八月十日出の貴様の手紙を昨日一緒に受取った。貴様はひどい奴だ。久しぶりに背中を曲げて笑ったよ。俺が東京にいたらとんだ鞘《さや》あてが始まるところだった。然し矢野が低能とわかって、それで和田がブルーと結婚したとは呆《あき》れた話だ。和田にはお祝の手紙を書いた。支那《しな》へ行くとの事だが、上海なのか、宛先が書いてないから軍令部宛でこれを出す。上海なら物も豊富だろうし女もたんといようし、楽しい事だらけで大いによろしかろうが、こちらはもう冬ごもりの支度が始まった。俺も着任してから四月経《た》ち、此処に住みついて漸く千島ゴロらしくなって来た。髭は伸ばし放題、強くなるのは喧嘩《けんか》と酒だけだ。貴様なぞに千島ゴロの凄《すご》さはとても分るめえ。昨晩も分隊長と酒席で口論を始め、前後不覚になってひどく殴りつけ、それから兵隊が演芸会をやっていたのに飛入りして、何が何やら分らぬ事を一席演じ、われるが如《ごと》き大喝《だいかつ》サイ――この頃字を忘れていかん――を博し、そこまでは覚えているが、眼が覚めたら朝で、兵舎で反吐《へど》を吐いて兵隊と抱き合って寝ていた。手首を捻挫《ねんざ》したらしくて、痛くてしようがない。この間の晩も酔っ払って司令の車のエンジンを念入りにぶち壊したんだ。爾来《じらい》司令の御覚えが頗《すこぶ》る目出度くなっている。何もかももう破れかぶれだな。こんな世界の涯《はて》のような所にも、日魯《にちろ》漁業の関係で、駅亭と称する飲み屋があり、其処《そこ》の北海道生れの三十女が俺に思召《おぼしめし》があって、純情を捧《ささ》げている。だから俺は幸にも、洗濯物と繕い物には不自由しないのだ。俺はやはり光源氏《ひかるげんじ》の性に生れついているらしい。貴様はいつまで経っても惟光《これみつ》だな。この冬はスキーでも習おうかと思っているが、楽しみはオホツク海のタラバ蟹《がに》の肉の刺身、生の雲丹《うに》を割って食う味もまた格別である。敵さんはどうやら千島上陸はお見限りらしい。結構な事だ。あと三十分で大湊《おおみなと》行の便船が出るので、これに渡し損ねると何時《いつ》次の船があるかわからないから、やめるが、何でも元気で頑張ってくれ。近い所なら生雲丹を送ってやるんだがね」

色の白い気の弱いお洒落《しやれ》の谷井が、盛んに凄みを並べているのがおかしかった。馬の疲れが出て来て、手紙を見終ると彼は毛布をかぶり、暫《しばら》く其処で寝こんで了《しま》った。一時間ほどしてノックの音で眼が覚め、返事をして起き上ると熊井兵曹長の顔がのぞいた。

「班長から今電話がありましてですね、矢張り今夜分隊長の歓迎会をやれとの事でした。六時頃から水交社で水たきででも一つ、どうですか、委《まか》せて頂けますかな。班長は外出先から直接行くと云っておられました」

「結構です。よろしく頼むよ」耕二は戦闘帽を被って部屋を出た。陽が大分西になっていた。此処は昔中国航空委員会の所有していた土地で、広い敷地の中には草原や沼や林があり、雉《きじ》、兎《うさぎ》、鼬鼠《いたち》、狸《たぬき》などの動物を見かける事がよくあった。彼はその林の中を抜けて、東の端のバレーボールのコートの方へ歩いて行った。コートからはバレーをやっている兵士達の「わあ」という歓声が聞えて来た。

四

翌日の朝、耕二は早くから寝床の中で目覚めたが、起き出すには早く、寒いので毛布の中へ頸《くび》を縮めて、暗号の事を考えていた。前夜、歓迎会で量を控えて置いたので酒気がさっぱり抜けて、頭ははっきりしていた。

W班では昔重慶《じゅうけい》空軍に対して顕著な功績を挙げて以来、班長の席を伝統的にC系統の士官が占め、対象とすべき物が強大な在支米空軍に変った現在でも猶《なお》、受信機や傍受員の割振りはC班に重点が置かれていた。それで当然A班の方は、折を見ては重心を自分の方へ移そうとする、C班が抵抗する、その為《ため》隊内で妙な縄張り争いが繰返されていた。耕二はそれを愚劣だと思った。然し隊内で班長の舟木少佐はC班系、今度着任した分隊長の木原中尉と、小泉少尉とはA班系、そして耕二自身はともかくW

班内C班の先任士官であった。彼の部下の傍受員達は時々彼の許《もと》まで不平を並べに来る。この頃のようにA班に次から次から好《よ》い受信機を持って行かれては、命令通りの傍受は出来ません。小畑中尉が承知されたんですか？　そうすると私達が徹夜で受聴器をかぶっているのも、もうあんまり意味も無いし、御国の為にもならん事になるのですが――。「その通りだ」とは彼には云《い》えなかった。

A班から、新しく何々系何キロサイクルの電波を待受けしたいから、RCA一台と兵曹一名をこちらへ廻して貰えないか、又してもそういう要求が来る時、耕二はそれを尤《もつと》もに思いながら何時も部下の気持を考えた。そしてそう云って来るA班の古参の下士官の態度に、「貴方《あなた》の方の仕事は今では大した成果も望めないようだから」という底意を感ずると、個人的な不愉快からも拒否的な態度に出る事が多かった。然し実際、相手が貧弱な重慶空軍では、如何《いか》に完璧《かんぺき》な傍受陣を整えていても、又それに依《よ》って敵の持駒《もちごま》の動きが悉《ことごと》く判《わか》っても、結局大した事はないので、C班が力めば、一人角力《ずもう》の趣が濃くなるだけであった。彼がこの一カ月来防空情報電台の暗号にとやかくこだわっているのも、出来れば何とかそんな所に新しく抜け道を見出《みいだ》し、こんな成果を挙げたと、自分をも部下をも納得させ得る仕事がしてみたいからであった。

彼は寝床で、頭の中に暗号の数字を組み立てたり崩したりしていたが、その内、偶然、ふっと或《あ》る一つの考えが浮かんだ。それは成功の予想で彼を刺戟《しげき》した。彼は急いで寝床を出、飯を食わずに二階へ上って机に着いた。

「XGN 0022 1350 7568 0903」

防空情報電台の電報はこういう形をしている。最初の「XGN」は発信局のコール・サインで、二語目の数字は地点を示し、三語目は時刻を、四語目は機種と機数を、五語目が飛行機の通過方向や出発到着旋回等を示している。そして時刻を示す数字に就ては、これが何も細工の無い生の物で「1350」とあれば十三時五十分、只、重慶時間で、日本時間の漢口《かんこう》とは一時間の時差があるだけだという事が確かめられていた。又最後の「発着通過」を示す数字も、「通過」に関してだけは、それが時計の文字盤を方位に応用したもので、「0903」とあれば、九時の方角から三時の方角へ、つまり西から東へ、という意味である事が分っていた。発信局の呼出符号は奇数日と偶数日とで交替し、重慶の呼出符号奇数日の「XGN」は、偶数日には「WFA」と変る仕組みで、これも相当箇数《こすう》判明しており、「地点」は発信局の位置と大して距《へだ》たらない場所が多いので、これもまた問題は少かった。彼がひっ掛って了っているのは、四語目の「機種機数」を示す四つの数字で、これに対して明確な説明がつかない限り、「何処《どこ》を何時何分に飛行機がどの方向に通過した」という事が云えても、アメリカの飛行機は四六時中大陸の各地を飛び廻っているので、あまり意味のある情報にはならないのである。

彼が寝床の中で考えついたのはこの四つの数字の前半二文字を機種を示すもの、後半二文字を機数を示す物として、機種を示す数字を呼出符号の例に倣《なら》い、奇数日と偶数日とに区別してみる事であった。毎日漢口に来る小規模な空襲に就て、彼は集めた資料から、今度こそB25の来襲だと判断していると、P51が一機だけ来たりして、今までこの数字には散々肩すかしを食わされていた。彼は適当な古い電報を二三十通抜いて、自分の仮説に随って区分けをし、それをこれまで集めて置いた実際の来襲報告の備わっている物と対比してみた。それは不明瞭《ふめいりよう》な点もあるが、やっているうちに段々好い結果を出し始めた。例えば（75）は奇数日には必ずB29の出撃に合致しているが、偶数日にはP51に変る。（80）、（91）は偶数日のB29であるが、（80）は奇数日には輸送機のC47に変り、（91）はP38に変る。簡単な法則であった。彼は興奮して来た。（20）は偶数日のB24、（46）は奇数日のB25、（16）は奇数日の、日本陸軍の四式戦闘機らしい。二時間ほどやっているうちに、段々にそうしたけじめがついて行った。

この暗号電報を専任で待受けしている尾野という一等兵曹が、

して行った。

「一つ入りました」鉛筆をくわえてC班の電信室から出て来、彼の机の上に電報を落

「JRD 3041 1015 8095 0902」

この発信局は解《わか》っている。それは洞庭湖《どうていこ》の西端で、日本陸軍の最前線に接している常徳《じょうとく》という町の電台であった。今耕二が得た結論をあてはめてみると、今日は十二月十八日、偶数日で、四語目の頭の（80）はB29となり、「1015」に時差の一時間を加えた十一時十五分、何機かのB29が西から常徳へ入って、転舵《てんだ》して東北へ去った（0902）という答が出て来る。熊井兵曹長の頭の上に掛っている時計を見た。針は十一時二十分を指している。彼は甚だ変な気がした。何故《なぜ》なら、それでは地図を拡《ひろ》げるまでもなく、針路が正確に武漢を指している事になるからであった。今まで成都のB29は中国本土内の都市を空襲した事は一度もなく、それに漢口は成都基地の殆《ほとん》ど真東に当り、もし今本当にB29が常徳を通過してこちらへ向っているとすると、何の為か、ひどく南を廻って迂回《うかい》して飛んで来た事になる。探りあてたと思った結論は又間違っていたのかという気がした。それでも彼は、電信室に向って、

「尾野兵曹、次、入らんか？　状況が変なんだ。注意して取れ！」と大声で怒鳴った。

彼の心には妙な期待が生じた。彼は時計をにらんで置いて、階下の舟木少佐の部屋

へ降りて行き、今解読したと思う構成を手短かに話し、常徳の電報を示した。

「B29が?……おかしいな」舟木少佐は云った。実際漢口では未《ま》だ誰も、有名なB29という飛行機を見た者がいないのだ。「然し直《す》ぐ二階へ行く」少佐は云った。

耕二が作業室へ還《かえ》って来ると、

「入りました」尾野兵曹は、自分の仕事が重大になって来たという自負から、怒ったような顔をして、更に一通の電報を届けて来た。

「WFQ 3950 1020 8080 0802」

「WFQ」は常徳の北西に当る、慈利《じり》という町の電台の偶数日のコール・サインで、十一時二十分、又B29が南西から北東へ通過したと解釈される。針路は前と同様ぴたりと漢口を指している。

「兵隊に届けさせろ。尾野兵曹はレシバーかぶっとれ」彼は云い、上って来た舟木少佐に向っては、

「次も同じです。とにかくこれは、漢口は空襲になると思います。あと二三十分です」と云った。彼は是非空襲になって欲しいと思った。

「そうだな。一応司令部と防空中隊に知らせて置くか」舟木少佐は未だ半信半疑の態《てい》で云った。

命ぜられて、熊井兵曹長がベルを廻そうとして立ち上った時、軍用電話は向うから鳴った。

「ハイ。受信所。一一三五、武漢地区警戒警報発令。了解しました」熊井は復唱して電話を受けた。作業室の中がさっと緊張した。同時に市内のサイレンが、長々と鳴り始めた。警戒員の配置が下令された。

A班から小泉と木原とが顔を出した。小泉は、

「成都は今朝誘導電波を請求しています。少々怪しかったですね」そう云った。

「そうでしょう。え？　B29が来るよ。来ると思うんだ」耕二は興奮と一種の不安とで、そんなに云った。

防空情報電台の電報は続けて入って来ていた。華北方面の無関係の物もあったが、又慈利通過方向北東のB29（？）を報じたものがあった。陸軍との直通電話で陸軍の電探からの情報が入り始めた。熊井兵曹長は電話機を二つと、情報用紙とを握って忙しくなった。

「ハイ。岳州《がくしゆう》特監、目標番号一。一一二八、西、目標小」

部屋の時計は十一時三十八分を指している。

「咸寧《かんねい》爆音、方向東」

「只今《ただいま》ノ方向東ハ誤リ。現在時間、咸寧、大型機編隊、方向北」
「岳州特監、目標番号二。一一三六、南西、固定ニ入ル」
「対空戦闘配置ニツケ」という命令が出た。二階の露台に出て見ると、兵舎の方から、ガスマスク、鉄兜《てつかぶと》、小銃を持った兵隊達がパラパラ走り出て、思い思いの方向に散って行くのが見えた。号令は「対空戦闘」だが、受信所では当直電信員と見張の他は逃げるだけである。然《しか》し三百米《メートル》ほど先の海軍の防空砲隊では、四門の高角砲が頭をもたげ、生き物のようにゆっくり旋回しているのが望見された。

耕二は露台と机の間を、そわそわと幾度も往復していた。彼は今、漢口全市が燃えても、来襲機がB29である事を願っていた。

再び市中のサイレンが、空襲を告げ、短く断続して鳴り始めた。

五

突然、赤黄色い閃光《せんこう》が眼に映った。ガラス戸がびりびり震え、肚《はら》にこたえる轟音《ごうおん》がした。隣の隊の高角砲が火を噴いたのだ。

「あ！　見えます」見張の少年電信兵が叫んだ。部屋の中の者が一斉にベランダへ出た。

「何処だ？」

ヒューン、ヒューンというかすかな金属音だけが聞えて来る。高角砲が又火を吐いた。一寸《ちょっと》間を置いて、空に黒くムクムクと煙の固りが湧《わ》いた。

「今、あの煙の右。マストの左。指二本であります。綺麗《きれい》だなあ」

「馬鹿《ばか》！　感心する奴《やつ》があるか。誰だ、お前は？」熊井兵曹長は怒鳴った。

「見えた」耕二は小泉少尉《しょうい》と同時に叫んだ。高度は約七千か、太陽を背にし、三機ずつ傘型に組んだ編隊が、金属の薄片のようにキラリキラリと光りながら、ゆっくり進んでいる。主翼をぐっと張り、大きな一枚尾翼。Ｂ29だ。

「見張。何機だ？」

「三機、三機、三機——十五機……」

「違う。十四機」

「十四機であります」

「？……」十四機？——緊張している彼の頭の中に、ひょっこりもう一つの考えが泛《うか》んだ。彼は鼠《ねずみ》のような勢いで机に取って返し、今朝尾野兵曹が最初に傍受した、「JRD 3041 1015 8095 0902」という、常徳の電報を摑《つか》んで来た。

十四機のＢ29は腹から一斉に黒い点々を撒《ま》いた。それは中空で強い黄白色の光を発して割れ、続いて豆をぶちまけたような音を発して漢口の市中に降りそそいで行った。直ぐその方角から黒煙が立ち上った。耕二は手に握った電報の四語目の後半部の(95)という数から、今日の日附の十八日を逆にした(81)を、乱数として引いてみた。95−81＝14。十四という数が出て来るではないか。

〈解けた!〉彼は脚がおどり上りそうなのを抑えて、露台の手摺《てすり》にしがみついた。電報が掌の中でくしゃくしゃになった。焼夷弾《しょういだん》の撒かれた方角から火の手が上って来た。

彼は再び机に還り、今日の二通目の、慈利通過を報じた電報に同じ操作を加えてみた。(80)から乱数の(81)を引く。答は(09)だ。(乱数の加減は非算術的に行うので、80−81＝09　00−99＝11という風な計算になる)尾野兵曹からは、次々と未だ常徳、慈利を通過するB29を報じた電報が入って来ており、余程大規模の空襲かと思われた。彼は掌の汗で汚れた鉛筆を握ってわくわくしていた。

「次の編隊見えます」見張が叫んだ。高角砲が又一斉に火を噴いた。

「次は九機だろう?　違うか」

「一寸光ります。あ、九機であります」

正しかった。一時に二つの事が解け、今朝から考えた事は全部正しい。彼は面に喜色の浮かぶのを隠した。

　九機の第二波は高々度を保ってキラキラ美しく光りながら腹から又焼夷弾の束を落した。味方の対空砲火は全然有効な弾着を示さず、空には黒い煙の固りが無駄に湧いては消えた。処々《ところどころ》に、虫のように小さく陸軍の戦闘機が上っているが、高度が及ばないのか、少しも攻撃に移ろうとしなかった。

「もっと食い下れ！」露台で舟木少佐が、それを見ながら口惜《くや》しそうに口走っていた。市街からは又新しい黒煙が立った。九機編隊は針路を稍《やや》〻《や》変えて遠去かって行った。

　不意に傍受室の受信機がぴたりと鳴り止《や》んだ。停電であった。

「しまった！　電池に切替えろ」尾野兵曹と二三人の兵隊が血相を変えて飛び出し、蓄電池室へ飛び込んで行った。耕二は第三波の機数を知る為《ため》に、三通目の電報を探していた。その時見張員が又、

「第三の編隊見えました。十機。真上へ向います」と叫んだ。

　何時《いつ》現れたか、がっしりと編隊を組んだ十機のB29が、指を当てて狙《ねら》ってみると、少しもそれを外れずに真っ直ぐ受信所の上へ進んで来ていた。重い物がかぶさって来るような苦しい感じがした。

「当直引け、総員退避！」双眼鏡を睨《にら》んでいた舟木少佐が云《い》った。耕二は顎紐《あごひも》を掛けた。

素早く電源を電池に切替え、既にレシーバーをかぶっていた尾野兵曹は、眼をぎらぎらさせながら、「今は此処《ここ》は引けんぞ。受信所には落ちるもんか」と気負った鋭い調子で云った。尾野の部下の兵士たちは浮腰たって迷っていた。耕二もちらッと迷ったが、熊井兵曹長が、黙って大急ぎで機密書類をカンバス袋に突っ込んでいるのを見ると、

「よし。尾野兵曹、引かせろ。命令だ。帰投時に又つかめ！」そう叫んだ。それが合図になった。二十数人の下士官兵が一時に受聴器を捨ててスウィッチを切った。彼等は階段と、露台の縄梯子《なわばしご》とから猿のように脱け出して行った。熊井、小泉、舟木少佐、木原、彼等も書類を持てるだけ摑んで素早く走った。着任早々大きな空襲に逢《あ》った木原中尉は途迷《とまど》っている様子であった。

草原の隅や豚小屋の近くなどに穴が沢山掘ってある。退避所はそれしか無かった。ヒューン、ヒューン、ヒューンという音が、真上に近づいて来た。高角砲が角度を上げて、ピッピッと火を吐いて盛んに打っている。年少の水兵が二三人、たまらなくなったように、走って豚小屋の軒下へ隠れた。「こオら。豚小屋の中へ逃げても同じばい」誰か下士官が云った。皆が一寸笑った。

十機の腹から黒い無数の粒が散った。中空でそれがマグネシウムのような光を発し

て裂けるのを見届けて、彼は手近な土穴にもぐり込んで身を俯《ふ》せた。目をつぶって時間を計った。むずがゆい感じがした。

俄《にわ》かにザザザ……と崩れるような音が起り、カランカランとバケツを転がすような音がその間に聞えた。ドド、ドド、と地響きのような物も伝わって来た。彼が一寸我慢して、それから顔を上げると、その先の土穴から小泉が同じように首を上げたところで、二人は互いににやりとした。危険は過ぎていた。

焼夷弾の撒かれたのは五百米程先の難民区で、其処《そこ》から一面に黄色っぽい煙が立ち、視界を遮っている。やがて部落の小屋に充分火が廻ったと見え、一時に赤く火柱が上り始めた。パシパシと焚火《たきび》の燃えさかるような音が聞えて来た。投弾を終った編隊は姿を消し、第四波が市街の上空に現れていた。火事の煙で、飛行機の姿は見えたり見えなかったりした。

「小畑中尉、上ってやっていいですか？」

尾野兵曹が穴から全身を乗り出し、張った馬のような勢いでそう呼び掛けた。

「待て。勝手な事をしちゃいかん」

第四波が去ると、第五波、第六波と、B29の編隊は五分か十分の間隔を置いては、続いた。それらは然し、皆何処《どこ》か遠い所に投弾しては去って行った。

隊門へ出て見ると、日本租界の方の空は一面に濛々《もうもう》とした黒煙で蔽《おお》われている。飛行場へ通じる道を、家具や布団《ふとん》包みや、怪我人《けがにん》を抱えた中国人の貧民の被災者の群が、「エ、ホゥ。エ、ホゥ」と掛声を掛けながら、陸続と逃げて行く。どれもこれも汚れて、苦しさも怒りも何処かへ置き忘れたような無表情な顔をしていた。向いの中山《ちゆうざん》公園の門にも、陸軍の衛兵が剣附鉄砲を構えて、それを見ながら立っていた。裸馬が一頭、跳ねて走って行った。

暫《しばら》くしてB24の大きな編隊が現れ、又受信所の上へ向いそうになったが、途中から北へ逸《そ》れて飛行場に爆弾を落して去ると、それが最後らしく、漸《ようや》く空は静かになった。空襲警報は解除にならなかったが、隊内だけで「当直元へ」という命令が出た。尾野兵曹が一番に駈《か》け出して行った。飛行場の方からは、ガソリンの爆発するらしい轟《とどろ》きが、度々聞えて来た。

二階はどやどやと騒がしくなった。停電は復旧しそうもなかったが、半数足らずの受信機は電池でピイピイと音を立て出した。電話が又鳴り始めた。

「現在時間。武昌《ぶしよう》特監、目標番号四。北西四十粁《キロ》。小。次第ニ遠去カル」

「一三四〇。孝感爆音、方向西」

士官たちは露台に出て、片寄せてあった籐椅子《とういす》を出し、

「昨日の、昆明成都間《こんめいせいと》の輸送機はやっぱり曲者《くせもの》でしたね。然し漢口《かんこう》へ来るとは思わなかった」

「あれは、やはりガソリンを補給する訳ですかな？」

「アメリカのガソリンも然し、一々印度《インド》を越えて空輸するんじゃ、随分高くつくだろうな」興奮した快活さでそんな事を話し合っていた。

耕二も矢張りひどく朗らかなような気分になっていた。危険を潜《くぐ》って無事であった事、暗号が解けた事で、彼は平素のもやもやした気持が洗われたように感じた。焼け出された市民達が困っているだろうというような事は、殆《ほとん》ど考えなかった。

主計兵が白米の握り飯と、ぶつ切りの沢庵《たくあん》と、熱い茶を沢山運び込んで来た。乾ききった咽《のど》に番茶がうまく、白い握り飯も非常な好《よ》い味に感ぜられた。当直員達はレシーバーを被《かぶ》ったまま、握り飯にかじりついた。

「司令部はどうかな？」

「電話が中々出ませんが、司令部は助かったようです。日本租界がひどくやられたらしいです」

熊井兵曹長が答えた。

「陸警や水交社や、あの辺は全滅かも知れんな」舟木少佐は木原中尉を指し、「君は、ゆうべが飲み始めの飲みおさめになったじゃないか」そう云って笑った。

難民区の火災は近かったが、隊との間には広い草っ原があり、無風状態でもあり、延焼して来る恐れは無かった。火災に面して警戒兵だけが出ていた。

尾野兵曹が再び防空情報電台の電報を取って届けに来始めた。耕二は机に着いてそれを整理した。何《いず》れも帰投中のB29であった。彼の解読したやり方で、四語目の機種機数は略〻《ほぼ》狂いなく説明する事が出来た。陸軍からの情報を聞いても、今日のB29はやはり針路を一旦《いったん》南に採り、迂回《うかい》して東から漢口に侵入し、現在揚子江《ようすこう》の北岸沿いに、成都を指して真っ直《す》ぐ西進しているようであった。

「その暗号は面白い事になって来たな」舟木少佐は云った。

「はあ……」彼は顔をほころばせた。木原や小泉は露台で未《ま》だ茶を飲んでいた。

不意に又、遠くでヒューウンというような音がした。隣の四門の高角砲が急に火を吐いた。

「おい、何だ、又か!」出て、見上げると、江岸の方角の上空で、P51らしい敵の戦闘機が六七機、尻《しり》すぼまりな唸《うな》りを発して、交《かわ》る交る急降下し、頻《しき》りに何かを攻撃していた。今度は友軍の戦闘機が果敢にそれに食い下って行くのが見えた。然しP51は追い迫られると、ふわりとした降り方をして、見る見るうちに距離を離して逃げてしまう。

「だらしが無いなあ」

「どうしたんだ。占めた、巴戦《ともえせん》に入った」

見ていると、小さな飛行機が二機、くるッくるッと、遊んででもいるように輪を描いて廻っていた。

「落した落した。川の上へ落ちる」

片方の戦闘機が不意に速度を失い、ひらひらひらと木の葉のようにあっけなく、真っ直ぐに落ちて行った。暫くすると、落ちた方角から、非常に高く一本の煙が上った。

「ああ、又落ちる」

黒豆のような戦闘機は、そうして幾つも落ちて行ったが、それが敵か味方かはしっかり分らなかった。

陽が傾く頃になって、漸く敵機の影は武漢上空から全く消えた。警報が解除になり、陸軍からは、撃墜されたのが殆ど全部友軍の戦闘機であった事を知らせて来た。

電燈《でんとう》は夜に入っても点《とも》らなかった。難民区の火は衰えたが、市街の方角は空が赤々と燃えて、一面に未だ焼け続けているらしかった。家財を担《にな》って、「エ、ホゥ。エ、ホゥ」と逃げて行く難民の列も未だ続いていた。

耕二は入浴に下りて行った。街の火災は浴室の硝子窓《ガラスまど》にも赤々とした色を映していた。冷えた身体《からだ》を湯の中に浸すと、次第に虚脱感が彼の心に溶けて来た。それは柔らかな快さで、彼は長々と湯の中に手足を伸ばして、長い間じっと眼をつむっていた。風呂《ふろ》から上って、先任伍長《ごちよう》室の前を通りかかると、薄目に開いた扉の中で、分隊長の木原が先任下士官と差し向いで、一升瓶を据えて茶碗酒《ちやわんざけ》を飲んでいるのが見えた。赤鬼のような奇怪な二人の顔が、蠟燭《ろうそく》の灯に照らし出されていた。木原は彼を呼び止めた。

「まあ、お入り。——今日はええ事を解読しましたなあ」

「ええ、うまく行きました」彼は丁寧に、然《しか》し誇らしい気持で答えた。

「どうです、一杯」

「飲みましょう」彼は一寸《ちよつと》ためらったが、木原の手から茶碗を受取った。

六

水交社は焼けて閉鎖になり、鴨《かも》のすき焼も食えなくなって、漢口での初めての不景気な正月を迎える事になった。耕二は家や矢代《やしろ》先生に宛《あ》てて、届くかどうか分らない年始状を書いた。

空襲の被害は主として日本租界の全焼で、それは鮮かな程日本租界だけを完全に灰にして、道一つ隔てた仏蘭西《フランス》租界には殆ど延焼していなかった。海軍の陸上警備隊、司令官官邸、水交社などが焼けて了《しま》った。空襲の翌朝彼が廻って見た時には、道傍に空を摑《つか》んで手足を硬直させた死骸《しがい》が、片づけられずに幾つも転がっていた。陸上警備隊の燃え残った屋根の上には、ちぎれた腕が一本跳ね上っているのも見受けられ、そしてそれらは皆中国人の市民のものであった。

年末の或《あ》る日、熊井兵曹長が、捕虜の行進を見たと云って外から帰って来た。撃墜したB29の搭乗員と称する米人の捕虜を二名、眼隠しをし、両方から憲兵が腕をささえ、「美鬼」とか「打倒英美」とかいう幟《のぼり》を押し立て、鳴物入りで漢口の市中を行進させているという事で、熊井兵曹長の話では空襲に憤慨した中国人の民衆たちが、道の両側から、交る交る出て行ってその捕虜に唾《つば》を吐きかけたり、殴ったりしている様子で、捕虜は顔一面血だらけになって、気力を失い引摺《ひきず》られるように歩いていたという。

「ひどいもんですよ。見ておられんかったです」熊井は云っていた。それは武漢防衛の責にある陸軍側が、空襲で面子《メンツ》を失って仕組んだ政治的な芝居で、B29は実際には一機も撃墜されておらず、南京《ナンキン》の収容所にいた別のアメリカ人の俘虜《ふりょ》を急いで漢口へ飛行機で輸送し、それを先日の空襲のB29搭乗員に仕立てたものだという事であった。耕二はいつか訊問《じんもん》した暢気《のんき》そうな若い捕虜は使われなかったかしらと、一寸思った。尤《もっと》もそれはそんなに気にはならなかった。見に行ってみたい気もないではなかったが、今からではもう追付かないかも知れないし、とにかくやめにしたが、然し彼は一体に、自分がこういう事柄に対し、次第に無感覚になって行くこと、自分の中から憐愍《れんびん》とか親切とかいう感情がだんだん脱落していく事も感じていた。

木原中尉《ちゅうい》は「清流」の流れ者の女達に少しももてないという事で、そのせいか、猟奇的な気持からか、下士官兵用の朝鮮人の淫売窟《いんばいくつ》によく出入りし、昼間は昼間で隊内で、下士官を相手に隠れて酒を飲んでいた。一升を空けるのは軽いらしく、熟柿《じゅくし》のような顔をにやにやさせて、便所へ行くのに廊下で幾度か逢《あ》い、その都度、木原は彼に、「すんまへんなあ」とぺこりと頭を下げるのであった。古手の下士官達は、やかましい事をいう耕二への面当《つらあ》てのように、分隊長の木原と親密になって行った。彼は木原という男が、生理的にも不愉快でしようがなかった。その赤い酒焼けした卑《いや》しげな顔、猫背でひょこひょこ歩く姿、ねとねととからみつくような大阪弁の話し振り。あくびのし方一つでも彼は木原の動作がいやでたまらなかった。

年があらたまって暫くした或る日、耕二が夕方入浴に行くと、先に木原が入っているらしく、擦硝子《すりガラス》の扉の向うで湯を使う音がし、脱衣場の箱の中には衣服が畳んで置かれてあった。彼には前から疑問に思っていた事を確かめてみたいという気持が湧《わ》いた。そっと様子を見て、衣類棚から静かに木原のズボンを曳《ひ》き出し、あまりにも予期した通り、その物が其処にあるのを見て、彼はハッとした。それは、いつか、戦死した久木が東京で盗まれた鰐革《わにがわ》のバンドであった。バックルを使わず、穴で留めるようにした式のもので、久木が特務班で自慢していた事があって、彼には明らかな見覚えがあった。急いでズボンを元通りにすると、彼は服を脱ぎ、素知らぬ顔をして硝子戸を開けた。

　湯気が濛々とたちこめ、その中で頭に石鹸《せっけん》の泡を盛り立てている木原の裸形が見えた。

「誰？　小畑中尉か？」木原は眼をつむったまま、屈託の無い声を掛けて来た。

「失礼」耕二は云《い》って、身体に湯を流して、湯槽《ゆぶね》に入り、湧き口の熱い湯を手で掻《か》きながら、名状し難い不愉快な気持で、頭をごしごし洗っている木原の背中を眺めた。木原は頭を流し終ると、桶《おけ》を持って彼の傍《そば》へ寄って来、

「なあ、小畑中尉。日本ももうひょっとするとあかんのと違うか。他の者は信用出けんよってんなあ、隊の事はこれから我々二人であんじょうしよで」どういう積りか、

小声でそんな事を云った。

「………」彼は返事が出来なかった。

それから四五日して、彼は木原から一寸用事があると云って私室へ呼ばれた。木原はいつになくきっとした顔で籐椅子に掛けて、

「上ってくれ」そう云った。

「今電報が沢山入ってて忙しいんですがね。何ですか？」耕二も反抗的な気持を隠そうとせずに云った。

「構わん。――貴様に訊《き》きたい事があるのやが、さっき貴様は私の部屋へ入って何か探したろう。何であんな真似《まね》をする？」

「え？」彼はびっくりした。全然知らない事であったが、直ぐ、この男は何かひどく勘違いして自分で怯《おび》えているのだなと思った。彼は出来るだけ意地の悪い言葉を吐こうとして迷いながら、

「分隊長の部屋で物を探したって？　泥棒扱いされては困りますね。何か失《な》くなったんですか？」と云い返した。

「人の私室へ無闇《むやみ》に上り込むもんやないぞ。あまり舐《な》めた真似をするな」木原は云った。

「何故分隊長、そんな事を云うんですか？　何か失くなったんですか？」耕二は云った。

「何も失くなりはせんが……」

「舐めるも何も、私は前の分隊長の送別会の時以来、この部屋へは初めて入るんだ」

「………」木原は難しい顔をして暫く考え込んでいたが、今度は、

「それなら、もう一つ訊くが、この間風呂で貴様は俺の服をいじっただろう」

「ああ、それはいじった」彼は一寸狼狽《ろうばい》した。

「あれは何の真似だ？」

耕二はぐっとつまり、木原の顔を見据えながら、いっそ思いきって云ってやろうかと思ったが、バンドを証拠として、東京での噂《うわさ》だけで自分に勝味があるかどうか自信が持てなかった。彼は咄嗟《とっさ》の思案で、

「あれは……分隊長の……風呂に入ろうと思うと、ズボンに中々立派な革帯が着いてるので、一寸見せて貰《もら》おうと思って、失礼だけどいじったんだ」そう云った。

「私は服をきちんと畳む癖があるんだ。上って見ると、掻き廻した形跡がある」木原は自分の言葉に一つ一つ自分で頷《うなず》きながら、独白のように云った。

「そうか。失礼しました。然しあのバンドは中々いい物だな。何処《どこ》で買われたんです

か？」

「シンガポールへ行ってた伯父貴があって土産に貰ったもんやが……」木原は云った、〈嘘《うそ》をつけ！〉耕二は憎々しい気持を抑えながら、出来るだけ皮肉な調子で、

「とにかく一寸無い、いい鰐革ですな」と云った。

「まあ、そう分ればよろしい」木原は一寸ほっとしたようにそう云って、机の上のルビイ・クインを一本取って火を点《つ》けた。

「よろしいと云って、然しその、部屋へ入って物を探したというのはどうなるんです？　気持が悪い話だ。調べてみようじゃないですか」耕二は云った。

その事の正体は然し直ぐ分った。従兵を呼んで訊くと、丁度木原の云っている時刻に、従兵がベッドを直しにその部屋へ上り込んでいた事が判明した。彼は暫《しばら》く其処《そこ》にいて、

「それじゃあ、仕事があるから失礼します」そう云い、隠し針で意地悪く突いてやったような快感を感じながら、作業室へ引揚げた。然し彼はこの事は迂闊《うかつ》には他の者に口外出来ないと思った。

七

アメリカ軍のリンガエン湾上陸が始っていた。キンケイド中将麾下《きか》の第七艦隊の艦艇八百五十隻《せき》という数字は、耕二にも今更に憂鬱《ゆううつ》な驚きであった。二月に入るとマニラの陥《お》ちた発表があり、間もなく硫黄島《いおうじま》への米軍の上陸が続いた。明るい見透《みとお》し、希望のかけらをつなぐ所も、もはや無くなったように思われた。士官室のラジオは東京放送の勇壮な軍艦マーチと、それに続く大戦果の発表を始終聞かせていたが、彼は今では大本営の発表を信頼する気持にはなれなかった。よしそれが嘘でないとしても、米軍の艦船部隊航空機は、その一切を無視しているかのように、着実に計画通りに進んでいるのが感ぜられた。

暗号と情報との仕事が、漸《ようや》くの気持の拠《よ》り所であった。仕事を守る事で――守っていると思い込む事で、彼は僅《わず》かな安心を自分の心に植えつけた。海戦の際に艦船乗組の、直接戦闘配置のない主計兵達は、非常な焦躁《しょうそう》と不安に駆られるのが常で、自ら進んで弾運びを志願し、それで漸く安心するのだという話を聞いた事があったが、彼は自分の近頃の気持がそれに似ていると思った。

彼が防空情報電台の暗号を解いて以来、C班の傍受電信員達の気分は眼に見えて引締った。彼らは喜んでオーヴァ・ウワークの当直を引受けるようになっていた。この暗号は成都《せいと》基地のB29群の出撃方向を早く察知するのに実に具合のよいものであった。然し間もなく又、この電報の意味が薄れ始めた。肝心の相手のB29が、成都から少しも出撃しなくなったのである。隊では舟木少佐を初め、A班もC班も、「おかしいおかしい」と云い続けていた。天候が不良なのだろうとか、何か新しい企図があるのだろうという揣摩《しま》臆測《おくそく》が交された。が、暫くして、東京からの情報で、成都に在った筈《はず》のB29の機番号の幾つかが、既にサイパンの基地に現れている事が分った。成都基地のこの空の要塞群《ようさいぐん》は、いつの間にか中部太平洋の基地に転進してしまっていたのだ。そして三月十日の東京の大空襲が起った。尤も漢口《かんこう》の彼等の隊では、それがどの程度のものであったかは、はっきり分らなかった。

彼と木原中尉との確執は、段々深くなって行った。彼は木原が特務班で物を盗んだ事に就ては、確信を持った。それは、或る夕方外出しようとしていた木原が、雨衣《あまぎ》が見つからないと云ってトラックを待たせて騒いでいたので、偶然それを先任伍長室の壁に見つけて、彼が持って行ってやった時に、一層確かなものになった。ふとその雨衣の襟裏を見ると、縫いとりのネームが二字もぎとられていた。木原がそれを身に着けるのを見ていると、少しも身体に合っていない。裾《すそ》はいやに短く、肩の辺は窮屈そ

うに張っていた。襟裏には「和田」という字が縫ってあったにちがいないと彼は思った。木原は注視されているのに気づくと、

「私らの時は、寸法も何も取らずに仕立てたもんやから、身体に合わんで困るわ」そんな事をさり気なく云い、「じゃあ、願います」と、待たせて置いた外出員トラックの方へ走って行った。木原たちのクラスの任官した頃は、未《ま》だ物の豊かな時期で、士官の雨衣を寸法を取らずに仕立てた等というのは、見え透いた嘘であったが、それにしても一番親しい仲間であった和田や久木の、曾《かつ》て盗まれてしょげていた品物を、自分の上長者にあたる男が身につけて来ているという事が、耕二には何とも云えず腹立たしかった。二月の雪の降った日、野原で兵隊達の雪合戦があり、耕二も木原もそれに加って遊んだが、木原の上衣《うわぎ》を脱《と》った腰には相変らず例の鰐革の革帯が見え、彼は歯がゆい気持で、雪合戦の間中そのバンドをしつこく眼で追い廻した。木原はそれ以来、鰐の革帯を腰にしなくなった。

　青年士官の精神教育をすると称している司令部の参謀や副官や、陸上警備隊の隊長の間では、受信所の小畑という中尉は生意気な奴《やつ》で、無闇に分隊長に楯《たて》ついて隊の統一を紊《みだ》しているという風な評判をしているという事が、人づての噂で彼の耳に入って来た。木原に取っては、遠く外地へ来て、自己の秘密を握っている人間にぶつかった

事は災難にちがいなく、その後表面の何気ない様子にも拘《かかわ》らず、心では彼の事を強く憎んでいるにちがいなく、隊の外へ行ってはどんな事を云いちらしているか知れないと、彼の方では思っていた。彼は又「揚根《ようこん》の三等幕僚」とか「漢口は海軍の姥捨山《うばすてやま》」とか云う言葉通り、無能で、女を争う事以外には熱意を示さないように見える司令部の人々に、何の尊敬も親愛も感じる事は出来なかった。岩塩の横流しとか、民間の業者との結託とか、そういう事にも、此処《ここ》では誰も不思議な気持さえ持たず、一つの妙な噂はやがて噂として消えて、又次の妙な噂に取って替って行く日常であった。大学の学生の頃、生え抜きの海軍の士官達と云えば、厳格な戒律、一途《いちず》な献身を身に体した優れた人々の集りかのように単純に思っていた耕二の気持は、どうにも眼のふさぎようのない幻滅の中へ追いこまれていた。出来る事なら彼は東京へ還《かえ》して欲しかった。食物がどんなに不自由になって来たかは知らないが、ブルーと結婚した和田、加山千鶴子と結婚した広川、塘《つつみ》、小野、多勢の親しい仲間達と毎日話し合えたら、腹の立つ事を遠慮なしに云い合えたら、どんなにいい事か。然《しか》し内地との交通は今では加速度的に不自由になって来ていた。夜間定期的に来るB24が、揚子《ようす》江《こう》の水路に機雷を撒《ま》いていて、上海《シャンハイ》との往復は、吃水《きっすい》の浅い機帆船がP51の眼を避けながら夜航海で僅かに結んでいる有様で、上海と内地との飛行便も最近では将官以外は便乗が困難だという噂さえあり、転勤など容易には望めそうもない事であった。もう何時《いつ》逢えるか分らない、広川や和田や谷井が、どんなにいい奴らであったか、そういう誇張された郷愁は、彼の木原に対する憎しみと侮蔑《ぶべつ》とを一層つのらせて行った。

彼は仕事が暇な時には豚小屋へ行って豚と遊んだ。もうすっかり春で、真菰《まこも》の繁《しげ》った沼には雷魚や鮒《ふな》が温《ぬ》るんだ水の中で動くのが見え、李《すもも》の花が咲いて、豚小屋の周りの楊柳《ようりゆう》は美しい若芽を吹いていた。一頭だけいる、バークシャー種とかいう真っ黒な大きな牝豚は妊娠していた。彼は竹箒《たけぼうき》を持って行って、平ったい桶《おけ》の中の残飯へ鼻を突っ込んでいる豚の大きな腹を、ごりごり掻いてやる。豚は頻《しき》りに鼻声を発し、さも心地よさそうに掻かれているが、暫くすると巨大な図体をごろりと泥の上へ倒して、甘えるように四つ脚を拡《ひろ》げるのであった。竹箒の先で、腹の皮にかさかさにこびりついた泥を落してやると、豚はじっとされるままにしていた。豚が清潔好きの動物だというのは本当だろうと彼は思った。冬に近所の百姓に千円の交尾料を払って牡《おす》をかけてから、此奴《こいつ》の仔《こ》が生れたら、大きくなるのを待ってトンカツを沢山食わせるという約束を、彼は兵隊達にしていた。隊では食糧の自給体制を整えるというので、豚の他にも近頃、家鴨《あひる》の雛《ひな》や雞《にわとり》の雛も沢山買っていた。然し、兵隊達がトンカツを食べる頃には、戦局はどうなっているだろうかとも彼は考えるのであった。一カ月先の予想は全く立たなかった。

八

米軍の沖縄上陸作戦が始り、一と月程して那覇《なは》が占領された報《し》らせを聞いた頃、公用使が軍用郵便所から珍しく内地の郵便物をどっさり持って帰って来た。耕二の所には広島の父親からの書留と、思いがけない智恵子の手紙が二通届けられた。

「わたしは白島《はくしま》のお母様の所へはどうしてもあなたの事を伺いに行く勇気がなくて、矢代《やしろ》先生にあつかましいお願いをして、とうとうお所を確かめる事が出来ました。海軍さんのとこへ女名前の手紙が行って御迷惑が掛からないかと心配ですけれど、お便りをせずにはいられない気持になって書いております。わたしは暫く身体《からだ》をそこねて寝ておりましたけれど、今年になってから漸く恢復《かいふく》して、今は又前の被服廠《ひふくしよう》へ毎日勤労に出ています。兄は佐世保《させぼ》の海軍病院に居《お》りましたが、先達てもう一度南方へ出かけて行きました。多分台湾へ行ったのだと思います。内地も段々むつかしく不自由な世の中になって参りましたが、兄さんやあなたの事を考えていると元気が湧《わ》いて参ります」

「郁子《いくこ》は海軍大尉《たいい》で安藤四郎という人の所へお嫁に行きました。四郎さんは戦闘機乗りですが、はずかしがり屋で茶目で、この六月にはわたしも初めて『伯母』になります。郁ちゃんがたいへんあなたのお帰りを待っております」

智恵子の手紙には綿々と、長々と、そんな事が認《したた》めてあった。「お帰りを待っております」と云《い》って然し、智恵子は本当に自分が近いうちに広島へ帰って来ると信じているのであろうか。沖縄が失陥すれば米軍の次の上陸地点は必ず支那《しな》大陸か、直接本土かへ向けられる筈で、どちらにしてももう生きて帰る機会は殆《ほとん》ど失われたと彼は思っていた。彼女の手紙に耕二は返事を書かなかった。

父親は中風の震える手で墨で書いた手紙に、千円の為替を封入してくれていた。内地の千円は未だ大金であろうと思われたが、それを公定の換算率で儲備《ちょび》券《けん》に換えると一万八千元になる。漢口の一万八千元は靴を一足買えるかどうか怪しい金であった。彼は父母の気持を考えると、一寸《ちょっと》悲しいような感じがした。

「いい手紙ですね」小泉少尉が彼の机を覗《のぞ》き込んで云った。

「親父《おやじ》から金が来たんだよ。今夜町へ遊びに出かけませんか？　午後の公用使に受取らせて置くから」

「あんな事を云ってる……」小泉は智恵子の手紙の事を知っていて、からかうように笑った。彼はそれには相手にならずにもう一度外出を誘った。

「えー？　分隊長から仕事をいいつかってるんでね。今夜のうちに誘導電波の請求と出撃との照合をして置かなくちゃならないんですよ」小泉は云った。

「構わないよ、行きましょう」

ためらっている小泉を無理に誘って、彼はその日夕方からトラックに便乗して町へ出た。二人は久しぶりに市中を歩き、あちこちの汚い食べ物屋に入り、酒屋をひやかして廻った。

棚にも土間にも大小様々な甕《かめ》や壺《つぼ》を並べた大きな酒屋では、二人は脂《あぶら》ぶとりに肥《ふと》った大男の主人と世間話をしながら、竹の柄杓《ひしゃく》で壺から種々な酒を少しずつ酌《く》んで試飲した。高粱汾酒《カオリヤンフエンチユー》、五加皮酒《ウカビチユー》、紹興酒《シャオシンチユー》、その他名の分らぬとりどりの色をした酒が幾種類もあった。餃子《ジャオズ》、饅頭《マントー》、駄菓子、麵《メン》などを、二人は其処此処で思い思いに食べ歩いた。一万八千元はその程度の遊びには不自由をさせなかった。

「一百一個一百一個《イーパイイーガ》」大道商人のそんな売り声が、彼に親しい気持を起させた。

「すっかり御馳走《ごちそう》になっちゃったけど、分隊長と熊井兵曹長に、何か土産を買って帰った方がいいかも知れませんね」小泉が云った。

「そうしよう」

二人は花楼街という、石畳の狭い賑《にぎ》やかな通りで、肉饅頭と餃子とを買い、それを大きな緑色の蓮《はす》の葉に包んで貰《もら》って、手を油でべとべとにしながら、夜が更《ふ》けてから隊へ帰って来た。作業室で未だ仕事をしていた熊井兵曹長は、大喜びで早速ぱくついた。

木原中尉はその日当直将校であったが、私室にはもう燈《あか》りが消えていた。小泉が二三度声を掛けたが返事が無いので、

「じゃあ、明日にすればいい」

「そうですね——それじゃあお寝《やす》みなさい」二人はそう云って各〻の部屋へ別れた。

暖い晩であった。耕二は寝衣に着更《きが》え、ベッドに入って「くろがね文庫」の講談を拡げた。押入の中では鼠《ねずみ》が頻りに木をかじる音がし、別の奴が、燈《ひ》がついているにも拘らず、部屋のカーテンの蔭《かげ》から蔭へちょろちょろ走るのが見えた。彼は講談に眼を曝《さら》しながら、毛布の中で猫の鳴き声を真似《まね》た。鼠は急に静かになり、彼は愉快になってもう一度猫の声を出したが、やめると又木をかじる音が始った。一時間ばかりして、眠くなったので燈を消し、彼はうとうとし始めたが、その時突然部屋の外で、「キャアーッ」という叫び声が起った。びくっとして床の上へ起き上ると、廊下を隔てた小泉少尉の私室に電気がつき、硝子窓《ガラスまど》に人影が二つ映って大きく動いていた。

「小畑中尉！　来て下さアい」小泉の声が叫んだ。

「すぐ行く」彼は怒鳴って置いて、急いで寝衣の上に雨衣を引っかけ、部屋を飛び出した。

真っ赤な顔をし、酒臭い息を吐いている木原中尉が、土足のまま上り込んで、寝衣姿の小泉に起き上る隙《すき》も与えず、汚いスリッパでぴしぴし頰を殴っていた。

「貴様それでも軍人か！」

「貴様、分隊長を舐《な》める気か！」

木原はそんな事を云っては、避けようとする小泉をベッドの上へ突き飛ばしては狂ったように殴っていた。

「悪うございました。今後必ず注意します。――小畑中尉！」小泉は恐怖で蒼《あお》ざめた顔で、救いを求めるように彼の方を見た。

「注意する？　どない注意するのや？　大体が分隊長を馬鹿《ばか》にしきっとる。ええ？　云うてみい。どない注意する？」木原は怒りに狂った形相で、自分の声に頸《くび》をかしげ、又しても小泉に襲いかかった。

「分隊長、一寸待って下さい」耕二は割って入った。

「小畑か？……小畑か？　貴様は部屋へ帰っとれ。何で出て来た。貴様に用は無い」

木原は耕二の方へ向き直って云った。ぎらぎら燃える眼、汚れた土足、唇の端に一杯唾《つば》を溜《た》めているその顔を見ると、彼も恐怖を感じた。

「とにかく待って下さい。兵員室に聞える。話を聞かせて下さい」

小泉は素早くベッドを抜け出し、部屋の隅に木原を避けて壁を背にして立った。

「話を聞かせろ？　何や。貴様らはぐるになって分隊長を舐めとる！」木原は「ぐる、ぐるになって」という時、たまらないようにぶるぶると頭を振った。

「それでも貴様らは隊の秩序が守れると思うのか！」

耕二はぐんと胸を突かれ、よろめいて、

「殴るんですか？」と開き直ったが、木原は彼には手を出さなかった。

話は段々分って来た。木原は、耕二と小泉とが二人で外出すると、前々から非常に不愉快に思う様子があって、今夜もそれで、先程までは寝たふりをしていたが、小泉が命じた仕事を放って置いて外出した事が、酒に乱れた頭で考えているうちに、収りのつかない程腹が立って来たらしかった。三人が順番に当直将校に立つと、あとの二人が外出出来る訳であったが、木原が空きの日には、耕二は元より、最近では小泉もいやがって一緒に出なかった。そんな事が積った不快になっているのだと思われた。

部屋の外で人の気配がした。

「誰だ！」耕二は鋭く訊《き》いた。バタバタと足音が逃げて行った。

「こらア、斬《き》るぞ」木原は軍刀を手にして、立聞していた兵隊を追って飛び出して行った。

「とにかく今は駄目だ。云わせるだけ云わせて、寝かせて了《しま》おう。彼奴《あいつ》は酒乱なんだ。詳しい事は明日話す」耕二は口早に云った。小泉は口から血を流していた。木原は息をぜいぜい云わせながら、直《す》ぐ帰って来たが、その後はもう手荒な事をせず、その代り長々と大阪人らしいしつこさで、説教を始めた。分隊長は隊の父親である、皆は小我を殺し一致和協して分隊長と一緒に隊の中をまとめて行かねばならぬ。――この男は自分の秘密を知られている事も大概分っている筈《はず》なのに、よくこんな馬鹿々々しい事を真面目《まじめ》に説教出来るものだと思いながら、それでも耕二は小泉と並んで神妙にその説教を聞いていた。

二時頃になって漸《ようや》く彼は部屋へ帰り、その晩は寝て、翌朝早速小泉少尉を呼びにやり、

「実は今まで話さなかったんだがね」と、木原の酒乱の事、盗癖の事を知っている限り詳しく話して聞かせた。

「じゃあ、それを直ぐ班長に訴えられたらいいじゃありませんか」小泉は怨《うら》めし気に云った。

「あの調子では、これからも何をされるか分りませんよ」

「然しね、彼奴はこの頃そのバンドも雨衣《あまぎ》もちっとも見せないんだ。証拠が無くなっているとすると、下手な事を云い出すのはまずいからね。舟木少佐や司令部では、私は無闇《むやみ》に分隊長に反抗するもののように思われているらしいし、もう少し待とうよ。それに私は考えてる事もあるんだ」彼は云った。数日前、東京の特務班からの電報で、近いうちにW班増強の為《ため》中尉を一名赴任させる予定だという事を云って来ていた。今頃何の為の増強かとは思ったが、もしかするとそれは彼のクラスの者がやって来る可能性があって、そういう事になれば、木原の問題も大変やり易《やす》くなると耕二は思った。

少しして朝の陽が一杯あたっている士官室の前で、彼は木原と顔を合せた。

「やあ、お早うす」木原は磊落《らいらく》そうな調子で云った。「ゆうべは酔ってて大分失敬しましたな。堪忍《かんにん》して貰いまっせ」

耕二は返事をせず、横を向いた。

九

その後、表面的には何事も起らず一日々々が過ぎて行った。只《ただ》、暫《しばら》くして定期の進級が発表され、木原が大尉に、小泉が中尉の襟章《えりしょう》を附けるようになると、はっきり耕二より一階級上になったという意識からか、木原は彼に対しても高圧的な態度を示すようになった。彼と小泉とは必要以外は、分隊長に碌《ろく》に口も利《き》かないようにしていた。兵隊達の気持もそれを反映して、隊の中に気分の統一がすっかり失われ、分隊長の肩を持つ者、耕二達に近づこうとする者、両方に要領よくお世辞を使う者と様々で、しかもその三人共が予備学生出の士官である事から、下士官達の間に軽蔑《けいべつ》的な言葉も聞えるようになった。時々遊びに来る隣の防空砲隊の若い中尉が、

「どうしたんだい？　この頃受信所は何だか滅茶《めちゃ》々々じゃないか」と云ったりした。

一度耕二は又木原大尉に呼びつけられた。

「小畑は俺がこの前やった事を、何時《いっ》までも根に持つ積りか？」

「根に持ちますね」彼はふてくされた顔をして答えた。

「貴様らが分隊長に不関旗を上げてる態度がどうしても改められんなら、こちらも考えがあるからな」

「どうぞ」彼は云った。「そちらに考えがあれば、こちらにも考えが無い訳でも無いでしょう」

その言葉は木原にはやはりこたえるらしかった。木原はその時も耕二には手出しをしなかったが、間も無く従兵の話で、木原が私室のベッドの中に日本刀を忍ばせて寝

ているという事が知れた。耕二もそれ以来、自分のベッドの枕《まくら》の下に、米国製の安全装置の無い五連発の拳銃《けんじゆう》を、装塡《そうてん》して隠して寝る事にした。

憂鬱《ゆううつ》な毎日であった。東京から来るという中尉は、発令が延びているのか、その後何の報《し》らせも無く、春から一足とびに夏が来そうに、蒸暑い日が続いた。牝豚《めすぶた》が九匹仔《こ》を生んだのを見に行ったり、尾野兵曹と一緒に、小銃に鉛の玉を詰めて中山《ちゆうざん》公園の中に鳩《はと》を撃ちに行ったりして、彼は毎日を過ごした。

仕事もどうやら投げ出しの形であった。米軍との戦力にこれだけ明白な隔りが生じてしまっては、通信諜報《ちようほう》の仕事は結局無意味な事としか思えなかった。それでも彼は何か焦《あせ》った気持で、時々思い出したように発作的に電報にかじりつき、こうでもないああでもないと、上ずった試みをしてみる事もあった。

大陸の重慶《じゆうけい》側の地域での物資の値段が、俸給に関連してよく簡単な暗号電報の中に現れる。彼はそれを集計して表を作ってみたりするのであるが、やりながら、日本の勢力圏が全く瓦解《がかい》して行こうとする時に、何の為にこんな事を調べるのかと、自ら嘲《あざ》ける気持は心に湧《わ》いた。隣の部屋で下士官の声が聞える。

「何を調べとるんだ？」

「小畑中尉《ちゆうい》がこの頃重慶の米相場を集めとられるんでな」

彼は自分の命じて置いた仕事に自分で顔を赤くしなければならなかった。

彼が当直将校に立っていた或《あ》る日の事、午後になって隊門の方で高級車の警笛が聞え、衛兵が息を切らして走って来ると、直ぐ後から、

「当直将校は居《お》らんか、当直将校」と司令部の先任参謀の太いだみ声が聞えて来た。彼は慌《あわ》てて飛び出し、赤い三角旗を立てた黒塗りのキャデラックから顔を突き出している参謀に敬礼した。

「おい。想定。一四〇〇、米軍空挺《くうてい》部隊約五百、漢口《かんこう》飛行場に降下。只今市中に向って進撃中である。受信所は独自の立場に立って隊を防衛し、街路上に敵を邀撃《ようげき》してこれを圧倒殲滅《せんめつ》する。――分隊長は何処《どこ》へ行った？　直ぐ掛れ」先任参謀の後から舟木少佐も、次席参謀の資格で現れた。不意打ちの演習であった。木原は例によって昼間から兵員室で酒を飲んでいたらしく、酔と驚きとで真っ赤な顔をして飛んで出て来た。

「何だ、貴様、酔っ払っとるのか」先任参謀は怒鳴りつけた。木原はすっかり恐縮して「ハッ」「ハッ」というばかりで、足もとも不確かなまま、ぺこッぺこッとお辞儀を三四度した。

耕二は伝令を呼び、急いで非番直総員の戦闘配置を命じ、自分は軍刀を抜いて肩にあてた。

「早くしろ、早く」彼は兵員室や烹炊所《ほうすいじょ》から、鉄兜《てつかぶと》を持ち、小銃を提げて走り出して来る兵隊達に叫んだ。すると木原も、

「早くせい、早くせい」と同じ事を叫んだ。

整列、命令授与もそこそこに、一部を隊内の警戒に残し、その指揮官に小泉中尉を充《あ》てて、彼は残りの兵員の先頭に立って表の通りへ走り出て行った。中国人の百姓が四五人ぼんやり彼らのする事を眺めていた。

形の上だけでは演習は一応うまく行った。只木原だけは持場を失って、先任参謀に文句を云われ続けながら、その腰にくっついて廻っていた。耕二にはそれが愉快であった。アメリカの空挺部隊は遂《つい》に全滅した事になって、一時間ほどで、泥んこになった演習部隊は耕二の指揮下に隊の中へ還《かえ》って来た。

「小畑中尉の指揮官としての適宜の処置、概《おおむ》ねよろしい」先任参謀は講評の時、兵隊を前に置いて木原大尉を非難する事は出来ないと見え、あてつけのように耕二と小泉とを、散々におだて上げた。そして今後屢〻《しばしば》こういう演習をやる予定である事、受信所にも機関銃の割当てを行う事、近くM1戦車に対する肉迫攻撃の講習会を開くつもりである事などを云《い》い残して、キャデラックに乗って帰って行った。

その夜、木原大尉は惑乱した。彼は耕二と小泉とを無理に士官室へ誘い、昼間から

の酒の飲み継ぎを始め、杯を強い、扉を閉め、しまいに従兵を払った。二人が席をのがれようとすると、木原は大声で、

「命令だ！　立つな」と叫んだ。二人はむかむかしながらも、その「命令だ」という言葉を聞くと不思議に脚が迷った。何処から持ち込んだのか、木原は机の下に拳銃をおいていた。それからふとした言い掛りを設けて耕二と小泉とを殴り始めた。耕二は危険を感じた。そして逃げ出す事も、殴り返す事も出来なくなった。小泉も同様であった。二人は素手だ。彼らは恥じて、救いを求めて叫ぶ事も出来ず、何か得体の知れぬ言葉を怒鳴っては襲い掛って来る狂った木原のするままに委《まか》せた。耕二はこうなると全く自分が、学生の頃と同じ弱虫の意気地なしである事が情なかった。然《しか》しそんな事を思っている間にも木原は、

「分隊長の慈悲やぞ。受けてみい」とわめいて、無茶苦茶に彼の頭や頰を叩《たた》いて来た。

彼の頰は打たれて腫《は》れ上るように火照《ほて》り、耳はがんがん鳴って口の中に血が流れた。小泉は机の下へかがみ込むようにして、木原の拳《こぶし》を避けていた。

「逃げるな。しゃんとせえ。立たんかい」木原は云って小泉の腰を靴で蹴《け》った。小泉はよろめいて、「あッ、ああ」というような事を呟《つぶや》きながら、立ち上っては又殴られた。

士官室の前の先任伍長室《ごちょうしつ》で、カタコト物音がして、何人か様子を覗《うかが》っている人間のいる気配が感ぜられたが、誰も扉から姿を現さず、木原は支離滅裂な言葉を吐き散らしながら、日頃の憤懣《ふんまん》を洗いざらい掌《て》に籠《こ》めて、右と左とに、耕二と小泉とを殴り分け、更に叩き続けた。耕二はもはや抗《あら》がおうという気も起らず、いっそ爽快《そうかい》な気持さえ湧いて、木原のする通りにされていた。肉体も感覚もしびれたようになり、頭のどこかで、ぼんやり、木原も手が内出血して痛いだろうな、というような事を考えていた。しまいに木原は、

「俺は班長に訴えて来るぞ！」と云い、わあッと獣のような声を上げると、扉を蹴飛ばして外へ出て行った。

ふっと士官室の中が静かになった。彼は小泉中尉と、お互いに何とも云えぬまずい面《つら》を見合せた。隣から熊井兵曹長が入って来た。

「どうされたんですか？……上官反抗も糞《くそ》もあるもんですか。二人ともよく何もせずに我慢されたもんですね。どだいありゃ無茶ですよ。仲裁に来る事も出来やせん」熊井は云った。耕二は木原の置いて行った拳銃をいまいまし気に其処《そこ》へ抛《ほう》り出した。小泉は手で頬を冷やすようにし、紙を出して唇の血を拭《ふ》き、その中へ唾《つば》を吐いていた。

「今日の先任参謀の講評が悪かったですな」熊井兵曹長が云った。

「こうなったら、おい、もう黙っている必要はないだろう」耕二は云った。

「…………」小泉は黙って頷《うなず》いた。

「班長に詳しく話されるがええですよ」熊井は別の気持で云った。

木原は舟木少佐の部屋へ駈《か》け込んで、暫くわめき散らしていたらしいが、少佐になだめられ、其処でつぶれて眠ってしまった様子で、彼等も間もなく部屋へ引揚げ、翌日を待って彼と小泉とは揃《そろ》って舟木少佐に面接し、前の晩の事から始めて、木原が森井大佐との高雄《たかお》での事件、鰐革《わにがわ》のバンドや雨衣の件を逐一述べた。舟木少佐は腕組をし、困惑した憂鬱そうな面持で彼の話す事を聞いていたが、鈍い声で、

「よく調べて適当な処置をする」とだけ答えた。

十

「中尉塘《つつみ》新吉W班附トシテ幸便アリ次第赴任セシムル予定」という上海《シャンハイ》のX班からの電報が入ったのは、それから数日後、六月の中頃であった。

更に数日経《た》って、突然飛行場から塘の声で、「今着いたよ」という電話が掛って来ると、彼は恋人でも待つような気持で、隊門へ出、そわそわしながら飛行場からの自動車が現れるのを待った。彼は新しく来る男が塘であった事が心から嬉《うれ》しかった。や

がて一台の古ぼけたトラックが大勢の人を乗せて一本道を走って来るのが見え、隊門の前で止ると、上から野犬のように尖《とが》った顔に変った塘が、汚いバスケットと軍刀だけ握ってぴょいと跳び下りて来た。

「よう」塘は云った。

「何だ、貴様ひどく痩《や》せたな」彼はそう云って、東京の空気をそのまま身に着けて来たような塘の見すぼらしい恰好《かっこう》を、上から下まで珍しく眺めた。塘は破れた短靴の上にゲートルを巻き、スフ入りのいやに光る草色の三種軍装を着て、掃除人夫のような姿であった。

「とにかく飯を食わせてくれ。此処《ここ》は水交社はあるのか？」

「焼けたけど、又始めてる。――何でも食わせてやるよ。まあそうがつがつするな」

彼は塘の肩を抱くようにしながら士官室へ連れ込んだ。

「がつがつするなって、貴様、がつがつせずにいられるか。今や東京はひどいもんだぞ」塘は班長や木原大尉への着任挨拶《あいさつ》も早々に、テーブルに着き、従兵の運んで来た不味《まず》い料理を、餓鬼のように食い始めた。飯のお代りが五杯目くらいになると、従兵も給仕をしながらにやにや笑っていた。

「上海で当分栄養を補給して来たんじゃないのか？」耕二は煙草《たばこ》を喫《す》いながら云った。

「とても、足りるもんか。土が水を吸うように飯が入るんだ」塘はそれでも漸《ようや》く満腹して来たのか、笑った。

食後二階のベランダへ出ると、木原大尉や小泉中尉、熊井兵曹長も其処の籐椅子《とういす》へ集って来た。

「やあ」「やあ、どうも」塘は初対面の小泉や熊井に挨拶をし、

「皆さんに、東京から沢山手紙を持って来ています」そんな事を云っていたが、やがて、出発の直前に空襲で下宿を焼け出された夜の話を始めた。

「あち、あち、あッあちい、あちい……とこうなんだ」塘は虚空《こくう》をかきむしるように、身振り入りで語った。

「朝になって、よく助ったもんだと思ったね。爪《つめ》で土を引っ掻《か》いて、其処へ鼻を埋めて息をしてたんだからね。髪がチリチリ音がして焦《こ》げて来るんだぜ。四方が火の海でどこへも逃げられないんだ。完全に死ぬと思ったがね。その晩一晩で山の手が全滅さ。もう東京は広大なる焼野原だよ。食う物なんて何も無いからね。俺達の食ってた椀盛《わんも》りの麦飯が、東京都民の非難と羨望《せんぼう》の的だったんだ。それが諸君、上海へ着いて驚いたですね。艦隊司令部へ挨拶に行くというんで、自動車で町を通ったら、パン屋にパンがある、ハムがぶら下っている、チョコレートがある、煙草がふんだんにある、靴

屋に靴が山程並んでいる、これでは内地の事が何にも分らない筈《はず》だ、お伽噺《とぎばなし》の国へ来たのかと思ったよ。尤《もっと》も後で一人で虹口《ホンキュー》へ出て値段を見て又びっくりした。参謀連中は『一億特攻の精神を以《もっ》て狂瀾《きょうらん》を既倒《きとう》に廻《か》えす』とか何とか大きな事を云って、女の尻《しり》ばかり追い廻してやがる。俺は去年まで自分が横須賀《よこすか》で発展していた事を棚に上げて憤慨したね。中年の奴《やつ》らは、あんなにまで女が欲しいものかな」

「おいおい、耳の痛い事云いまへんで」木原が笑いながら口を入れた。「塘中尉にそのうち、落ちついたら面白いとこ案内してあげるわ」

「ええ?……私は然し先《ま》ず食いもんだなあ。――せめて一度飯らしい飯を腹一杯食ってから死にたい、せめて一晩だけ、空襲無しでぐっすり寝てみたい。今や東京都民の願いはこれですよ。勝とうなんて貴様、とんでもないさ。川棚《かわたな》の特攻隊へ編入されちゃったクラスの奴が、『俺が出撃しねえうちに、早く敗《ま》けちまわねえかなア』って云うんだ。特攻隊だってもうみんなそれなんだぜ」

「そうかねえ……」耕二はいつか小泉と、特攻隊の志願を募られたら行くか行かないか等と問答した事も憶《おも》い出され、やれやれという思いでそう呟いた。空襲が始まる前に東京を離れて、一年近くになった彼や小泉には、塘の話す現在の東京の様子は、未見の異国の事でも聞くようであった。

「中央線に乗るだろう」塘は云い続けた。「ずうッと何も無いよ。阿佐ヶ谷《あさや》まで何にも無いよ。高円寺と駅に書いてあるから、ああ、高円寺かと思うだけだ」

「貴様実際こんな時期によく転勤して来られたなあ」耕二は云った。「然しそれにしてもひどいねえ、そんなかね。少しは話も大きいんじゃないのか？」

「何が大きいものか。貴様達に分らないだけなんだ。それは無理もないけどね。もう絶対負けだよ。今や、勝つなんて、貴様……。おい、今夜俺を水交社へ連れて行ってくれ」

塘は云った。

部屋が足りないので、ベッドをもう一つ入れて、塘中尉は耕二の室で相住まいを始める事になった。夜水交社へ行く約束をして、彼は塘と二人、部屋へ帰って、中を整理し直しながら、

「木原がねえ、どうも大変なんだ」と先日来の話も聞かせた。

「そんな事だろうと思った。あの泥棒大尉。……貴様が弱ってやしないかと東京で噂《うわさ》をしていたんだ。然し何だって今まで温順《おとな》しくしてたんだい？　出すとこへ出して、早く追っ払って了《しま》えばよかったのに」

「そう簡単にも行かないよ。それに俺は向う意気だけは盛んでも、腕力には自信が無

いからな」耕二は苦笑しながら云った。

「もう少し様子を見て、俺が証人に立ってやる。その雨衣《あまぎ》を取上げて、和田に送り還してやるといいや」

「危いと思って町で売り払ってしまってるよ、きっと」

「そうそう和田は――」塘は云った。空襲で下谷《したや》方面が焼けた時、和田は安芸江《あきえ》と一緒に勇敢に働いて、到頭その古い家を守り抜いたという事であった。

塘はその後、隊でも水交社でも、肉、卵、焼蕎麦《やきそば》、飯、ぜんざいと、手あたり次第に貪婪《どんらん》な食欲を発揮し、食い物の事となると、従兵や酒保係の下士官にまで意地汚い事を云ったりお世辞を使ったりして、そんな事では少し人間が変ったようにさえ思われたが、漸《ようや》くガツガツしなくとも食糧には全然不自由が無いと云う事が生理的に呑《の》みこめると、今度はデング熱に長江下痢《ちょうこうげり》と称する悪質の腸カタルを併発して、入院して了った。

舟木少佐の方では内々に木原の調べが終り、法務官からは収監してもいいとの意向があったが、班長のはからいで転勤をさせて事済みにする事になり、文書で上海に照会が出されているとの事であった。間もなく上海からの返事が来たが、そんな士官はX班でも引受けられないという事で、今度は東京の特務班まで文書が廻って、特務班へ還すよう、東京の発令を待つ事になったが、それは少し日数が掛るだろうと、舟木少佐の話であった。

耕二は散々な真似《まね》をした木原が、そのお蔭《かげ》で日本へ帰れるというのは一寸《ちよつと》妙なものだと思ったが、とにかく木原のいなくなる事は嬉しく、小泉と共に、当り障《さわ》りの無い態度でその日の来るのを待って暮らした。

豚の仔《こ》も、家鴨《あひる》や雞《にわとり》の雛《ひな》も日増しに大きくなり、世界で三番目に暑いという漢口《かんこう》の夏が来て、ベッドの上に身体《からだ》の形のままじっとり汗の附くような寝苦しい夜が続いた。

二十日ばかり病院生活をして、塘も又隊へ帰って来ていた。

或《あ》る朝、彼は「大陸新報」という、漢口で発刊されている小型版の日本語新聞の一面に、「広島に原子爆弾」という記事が出ているのを見て、おやおやと思った。今まで広島は殆《ほとん》ど空襲らしい空襲を受けておらず、家の事も安心していたが、「相当の被害があった」という発表で、これは今度は、ひょっとすると父母も危いかも知れない、そんな風に考えた。

大本営からの軍極秘電報で或程度被害の詳細が分ったのは、ソ連が満洲《まんしゆう》に侵入を開始した報《し》らせが入ったのと殆ど同時であった。

奉天《ほうてん》出身の下士官がいて、満洲の人は関東軍という名前に信仰的な信頼を持ってい

るのか、興奮して、

「満洲はどんな事があっても大丈夫です」と頻《しき》りにいきり立っていたが、地図を拡《ひろ》げてニュースを聞いていると、進軍を始めたソ連軍は意外な速度で、忽《たちま》ち意外に深い所まで雪崩《なだ》れ込んで来ているのが分った。

「広島もこれでは皆死んでしまったろう」耕二の心には憂鬱《ゆううつ》も腹立たしさも強くは湧《わ》かず、只《ただ》来るべきものが来たという気がするだけで、むしろ、こんな事になっては木原の転勤が実現不能になりはしないかという、その不安の方が心を領した。

ヴェランダから西に見える防空砲隊では、例の精度の悪い四門の高角砲が、いざという時対戦車砲の役目を果せるよう、近頃水平射撃の訓練を始めているという話で、つい数カ月前までは想像もしなかったそのような事態も、今では何時《いつ》現実となるか知れない思いがされ、高角をゼロにして下手な射撃をやっているあの大砲の先の、牛のいる原っぱ辺りで、いずれ自分は百五十円の日本刀を握ってあっけなく死ぬような事になるのだろうと、冴《さ》えぬ気持で彼は考えていた。

八月十日の夜は、幾度目かの受信所防衛演習で、彼が防備軍の指揮官、小泉中尉《ちゅうい》が攻撃軍の指揮官、班長の舟木少佐と木原大尉と病み上りの塘とは審判官で、八時に演習は始められたが、非番直隊員の三分の二を擁して彼が指揮していた守備軍は、総崩れの敗北を喫した。小泉は攻撃軍の兵隊を一手にまとめ、耕二がまさかと思って手薄にして置いた運動場裏の五間幅の蓮沼《はすぬま》を徒渉し、鉄条網を潜《くぐ》り、腰から下を泥んこにして一思いに攻め入って来た。

小銃と日本刀と一挺《ちょう》の機関銃が武器で、いざという時こんな演習が何の役に立つのか、兵隊ごっこのような気がされて仕方がなかったが、それでも審判官から「状況終り」が令せられ、両方の隊が集ると、さすがにみんな興奮していて、揃って風呂《ふろ》に入って泥や汗を流し、士官室へ集ると、

「やあ負けた負けた」

「あすこを来るとは思わなかった」等と、高声に演習の話であった。

時計は十時を少し廻って、皆は夜食の蕎麦に箸《はし》を取っていたが、その時二階から二世の電話傍受員が一人降りて来、一礼して、係の小泉中尉に小さな紙片を差出した。

小泉は食うのをやめて、黙読したが、一寸変な顔をして電話員に小声で何か訊《き》き、二三度頷《うなず》くと、「班長」そう呼んで、その紙切れを舟木少佐の方へ出した。舟木少佐も黙って読んだ。紙片は木原へ、木原から耕二へと廻って来た。

「何処《どこ》とどこの交話か？」少佐が質問した。

「はあ。それが分りませんでした。公式の交話ではありません」二世の電話傍受員は答えた。紙には、

「Don't get excited！

Japan offered unconditional surrender.」

と鉛筆の走り書きで書いてあった。

「アンコンディショナル・サレンダーというのは、何の意味ですか？」耕二は小泉に小声で訊いた。小泉はちらりと舟木少佐の方を見てから、

「無条件降伏という意味でしょう」と無愛想に云《い》った。彼はハッと思い、然《しか》し直《す》ぐ続けて腹の中に「にったり」とした気持を感じた。彼はそれが色に出るのを怖《おそ》れて、咄《とっ》嗟《さ》に暗い表情を装《よそお》った。皆は暫《しばら》く黙って、各〻の前の蕎麦の丼《どんぶり》を眺めていた。

電話員が厳重な口止めをされ、続けての傍受を命ぜられて二階へ帰って行くと、入れ違いに、もう一人の、やはり二世の電話傍受員が下りて来て、新しい紙片を差し出した。同じ内容で、電話は在華米空軍の基地と基地との間の連絡無線電話に依《よ》る、アメリカの兵隊の私的な会話らしかった。「驚クナ。日本ガ無条件降伏ヲ申シ出タ。戦争ハ終ルゾ。嘘《うそ》ダト思ウナラ今夜十一時ノサンフランシスコ放送ヲ聞ケ」

「よオし。もしこれが本当なら俺たちは支那《しな》の山の中へ潜り込んで、馬賊になって暴

れてやる」舟木少佐は急に皆の方を向いて大声で笑い出した。が、誰もそれに返事をする者は無かった。

思い出したように小泉中尉が立ち上った。すると塘《つつみ》も木原も熊井兵曹長も立ち上った。演習の話や夜食どころではなくなって、彼等は揃《そろ》って二階へ上り、それぞれA班とC班とに分れ、当直員を退かせて受信機を占め、ダイヤルを所謂《いわゆる》アメリカのデマ放送の波長に切り変え始めた。

ダイヤルを調整していると、「ピイー、シュウー、ガアッ」という音が、やがてはっきりした日本語に変って、耕二のレシーバーにも、

「コチラハアメリカノ声デアリマス。コチラハアメリカノ声デアリマス。ミナサマ日本ハ……」というハワイの対日短波放送が聞えて来た。

それは妙な抑揚のある言葉で、繰返し繰返し、日本が同盟を通じて「ポツダム宣言ヲ受諾スル用意ナレリ」と対米意志表示をしたという事を告げ続けた。「用意ナレリ」と言う時のアクセントが、一種の感じとなっていつまでも彼の耳にからみついた。放送はそれから急に英語に変ると、自己のコール・サインKRHO、自己の波長十六・五メガサイクルと報じ、後は海外放送特有の、波に高低のある、勝ち誇ったような勇ましげなマーチであった。

彼はレシーバーを捨てて暗幕を潜って露台へ出た。塘が暗がりの中に腕組みをして立っていた。塘は耕二の肩に一寸手を置いて、

「小泉君が今、興奮してアメリカは甘くないですよ、決して甘いもんじゃないですよと云ってた。それはそうだろう。然し東京でこれが分ったら必ずみんながホッとする。ああ、明日からは空襲が無くなる――その気持が俺には実によく分るんだ。俺たちもこれで日本へ帰られるのだ」と小さい声に力を籠《こ》めて云った。

「………」

兵舎の方で、暗幕が風に揺れる度に微《かす》かに燈《ひ》が洩《も》れるのが見える。非番の兵士達はみんな寝ているらしかった。池で時々蛙《かえる》が鳴いた。耕二は錯雑した気持で、塘の言葉に返事をする事が出来なかった。

車庫で、乗用車が木炭を焚《た》く音がし始めた。舟木少佐が情報を持って司令部へ出て行くところであった。

十一

それより四日前の日の朝、彼等の所から千八百粁《キロ》離れた広島の町で、市民には全く原因の不明な異常な事が持ち上っていた。

広島高等学校の矢代《やしろ》先生は、子供二人を田舎へ疎開《そかい》させ、奥さんと二人で町中の家に住んでいたが、その日は十時に学校へ行く予定で、その前に散髪をし、三和銀行の京橋支店に寄って定期預金の書替えを済ますつもりで早目に家を出た。

行きつけの近所の店は近く強制疎開になるという貼《は》り紙を出して休業していたので、先生は家から銀行への道順とは逆の方へ少し足を延ばして、紙屋町の裏手の或る床屋へ入った。客は一人も居ず、散髪屋の主人はシャツ一枚で床を掃いていたが、先生を見るとすぐバリカンを取って仕事に掛った。三十分程で剃《そ》りも終り、綺麗《きれい》になった坊主頭《ずあたま》に戦闘帽を被《かぶ》り、眼鏡を掛け鞄《かばん》を持って外へ出たが、腕時計を見ると、銀行の開く九時まで、未《ま》だ小一時間、間がある。他に行く所も無いので先生は汗にならないように、ぶらぶら歩く事にした。八月の朝の太陽が既に強い陽光を町の上へ投げていた。先程まで警報が出ていたが、それが解除になったばかりで、然し何処か高い所で爆音がしていた。先生は空を見上げたが飛行機の姿は見えず、町では誰もが平静に歩いたり働いたりしているし、格別気に留めず、東の方へ——結果から云うと爆心を遠去かる方向へ、時間をつぶす積りで出来るだけゆっくりと歩いて行った。

市内電車の停留所で説明すると、相生橋《あいおいばし》護国神社前という所が後に爆心地と定められた地点で、西から順に、次が先生の散髪をした紙屋町の交叉点《こうさてん》、次が八丁堀の交叉点で、銀行は更に四つ先の停留所の近くに在った。八丁堀の近くまで来、其処《そこ》の角の福屋百貨店の建物を前に見ながら歩いている時であった。先生は自分の右斜め上から、不意に四斗樽《だる》ほどの真っ赤な火の玉が降って来るのを見た。そして、「あッ」と叫んで一足駈《か》け出そうとした刹那《せつな》、ドオンと何物かに烈《はげ》しく背中を叩《たた》かれ、地面へ擲《なぐ》り倒されてしまった。

我に返った時には、どうしてそうなったのか、矢代先生の身体は全く黒闇《くらやみ》の、固い金庫のような物体の中へ閉じこめられていた。手さぐりで撫《な》でてみると、前後、左右、上下、皆ざらざらしたコンクリートの壁である。先生は途端に身体を烈しく芋虫のようにくねらせつつ、大声で叫び出した。然し幾ら呼んでも全く反応が無い。人がいないのか、或《あるい》いは物音が完全に遮断されているのか、外はしんと静まり返っているようであった。

何か分らぬが、運悪くとんだ災難に遇ったものだと考え、何十回も叫んでみて、先生はとうとう無益に救いを求めるのを止《や》めにした。誰かが運よく此処《ここ》を掘り出してくれればよいが、自分の倒れるのを見ていた人もいなかったように思える、これは困った事になった、こんな事をしていれば段々餓《う》えて、空気が濁って、衰弱して死ぬだろう――。書きかけの「上代歌学の研究」、生徒達の世話、学校報国団の事、仕残した仕事が何だか非常に沢山あるような気が頻りとされた。然し二人の子供も大分大きくなったし、後は妻が何とかやって行くだろう、仕方が無い、自分は諦《あき》めて此処で死ぬ事に心を決めよう、そう思った。それは悲壮な感じの少しも混らない、極くあっさりした気持であった。先生はそう決めると安心が出来て、身体を動かすのを止め、全身の力を脱いて、腹這《はらば》いに楽な姿勢で伏せた。

真暗で時計が見えないが、それから十分か、或いは二十分か経《た》った。ふと耳を澄ますと、ゴオ、ゴオ、と低い潮騒《しおさい》のような音がしている。先生は倒れる時見た大きな赤い火の玉を憶《おも》い出し、火災が起っているのではないかと思った。ゴオ、ゴオという音はひどく遠方のようでもあり、音が遮られていて、実は直ぐ近くで鳴っているようでもあった。自分の身体が生身のまま、脂《あぶら》を垂らして焼け始める?——そう想像すると先生はぞっとして、居たたまれない気持でもう一度大声で叫びながら、身をくねらせ始めた。然しもがく度に、肘《ひじ》も肩も頭も、空《むな》しくコクンコクンとコンクリートの壁にぶつかった。暫く叫んでいたが、先生は又静かに腹這いになって了《しま》った。焼け死ぬ事も覚悟し、暗闇の中で先生はじっと眼をつむった。

だがそうやって伏せて待っていても、一向何事も起らない。次第に拍子抜けのした気持になり、自分の意識が確かである事、時間の余裕もあるらしい事が、いやにはっきり感じられて、只寝ているのが如何《いか》にも勿体《もったい》ない気がして来た。先生は三度気を持ち直し、生命のある限り遮二無二脱け出す努力をしようと決心した。

先程から腰の辺りで引っ掛っている物がある。手を伸ばしてみると、革鞄だ。手さぐりで開けると、中から預金通帳、印鑑、ノート、弁当箱、ナイフ、と心覚えの品が一つ一つ出て来た。他の品は捨てて、先生は手にそのナイフを握った。そして合の手に、

「おーい、助けてくれー」と叫びながら、軍隊の匍匐《ほふく》前進の要領で、一寸刻みに前へにじり出て行った。漸《ようや》く二尺程身体を進めて、手を正面の壁に伸ばし、左右に撫で廻していると、一箇所、湿った柔らかな所がある。土だ。

「おや!」という希望を先生は感じた。

ナイフで切り込むと土は崩れ出した。手を突っ込むともっと沢山崩れた。やがて奥行五寸程に其処がえぐれると、穴の奥に微小な白い点が見える。白い砂粒なのか、針の先程光が洩れているのか、確かではないが、非常な希望が湧《わ》いて来た。その白い点を目がけて、先生は懸命に土を掘った。口にも鼻にも耳にも土が無闇と入って来て、舌がじゃりじゃりする。掘った土を一握りずつ、根気よく肩から背へ撒《ま》き捨てて、掘り進んで行くと、土は益ゝ《ますます》崩れて穴が大きくなり、白い点は明らかに光の口である事

が分って、間もなく其処から夕暮のような仄明《ほのあか》りが中へ射《さ》し込んで来た。先生は身体《からだ》が乗り出せるように、一心になって土の穴を拡《ひろ》げて行った。

手で押したりナイフでこじたりしていると、漸く土の向うで二枚の板がぐわッと口を開き、忽《たちま》ち真昼の外光が眩《まぶ》しく眼を射た。先生は其処へもぐらのように鼻面《はなづら》を出したが、頬と耳とがつかえてそれ以上は顔が出せない。一旦《いったん》引込んで土を掘り、やっと首まで出るようになると、今度は肩がつかえて身体が出せない。然しその時、矢代先生には、圧縮された物の爆《は》ぜるような、驚く程の糞力《くそぢから》が湧いて来た。板と土塊と石とは、先生の腕と肩との力で、一時にめりこむように外側へ押し崩され、身体があおりを食ってぬっと外へ飛び出し、脚を抜いて其処へ立ち上って、先生は初めて命を拾ったと感じた。

然し其処で矢代先生が見たのは、まことに異様な光景であった。家という家が何処までも、見渡す限り、地面へ崩れている。濛々《もうもう》と砂塵《さじん》に似たものが天地をこめて、太陽は赤い月のように鈍く光り、周囲は死に絶えたように、一つとして動く物の影が無い。道は崩れた建物や瓦礫《がれき》に埋められて、方角の見当も立たなかった。遠近数カ所に火災の煙が立っている。

呆然《ぼうぜん》として眺めていると、余程してから二三十米《メートル》先で、一人の男が地べたからよろよろと立ち上るのが見えた。

「おーい」先生は呼んだ。「どっちが東か?」

「あっちあっち」男は答えて、酔った人間のようにふらふらしながら、先生の方へ歩いて来た。

「どうしたんだ、あんた?」先生はびっくりして訊いた。男は顔が真っ黒で、裸になった胴から皮膚がシャツをちぎったように腰の所へ垂れ下っていた。

「なんか、まるきり訳が分らん」と男は云った。

「誰もいないのかな、皆逃げたのですか?」

「なに、全部死んどる」男はそう云ったが、矢代先生の眼にはその辺に死体らしい物は見えなかった。

「方角が立たんのだが、東はどっちだろう?」

「あっち、あっち」男は幽霊の恰好《かっこう》に、両手をだらりと胸の前へぶら下げて、口でそう云うだけで、又ふらふらと何処へか行ってしまった。

先生は自分の方が未だしもしっかりしているような気がした。直ぐ前に百貨店の大きな建物の窓々が、洞穴《ほらあな》のように黒く見えている。床屋から歩いて来た時の状況を考えると、大体の方角の見当がついた。

然しこれはとても自分一人の災難というような物ではないらしいと悟り、先《ま》ず家へ帰って妻の安否を確かめ、その上で学校へ行くか逃げるかを決めなくてはならぬと思った。歩き始めると、初めて背と脚とに攣《ひきつ》るような痛みが感じられた。背中へ手を廻してみると、ぬらぬらとした血が、土と一緒に掌《てのひら》にべっとりついて来た。腕時計はガラスが破れ、文字盤に血が滴《したた》り込んで、針は八時十五分を指して停っていた。耳にあてて振ると、時計の針は、用を済ませたように、ぽろりと落ちた。

先生は家の方へ向ったが、電車通りから大体の見当で家の方へ曲ろうとすると、その先には既に、道らしい所を挟《はさ》んで、両側から猛烈な火が燃えさかっていて、それを潜《くぐ》って行く事はとても出来そうには思えなかった。

非常の場合は、市の北の方の牛田町《うしたまち》にいる同僚の英語のM教授の家へ避難するように、かねて云《い》ってあったから、妻はうまくすればもうそちらへ逃げのびているだろうと先生は思い、自身も牛田へ逃げる事にした。

風下になる事を避けながら逃げなくてはならぬと考え、一寸《ちょっと》其処に立留って火災の様子を眺め、煙のなびく具合を見定め、風はやや北風でこちらが風下になる事を確かめると、先生はもう一度、元の、自分の倒れた交叉点の所まで引返し始めた。そして初めて、その辺の瓦礫の下や、道のほとりに、焦《こ》げた死体が幾つも転がっている事に気がついた。福屋の旧館の前には、上衣《うわぎ》の無い陸軍の将校が、脚にあつらえて穿《は》いてみたばかりらしい真新しい長靴をつけ、身体にガラスの破片を無数に突き刺して死んで転がっていた。その直《す》ぐ傍《そば》には、年の分らぬ程赤黒く顔を裂かれた素裸の女が、臨月だったらしく、股《また》の間に赤児《あかご》を脱出して、赤児もろとも死んでいた。

北の方の、税務署の建っていたと思われる見当から、高く煙が昇って、大きな火災が起っている。その道を避けて、西練兵場の中を抜けて牛田へたどるつもりで、先生はつぶれた家々の裏手へ、裏手へと廻って行った。通りの裏の溝川《みぞがわ》には目白押しに人が浸《つか》って、或《あ》る者はのけぞり、或る者はがっくり首を垂れ、皆髪の毛をチリチリに縮らせて死んでいるが、時々、何間置きかに一人くらいの割で生きているのがいて、それが云い合せたように、白眼を剝《む》いて、一言も云わずにじろりと先生の方を見る。先生は恐怖に襲われ、裸足《はだし》で盲滅法《めくらめっぽう》に瓦《かわら》や材木の上を踏みながら逃げて行った。帽子も靴も眼鏡も失い、鞄も捨てて来たが、妙な事に、手に安物のナイフだけを未だしっかりと握っていた。

西練兵場に入ると益〻死骸《しがい》が多くなった。それは皆近くの西部二部隊の兵隊らしく、誰も彼も上半身は裸で、黒く焼けた胸や背を露出し、脚にゲートルだけ巻いて、塹壕《ざんごう》の中と云わず、防空壕の中と云わず、処々《ところどころ》に折れ重なって爛《ただ》れて死んでいた。先生の裸足は時々死骸を蹴《け》とばした。

　練兵場の中を横切って、聯隊《れんたいく》区司令部の前まで来ると、其処から白島《はくしま》の方へ通ずる道は、ぞろぞろと途切れ目もなく逃げて行く被災者の長い行列であった。半焼けのシャツをぶら下げて行く者がいるかと思うと、大きな黒い乳房をまる出しにした女、腰の周りも蔽《おお》ってない裸の男、そしてその群衆の肌が、揃《そろ》ってソオセージの腐ったような赤黒い色を呈していた。

　列の中に一人、まともに着物をまとった女が急いでいたが、裸の兵隊が呼び止めて、「おい、それを脱げ」そう云って、女の着物や肌着を周囲の裸の者に頒《わ》けさせた。兵隊はその世話が終ると、

「皆、元気を出せえ」と怒鳴りながら、突貫でもするように、行列を追って駈け出して行った。

　先生も列に混って歩き始めたが、殆《ほとん》どの者が、両手を胸の前へだらりと垂らして、その恰好と云い、焦げ爛れた身体の色と云い、さながら化け物の行列であった。

　白島の終点の近くまで来ると、電車が一台、壊れて立往生をしていた。運転手らしい男が、電車の前の石畳の上に倒れて、もがいたらしく、陰部のボタンを開け拡げて死んでいた。

電車の終点から常盤橋《ときわばし》へ通ずる狭い道は燃え始めていて、行列はてんでんばらばらに崩れて、火のトンネルを駈け潜ったが、其処から先、白島の土手へ上って行くのと、橋を渡って饒津《にぎつ》神社の方へ向うのと、二た手に分れ始めた。先生は一寸ためらったが、土手へ上ってもしこの先の神田橋が落ちていたら、牛田へ行けなくなると思い、今ともかく無事に掛っている常盤橋を渡ってしまう事にした。橋の欄干は北側は倒れて川の中へ落ち込み、南側のは揃って橋の上へ倒れていた。

橋の上を、向うから中年の、五十前後かと見える男が、急ぎ足に渡って来る。男は片眼をやられていたが、その上気が変になっているらしく、行き違う行列の人々の中に女を見つけると、直ぐ寄って行って、

「おお、ヨシ子じゃ、よう助って来たのう」そう云って、嬉《うれ》しそうに腕を摑《つか》まえて肌を撫で廻す。女の方は気味悪がって、

「ちがうちがう」と悲鳴を挙げ、振り放して逃げ出すが、男は一寸不審そうな顔をしていて、すぐ又次の女に、

「おお、ヨシ子じゃア」と、何とも云えぬ、啜《すす》り泣きのような歓声を発して走り寄って行く風であった。その男が肌に着けている青い縦縞《たてじま》のワイシャツは、縞に添って微《み》塵《じん》に焼け裂け、その下の皮膚も縞目に焦げていた。

川の中では、怪我《けが》や火傷《やけど》を負った人々が、水に浸って、水遊びでもするように、互いに傷に川水を掛け合っているのが見えた。

常盤橋を東へ渡りきると山陽線のガードがあって、鉄道の土手の上では立往生した黒い貨物列車が、一台ずつ、ぶすぶすと燃えていた。その先を右へ行けば広島駅、左へ行けば饒津神社の下を抜けて牛田へ出る事になる。駅の方からも裸の被災者の群が流れて来ていた。神社の大小三つの社殿も火をあげ、境内の大きな松の木も、或るものは燃えている。先生は折れて幹からぶら下った松の枝を引きちぎり、それを傘にして火の粉を防ぎながら、神社の下の道を急いで通り抜けた。対岸の川原に大勢の避難民が出ているのが見える。

牛田の方にも火災は所々に起っていたが、二叉《ふたまた》土手を越えて、川に沿う道を進んで行くと、漸く被害の程度が幾らか軽くなった事が感ぜられ、家並はすべて大地震に逢《あ》ったように傾いて、家財や屋根瓦が散乱しているが、もうぺしゃんこに崩れた家は見あたらないようであった。

神田橋のたもとから坂を降りて、先生はM教授の家へたどり着いた。

M教授の家には人の気配が無かった。妻が来て、その辺に寝ていないかと、先生は庭先や勝手口を廻って、物の散乱した家の中を覗《のぞ》いて歩いたが、やはり誰もいなかった。大体、家の中は足を踏み入れる事など出来ない有様で、畳は吹き上げられ、机や簞笥《たんす》や、沢山の書籍がごった返しに引っくりかえって、根太《ねだ》板の吹き飛ばされた隙間《すきま》からは、黒い穴が見えていた。

矢代《やしろ》先生は家の玄関口へ還《かえ》って来て、力落ちしたように、其処《そこ》の無花果《いちじく》の樹《き》の下に蹲《うずくま》った。

門の前は、道をへだてて水田である。伸びて繁《しげ》った緑色の田の面は、朝日の旗のような幾筋もの縞をなして、稲がだんだら模様に焦げていた。奇妙な気がしたが、一体何が原因でこんな事が起ったのか、全く分らなかった。咽《のど》が渇ききって、水が欲しかったが、一旦腰を下ろすと身体がしびれたようになって了《しま》って、探しに立つ元気が出ず、先生は其処で只《ただ》ぼんやりとしてしゃがんでいた。

十二

矢代先生が松の枝を傘にして、饒津《にぎつ》神社の下を駈《か》け抜けていた頃、その対岸の白い広い川原では、耕二の父母が茫然《ぼうぜん》として、土手の家の焼けて来るのを眺めていた。川原へは次第に人の数が増えて来た。近所の顔見知りの人々もいるが、ぼろぼろの服を着た乞食《こじき》のような兵隊や、身体《からだ》中焼け爛れて蒟蒻《こんにゃく》の化け物のようになった学生や、溝《みぞ》なりに赤く胸の肉をえぐられて血に染った女や、ひどい怪我をした見知らぬ人々が、続々と土手の道から川原へ降りて来ていた。川原に場所を占めて腰を下ろしたり寝転んだりして了うと、人々はそのまま放心したように口を利《き》かなかった。傷の烈《はげ》しく痛む者だけが、立て続けに呻《うめ》いていた。

左半身の不随な耕二の父親は、その朝いつものように、縁側に用意された便器の上で大便をする為《ため》、居間からいざり出て、鴨居《かもい》から垂らした綱に右手でぶら下り、腰を半分斜めに浮かせて気張っているところであった。

耕二の母親は、白内障《はくないしょう》を手術して以来用いている厚い虫眼鏡のような眼鏡を掛け、南側の窓に向いて、朝の新聞を見ながら、夫の便が終るのを待っていた。

ピカッと異様な青白い閃光《せんこう》が四辺に映った。「あら」と云って母親は立ち上ろうとしたが、その時、颶風《ぐふう》のような風が家の中を吹き抜け始め、家が揺れて、辺りの物が倒れる音がし、自身も其処に吹き倒され、顔から眼鏡が吹き飛んだ。

「お父さん！　お父さん！」母親は伏せたまま叫んだ。

「おうおう。わしは此処《ここ》におる、此処におる」という声が何処《どこ》かでした。

風が止《や》んだ。母親は手さぐりで起き上ったが、眼鏡を失って視界がぼおとかすんでいた。着ていた黒い夏の簡単服は、その時袖《そで》の所と膝《ひざ》の所から、ぷすぷす燃え始めていた。母親は狼狽《ろうばい》して服の袖と膝とを裂きちぎった。

「お父さん、お父さん。何処です？」もう一度呼ぶと、又、

「わしは此処、わしは此処」という声がし、父親は便の途中で縁から転げ落ちて、庭先で立ち上れずに、尻《しり》をまくったまま、達磨《だるま》のように丸くなっているのが見えた。

「待って下さいよ。これはわたし一人ではどうにも出来ませんわ。今表へ出て誰か来て貰《もら》うようにします」母親はそう云って焼けた服を脱ぎ捨て、ズロース一枚になって玄関の方へ出て行った。六畳の間に姿見が倒れず立っていた。

「はあ、鏡台が立ってるな」母親はそんな事を思った。茶簞笥や机や障子がひっくり返って、ガラスが家中に散っている。

服の燃えた下が二箇所、火傷になっていて痛かった。火の気も無かったのに、何故《なぜ》火がついたのか分らなかった。母親はそれに唾《つば》を塗った。

表の道へ出て見ると、土手にも土手下にも、あちこちに崩れてしまった家が見える。これはこの辺一帯が大分ひどい爆撃にあったのだな、と母親は思った。隣家で子供代りに可愛《かわい》がって飼い続けていたテリヤが、興奮してやかましく吠《ほ》え立てて来た。

近所の人も三人五人と、道へ出て来た。皆大なり小なり怪我をしているが、耕二の母が頼むと、三人ばかり家へ寄って来て、戸板を用意し、庭先へ転がっている父親を、

取り敢《あ》えず裏の川原へ舁《かつ》いで運んでくれた。

父親は縁から落ちた時、打ったらしく、禿《は》げた脳天に一寸血をにじませていたが、その他には怪我も火傷も無い様子で、元気で、戸板の上から、

「何ですかな？　一体」と自分をかいてくれている近所の人に訊《たず》ねた。

「どうでも近い所に爆弾が一発落ちたらしいですのう。然《しか》しもう大丈夫でありましょう」先隣りの質屋の主人が答えた。

手《て》空《す》きの女の人が、家の縁側に積んであった柳行李《やなぎごうり》を一つ、庭先へ持ち出して、崖《がけ》の下へ蹴落してくれた。

耕二の両親は、今まで人の奨《すす》めを頑固に断って、自分等も疎《そ》開《かい》せず、家財も浴衣《ゆかた》一枚疎開していなかった。買溜《かいだめ》は一切してはならぬというのと、

「広島はやられやせん。特にこの辺は安全地帯だ。こんな所が空襲で焼けるようになったら、日本もお終《しま》いだ」というのが、老人達の信念であったが、この春頃から各地方の中都市も次第に一つ一つ焼けて行く様子で、焼け出されの悲惨な事も人の噂《うわさ》に聞かされ、漸《よう》く《や》数日前に多少の衣類を纏《まと》めて、次の馬車便で近郊の農家へ預けに出す事に決めたところで、廊下の端にはその疎開荷物の行李やトランクが四つ五つ積み上げてあった。

川原へ出て見ると、父親の着ている着物と、母親が夢中で提げて出た尿壜《にようびん》と洋傘と、崖下に転がっている行李だけが財産になった事が分ったが、母親は恐怖から、もう一度家へ引返して荷物を出して来ようという気持を、少しも起さなかった。

やがて川原の対岸の神社の森や社殿にも、山陽線の鉄橋の上に停っている貨物列車にも、土手の家並にも、火が廻って来た。

向い岸に見える饒津神社の下は、裸で胸の前へ手を二本垂らした黒い人間の、牛田を指して逃げて行く行列である。市中の方角からは高い大きな雲煙が上って、何か得体の知れぬ不気味な状況が、段々ひどくなって来るように感ぜられた。

戸板の上へ寝たまま、ぽかんと眼を見開いている父親の傍《そば》で、母親も砂の上に坐《すわ》って只じっとしていた。

土手の通りを一軒々々舐《な》めて来た火が、耕二の生家を包んだのは、それから一時間ほど後で、母親はそれを見ないように、川の方へ眼をそむけていた。

十三

智恵子はその年の梅雨時分から又身体の調子を悪くし、徴用の被服廠《ひふくしよう》の勤めを当分休ませて貰う了解がついたので、六日の朝は診断書を提出旁《かたがた》〻上司の将校に挨拶《あいさつ》を済ませて来るつもりで、八時前に家を出た。

伊吹《いぶき》の父の友人で、以前にも彼女の身体を診てくれた医者は、彼女の胸部の症状を少し誇大に診断書に記入してくれた代り、彼女は今度は本当に身体がしっかりするまで、家で厳格に安静を守るという約束をさせられた。

伊吹の家族は、広島には両親と智恵子だけになっていた。兄の幸雄は佐世保《させぼ》の病院から台湾の高雄《たかお》へ転勤し、妹の郁子《いくこ》は結婚して、既に赤児《あかご》が生れ、横浜に住んでいた。

智恵子はこれから当分外へ出られない事になるので、その日は一番親しい友のTも訪ねて、その事を伝えて置くつもりであった。陸軍の被服支廠へは、広島駅から宇品《うじな》線《せん》に乗って行くのであるが、Tは女学校の教師をしていて、毎日駅の裏の東練兵場へ、生徒と一緒に勤労奉仕に来ている筈《はず》なので、汽車の時間を計って彼女は練兵場の方へ廻って行った。

家を出る時警報が発令されたが、それは毎日ある事で、彼女が構わず歩いて行くと、たかをくくっていた通り（と彼女は思った）、東練兵場の入口まで来るとそれが解除になり、智恵子は軍用の引込線が幾列も並んでいる所を迂回《うかい》し、遠く練兵場の北隅《ほくぐう》の、Tたちの女学校の一隊がいる筈の東照宮《とうしょうぐう》の下を目指した。処々《ところどころ》に陸軍の兵隊が何か作業をしているのが見える。東照宮の麓《ふもと》の丘の上には、手旗の練習をしている女学生たちの、小さなもんぺ姿も見えた。

警報が解けたにも拘《かかわ》らず、B29が一機、金属性の爆音を曳《ひ》いて、真上の高い雲のほとりを西へ向って飛んでいた。智恵子が歩きながら時々のけぞって見ていると、ふと、空に三つ、小さな落下傘《らっかさん》が泛《うか》んだ。おかしいな、と思っていると、急に飛行機の音が変った。飛行機は薄い飛行雲を作って見る見る視界から消えて行き、その時、電気のスパークしたような光がサッと漲《みなぎ》った。

びっくりして、彼女が二間ほど横の大きな石の蔭《かげ》へ身を伏せようと走り出した時、ボッコーンという鈍い崩れるような音がし、途端に身体は抱き上げられたようになって、その石の上へ叩《たた》きつけられ、顔や手足に、焼いた砂のような熱い痛い物が、一面にピシピシと投げつけられて来た。

あたりは俄《にわ》かに真っ暗になり、映画のフィルムが不意に切れた時のように、しんと静かになった。智恵子の黒いもんぺの膝はめらめらと燃え出していた。彼女は倒れたまま、急いでそれを裂き捨てたが、腰から下、白いズロース一枚になったので、身のすくむような恥かしさを感じた。

突然、近くでワッという女の子の泣き声が起った。周囲の闇《やみ》が次第に薄らいで来ると、其処に眉毛《まゆげ》を焼いて真《ま》っ蒼《さお》な顔をした女学生や、ほこり叩きを逆さにしたように顔の皮がずるずる剝《む》けて垂れ下った兵隊や、顔を真っ黒に焦《こ》がして血を吐いている女等の像が、浮かび出て来た。

薄れて行く闇の中を透して、市中の方を見ると、もやもやとした煙の柱が立ち昇り、それが見る間に巨大な疑問符のような形にふくれ上って、その中程は鮮烈な真紅の色で、白い入道雲のようなものが、もくもくと動きながら紅《あか》い玉を取り囲んでいるのが見えた。下界は一面の火ぼこりか砂ぼこりか、赤や黄土や茶やの交り合った複雑な色のものがたちこめている。

人々がてんでに叫び出した。

「たすけてエ、たすけてエ」という声もあり、

「何々班の者、生きとるかア。集れエ」等と呼ぶ声もし、彼女の身近では、

「畜生、奴《やつ》ら、此処に兵隊が居《お》る事を嗅《か》ぎつけたんかのう」等と、兵隊のとぼけたような声もあった。

智恵子は足を踏みしめて立ち上った。すぐ家へ帰らねばならぬと思った。靴はどこへか飛ばされて無くなり、彼女はズロースの上に裂けた白いブラウスを着ていたが、周囲を見ると、それは上出来の方で、誰も彼も裸で、もう恥かしいとも感じられなかった。

死人や仮死状態の人が、到《いた》る所に倒れている。拇指《おやゆび》ほどの太さで、両の眼球を五寸も前へ吹き出して、口と鼻とから多量に血を出して、血糊《ちのり》の中に死んでいる男がいた。彼女がそういう人々の上を跨《また》いで歩いていると、うっかり脚を一本踏みつけ、踏まれた男は急に意識を取返して、

「助けてくれ！」とやにわに彼女の脚にすがりついて来た。

「離して！　離して！」と叫びながら、彼女はその手を振り放して逃げて、走った。引込線の軍用フォームに、集積してあったガソリンが、猛烈な黒煙をあげて燃えていた。線路の枕木《まくらぎ》も盛り上って、火がつき、列車は脱線したり、倒れたりしてすべて火に包まれている。

彼女が飴《あめ》のように曲った線路の傍で、おろおろ逃げ道を探していると、枕木の下を潜《くぐ》って、顔を焼いた巻脚絆《まきぎゃはん》の男が一人、こちらへ逃げ込んで来た。男は兵隊らしく、「あんた、おい、何をしとるんか？」と、詰《なじ》るように彼女に問いかけて来た。「どこへ行くつもりか？　市中へはとても出られやせんぞ。広島は一遍に吹き飛んだらしい。命令も何もありゃせん。自分は二部隊からたった一人逃げて来たんだが、二部隊から西練兵場の辺、大方皆死んで了《しも》うた。――あっちへ逃げなさい、あっちへ」兵士はそう云《い》って、手を拡《ひろ》げて彼女を追い返すような恰好《かっこう》をした。

一体、何がおこったのか分らなかった。智恵子は兵士の言葉に唯素直《ただ》にしたがって、もう一度死骸《しがい》の群を跨ぎながら、練兵場の中を引返し始めた。家に帰れないとすれば、東照宮の下でTを探して、その学校の人々と一緒になろうと思った。

市中に立った巨《おお》きな蕈《きのこ》のような雲の柱は、次第に形を変えながら、外側からぐいぐい、ぐいぐいと煙を捲《ま》き込んでふくれ上っていた。

どうしてこう裸の人ばかりいるのだろうと、智恵子は歩きながら奇妙に思ったが、全く、その辺を右往左往している人々が、全部と云ってよい程裸形であった。手早く三角巾《さんかくきん》で手当をした者もいるが、前も後も分らぬ程、裸の全身が一面にずるずると皮の剝けた者がいる。むしろ死骸の方が、焦げたなりに衣服をまとっていた。

東照宮の下まで来ると、草原の上や木の蔭に、傷《きず》ついた人々が集って憩《いこ》っていた。彼女は一人の女学生をつかまえて、Tの居場所を訊《き》いた。

「T先生は、さっき、怪我《けが》をした生徒らを引率して、其処《そこ》の山を越えて牛田へ逃げてでした」と、その女学生は答えた。

智恵子はがっかりした。女生徒は、彼女がT先生の親しい友達だと聞くと、

「わたしらも、今からK先生らとみんなで逃げるんです。一緒に逃げましょう」と真剣な眼《まな》ざしで云って、じっと彼女の顔を見た。

智恵子は立っている自分の足の甲に、ぽたぽたと生温い物が滴《したた》って来るのを感じて、初めて、はっきり、自分が怪我をしている事に気づいた。脚にも頸《くび》にも、顔にも何箇所となく打撲と火傷《やけど》と切り傷とがあるらしく、急に身体《からだ》の方々に痛みが感ぜられて来て、額を撫《な》でると、掌《てのひら》にはべっとりと血がついた。

「わたし、顔も怪我しているのね？」智恵子が云うと、女生徒は、

「ええ、ひどいです」と答えてから、直《す》ぐ悪い事を云ったというように眼をそらせた。

智恵子は頭から血が引いて行くような気がして、そのままへなへなと其処へ膝をついて崩れてしまった。女生徒はびっくりし、

「K先生、K先生。T先生のお友達の人が、ひどい怪我をして、来とってんです」と大声で教師を呼んだ。

そのKという男の先生が寄って来た。Tの学校の他の生徒達も集って来、皆は倒れてしまった智恵子の周りを囲んで、口々に、今から一緒に逃げようと励ましたが、智恵子は急に身体からも心からも、張りの抜けて行くのが感じられて、二三度お義理のように頭を持ち上げたが、元気な人達と一緒に歩き出す事はとても出来そうもなかった。彼女は小さな声で、

「わたし、此処《ここ》に残ります。どうかほっといて逃げて下さい。此処は焼けて来ないか

ら大丈夫でしょう。……向うでTさんに逢《あ》ったら、わたしの事知らせて下さい、上柳《かみやなぎ》町《まち》の伊吹と云えば分りますから」と云った。

皆はなるべく早く避難を始めたい様子で、それでも未《ま》だ頻《しき》りと彼女に呼びかけていたが、智恵子の方はもうそれ以上返事をする事も苦しい気持で、黙って草の上へ顔を伏せていた。

間もなく、皆は彼女を連れて行く事を諦《あき》らめ、先生に連れられて、一かたまりになって、山越えの道の方へと去り始めた。

広島駅が練兵場の向うに、真っ赤に燃えている。その右肩に大きく立った雲は、裾《すそ》の方が幾らか薄くなって、又異った形に変り、上の方に巨大な蕈の傘を幾重にも重ねていた。

死骸を残して、動いている人影は、練兵場の中から段々消えて行った。

長い時間が経《た》った。そして夕方が近くなると、市内の火勢も漸く少しずつ下火になって行くようであった。智恵子は草の上で寝返りをして、父母の安否を頻りに思っていたが、どうする事も出来なかった。

その晩彼女はそこで野宿をした。逃げる事の出来なかった者が十人ばかり、何となく寄り固って、一緒に寝た。

練兵場のあちらこちら、五六箇所に、収容した死体がまとめられ、百体も二百体も山積みにされて、生き残った兵士達がそれにガソリンを注いで火をつけるのが見えた。やがて智恵子たちの所にも、風に乗って、人間の焼ける強い臭気が漂って来た。彼女の左わきに、薬罐頭《やかんあたま》の爺《じい》さんが寝ていたが、彼女と顔を合せると、爺さんは、「やれやれ、むごい事よのう」そう云い、後は独り言のように、「生命が助ったのを、有難いと思わにゃあならん」と呟《つぶや》いて、「南無阿弥陀仏《なむあみだぶつ》々々々々」と頻りに念仏を唱えた。

智恵子はその夜奇怪な夢を見ながら、少しずつうとうとと眠った。夜更《よふ》けに眼を覚すと、死骸を焼いた方角で、大きな青い火の玉が燃えるのが見えた。

十四

矢代《やしろ》先生はM教授の家の玄関口で、長い間石ころのように蹲《うずくま》っていたが、二時間ほどして、漸《ようや》くM夫婦が帰って来た。二人は町の女医が中心になって活躍している救護班に加って、一働きして来たところであったが、矢代先生がそこに来ているのを認めると驚いて、取敢《とりあ》えず塩水で身体中の傷を洗い、道路に机を持ち出して、その上へ布《ふ》団《とん》を敷いて先生を寝かせた。奥さんの方はそれから又救護班に出て行き、M教授は家へ踏み込んで、中をともかく人が入れるように取片づけ始めた。

夕方近くなって、先生は漸く家の中へ担《かつ》ぎ込まれた。矢代先生は自分のやられてから逃げて来たいきさつを話し、M夫妻は、救護班に加って働いているうちに見聞きした、市中の被災者の事や、東練兵場から山越しで逃げて来た女学生達の事を交々《こもごも》語った。

「ちっとも怪我をしてないもんですから、働いていても、何だかきまりが悪くて仕方がないんですの」とM夫人は云った。

三人の結論は、アメリカが何か特殊な新兵器を使ったにちがいないという事になった。

「殺人光線だという噂《うわさ》もあるがね」M教授は云った。家の書斎の隅の机上にあったインク壺《つぼ》が、その部屋の反対側の隅の天井近くに叩きつけられて、壁に青いインクの痣《あざ》が滴たっていた。

M教授の奥さんは取って置きの白米を炊《た》いて、胡麻塩《ごましお》の握り飯にして御馳走《ごちそう》し、その貴重な握り飯を、幾つかは別に取って置いたが、矢代先生の奥さんは夜に入っても、其処へ現れなかった。三人は蚊帳《かや》を吊《つ》って固り合って寝た。然《しか》し、蚊も死に絶えたのか、殆《ほとん》ど飛んでいなかった。

翌日、矢代先生はM夫妻に断って、傷と発熱とでけだるい身体を無理に曳きずって、自家の焼け跡を探しに出かけた。白島《はくしま》の土手まで来ると、其処から南へ掛けて見渡す限りの焼野原が見える。立木はすべて炭になって、あちこちに死体が転がり、生き残った人が土手の斜面の穴の中で、獣のように鈍く動いていた。市中へ進むにつれて、屍臭《ししゅう》と、焼け跡特有のむっとした匂《にお》いが濃く立っていた。

鉄筋の建物だけが、砂漠の中に残された古代の廃墟《はいきょ》のように、あちこちにひょこひょこと立っていた。先生は途中で柄の無くなった鍬《くわ》を一つ拾い、自家の見当を定めあてて、妻の骨を探した。木の物は完全に灰になり、茶碗《ちゃわん》やガラス瓶が熔《と》けてくっつき合い、飴のような塊りになっていた。掘って行くと、瓦《かわら》の破片や、見憶《みおぼ》えのあるラジオ、ミシン、鍋釜《なべかま》の残骸が、それぞれの場所に見出《みいだ》されたが、骨はかけらも見つからなかった。

そのうち先生は、女の声で呼び掛けられた。いつ来たのか、焼ける前の隣家の主婦が其処に立っていた。女は、

「先生、まあ」と云うなり、待っていたように泣き出した。裸足《はだし》で、気狂《きちが》いのように髪を乱して、その女は、主人が行方不明になっている事、五つの男の児《こ》が昨日煉瓦《れんが》の下敷になっていたのを、やっとの思いで掘り出してやると、子供は腸を露出したまま、

五六間のめるように走って、そのままことりと死んでしまったという事を、くどくどと訴えた。

それから、暫《しばら》くして女は思い出したように、

「先生のとこの奥さんは、昨日配給物の事で町会まで行って来る云うて、出て行かれるのにお目にかかりました」と云った。

先生はそれを聞くと、鍬を捨て、女に礼を云って、町会の方から、妻がいつも買物をしていた通り、更に長い時間を掛けて高等学校から宇品《うじな》の方まで探しに出かけたが、夕方になって空《むな》しく牛田のM教授の家へ帰って来た。


同じ朝、東照宮《とうしょうぐう》の麓《ふもと》の草の上で、智恵子は、

「水をくれ、水をくれ」と呻《うめ》く男の声に眼を覚した。白々と夜があけ始めて、まわりには、昨晩念仏を唱えていた爺さんを始め、一緒に寝た人達の半ばが、固く冷たくなって死んでいた。

「水をくれえやア」中年の男が、眼をぎゅっとつむって、苦しげに訴えていた。その人の連れかどうか、やはり中年の男が一人、よろよろと立ち上って、何処《どこ》かへ出掛け

て行き、自分のぼろ靴に水を汲《く》んで、ぼとぼとこぼしながら運んで来、呻いている男に飲ませてやった。男は、「済まんのう、済まんのう」と繰返していたが、飲み終るとやがて静かになり、暫くして死んでしまった。

太陽が昇ると、昨晩死骸を焼いた場所に白骨の山が、魚の骨のように堆積《たいせき》しているのが見え、その盛り上げられた骨の周囲には、火が廻りかねて焼けなかった、首や手足がごろごろと転がっているのも遠く眺められた。

智恵子は身体が痛み、かつ何とも云えぬだるい感じで、立ち上る気力が無く、そのまま其処に寝ころんでいた。身内の者を探しに来た人が、時折、顔をのぞき込むようにして通って行った。彼女はその度に、あらわになった乳房を隠そうとして、物憂《ものう》く手を動かした。物音はすべて死に絶えたかのようで、草の上には虫も動いていなかった。

夜が明けてから長い時間が経った。もう昼頃になったかしら、と思っている時、彼女はふと、自分の名前が呼ばれているのに気づいた。

「伊吹《いぶき》智恵子、……伊吹智恵子は居《お》らんかア……」そう云っている。

彼女は身を起して、其処からだらだら低になった下の方の道を、前こごみに叫びながら歩いている父親の姿を認めた。彼女は声が充分に出なかった。手を挙げて振っていると、やがて父親は気づいて、走り上って来た。そして、

「お前、智恵子か！」と云った。

彼女の顔は一昼夜の間に、黒く西瓜《すいか》のようにふくれて、眼鼻だけがその黒光りのする丸い顔の中程にちょんと附き、唇は土人のように腫《は》れていた。

「よう生きていた。さあ、行こう。新庄のきぬの所へ逃げよう」父は云った。

「お母さんは？」と智恵子は訊いた。

「母さんは死んだぞ」父親の話に依《よ》ると、伊吹の母は家が倒れて鴨居《かもい》の下敷になり、腰から下を砕かれ、どうしてもそれが引き出せないでいるうちに火の手が廻って来た。父親は狂気のようになって、腰から下を切り落してでも連れて行きたいと思って努力したが、却《かえ》って下敷になっている母親から励まされ、その髪の毛をむしり取って、最後に手を握って、独りで新庄という近郊の村にいる、昔家に女中に来ていた者の所へ逃げのびた、という事であった。

矢代先生が柄の無い鍬で焼け跡を掘っていた頃、智恵子は父に負われて新庄に向った。父親の背で、彼女は黒い頬に涙を流していた。

父は息を切らして、途中で幾度も彼女を下ろして休んだ。そしてその度に智恵子に、

少しずつ昨日からの事を話したり、訊いたりした。父親は腰に骨を入れた袋を下げていた。

今朝は早く、家の焼け跡へ行って、母のその骨を掘り出して来たが、智恵子の消息が知れず、尋ね歩いていると、出逢った人が、

「お嬢さんなら、さっき赤十字病院の前で見ました」と云う。おかしいと思ったが、あまりはっきり云うので、赤十字の近辺を探して廻ったが分らず、被服廠《ひふくしょう》の方へ歩いて行くと、又一人の知人に逢って、その人は、

「昨日八丁堀で電車に乗るところを見た」と云う。父親はそこで初めて、この人達がでたらめではないが、頭が錯乱していて、何日も何週間も前に見掛けた話をしているらしいと気づき、散々廻り道をして、漸く智恵子の予定の足どりを追うて、東練兵場へ探しに来たというのであった――。

死体が未だ道傍や溝《みぞ》の中や、到《いた》る所に転がっていた。腕も脚も首もなくなった、胴体だけの焼肉のように真っ黒な塊りもあった。川の中では水ぶくれで牛のように大きくなった死体が、十も二十も筏《いかだ》に組んで、流れないように岸に繋《つな》ぎ止めてあった。

二人は常盤橋《ときわばし》を西へ渡った。崩れ残った処々《ところどころ》の壁に、人々の生死や避難先を知らせる文句が、幾つも書き出してある。

「春雄二郎牛田へ転進ス」と書いて斜めに消し、「春雄死ンダ」としてあるようなのもあった。

午後晩《おそ》くなって、二人は新庄のきぬの家へたどり着いた。きぬの家は農家で、母屋《おもや》も豚小屋や雞《にわとり》小屋も、爆風で甚《ひど》くいたんでいたが、もう余程取片附が出来て、親戚《しんせき》の人か、頼って来た怪我人《けがにん》が、他にも幾人か部屋に寝かされていた。家の背戸の竹藪《たけやぶ》の竹の葉が、南に面した方だけ焦《こ》げていた。

智恵子ら親娘《おやこ》は当分の間、此処で生活する事になったが、智恵子はその夜痛みを訴えてよく眠らず、そして翌日からは非常な苦しみが始った。傷口に塗った油やマーキユロは何の効能も無いようで、三十九度から四十度の熱が続いて、身体《からだ》は眼に見えて衰弱し始めた。父は宮島沿線に疎開《そかい》している友人の医者を迎えに行ったが、二里の道を歩いて診察に来た医者も、殆ど手の下しようが無いらしく見受けられた。父親とき、ぬとがつききりで彼女の看病をしたが、容態は日毎《ごと》に悪化し、後に所謂《いわゆる》原子症の凡《あら》ゆる徴候が現れ始めて、身体に斑点《はんてん》が出、顔は崩れ、食物を摂《と》るとすぐ吐いた。

罹災《りさい》から一週間目に又、父の友人の医者が見舞って来た時、父親は医者を別の部屋

へ呼んで、

「あれは、とてももう助からないと思うが、率直な話、どうだろう？」と訊《き》いた。

「この症状は、普通の外傷や火傷《やけど》とは性質がちがって、我々にも初めての経験で、判断が難しいからね」医者は云《い》った。「然し露骨に云えば、性質がちがおうが違うまいが、智恵子さんはあと一日二日の寿命だ。たといそれ以上延びたとしても恢復《かいふく》するという事は、奇蹟《きせき》でも起らない限り、考えられない――と僕は思う」

父親は黙って、腕を組んで、暫く考えていた。そして云った。

「実は、どうせ死ぬものなら、あの苦しみは見ていられないからナ。楽にしてやりたいと思うんだが、麻酔剤を貰《もら》えないものかね？」

「それは用意してある」医者もそう云って考えていたが、「然し僕は、或《ある》いは卑怯《ひきよう》なように思われるかも知らんが、医者の立場として、これを打って、君の娘さんに所謂オイタナジーをやるわけには行かない」と云った。

「僕がやればいいね？」父は訊いた。医者は返事をしなかった。

父親は蒼白《そうはく》な顔をして、黙って友人の鞄《かばん》を引き寄せ、中から注射器と注射薬とを探し出した。父親の手はブルブルふるえていた。

最初のナルコポンの効き目が現れると、智恵子は苦しんでいた顔を安らかにして、すやすやと眠り始めた。

彼女はそのまま夕方まで眠っていたが、眠り足りた子供のように、ふと穏かに眼を開くと、傍《かたわ》らにいる父親を見て、

「気持がよかったわ」と云った。それから一寸《ちよつと》して、今度は、

「おかしいわね、小畑さんが帰って来てるの？」と訊いた。

「小畑君に逢《あ》いたいか？」父親はかがみ込んで訊《たず》ねた。智恵子は首を横に向けて、こっくりをした。

「よしよし。小畑君はもう直《す》ぐ此処《ここ》へやって来るよ。兄さんも郁子《いくこ》も来る」

そう云うと、智恵子は納得して眼をつむった。

「苦しくはないね？」父親が訊くと、彼女はかぶりを振り、眼を開いて、

「水をちょうだい」と云った。きぬがすぐ井戸から冷たい水を汲んで来た。きぬは泣いていた。

智恵子はその水をコップに半分程飲んで、

「美味《おい》しかったわ」と云って又眼を閉じた。

父親は暫くして、もう一度、ナルコポンを多量に注射した。それで智恵子は死んだ。

次の次の日が八月十五日であったが、広島では終戦の報《し》らせは、急には人々の耳に

伝わらなかった。

十五

矢代《やしろ》先生も死んだ。

先生の身体の火傷は、初め只《ただ》腫れているだけであったが、奥さんの骨を探しに行って帰って来た頃から、漸《ようや》くジクジクと味噌《みそ》のように崩れ始め、次の日には更に進んで、腐りかけの水蜜桃《すいみつとう》のような糜爛《びらん》状態を呈し、其処《そこ》が痒《かゆ》く、かつ痛んだ。蝿《はえ》が始終それにたかって離れなかった。町に出来た救護所では、薬が足りなくなって、赤インクを傷に塗るという話であった。

終戦の報を聞いた頃から、先生の頭は毛が脱け始め、日と共に脱毛は甚だしくなって、半月程経《た》つと、手でこそぐ度に束になって脱け落ちた。禿頭病《とくとうびょう》になったのかと思っているうち、間もなく歯齦《はぐき》から出血が始り、上唇の中程が裂け、咽《のど》の奥からも血が出て、痛みの伴わぬしつこい下痢も始った。下痢便には血が混った。

先生は、疎開先から帰った二人の幼な子と、M教授と、郷里の従弟《いとこ》とに看《み》まもられて、その年の九月の末に、広島市の郊外の病院で死んだ。先生の死は、傷そのものよりも、傷ついた身体で、放射能の残った土地の上を、翌《あく》る日一日中歩き廻ったのが原因であろうと云われた。奥さんの行方は遂《つい》に分らなかった。

原子爆弾のあと、広島では蝿が跳梁《ちょうりょう》を極めていた。耕二の兄嫁の従妹《いとこ》にあたる女の死体を、耕二の母親も参列して、川原で焼いた時、見ていた子供が、

「あ！　お姉ちゃん、生きとる」と叫んだ事があったが、それは糜爛した肉の中に深く無数に湧《わ》いていた蛆《うじ》が、火葬の熱で一斉にもぞもぞ逃がれ始めた為《ため》、死体の四肢が少し動いたのを、子供が目ざとく認めたのであった。

市中を歩くと、傷に蝿が食いついて離れず、追っても叩《たた》いても執拗《しつよう》に家までついて帰って来る有様だった。

耕二の母も、火傷のあとが膿《う》んで、蝿に苦しめられていた。父親は物忘れがひどくなった。そうして秋の初めに、もう一度軽い溢血《いっけつ》に見舞われると、その後はいざり歩きも出来なくなって、完全にぼけてしまった。

その頃二人は、牛田にあって焼失を免れた借家の一軒に移って暮らしていた。家は屋根に穴が開き、母親は雨の日には家の中で傘をさして炊事をした。母親が台所で仕事をしていると、父親は、

「耕二。耕二！」と用ありげに、よく大声で呼んだ。

「耕二はナ、お父さん、支那《しな》へ行ってて、未《ま》だ帰って来ませんの。戦争は済んだし、

復員が始ってる云う事ですさかい、今に帰って来ますわ。な、待ってましょう」そう云い聞かせると、にここにこして、

「そうとも。わしがいつも云う通りじゃ。お前はとかく余計な心配をしていかん」と云うが、暫《しばら》くすると、又、

「耕二。耕二！」と呼びたてた。

食事だけが人並以上に進み、その為に大小便を始終しくじり、病人はそれの始末をする母親と一緒に泣いていた。入歯を失った顎《あご》をあぐあぐ震わせながら、

「どうか、わしを殺して下さい」と云って、手放しで子供のように泣く事もあった。

「お前に大きな大秘密を教えてやろうか」母親が米の心配をしていると、病人はうつろな団栗眼《どんぐりまなこ》で見つめながら云う。裏門の松の根に、米が四斗樽《だる》に詰めて五つ埋めてあるというのであった。信用されないと癇癪《かんしゃく》を起した。裏門というのは、焼ける前の土手の家の、川原への出口の事で、今も昔の家に住んでいるつもりか、気持はすべて朦朧《もうろう》としているようであった。

翌年の二月の末に、夜半、病人が妙な高鼾《たかいびき》をかき始めたので、母親が眼をさまして燈《あかり》をつけ、その手を握ると、父親は急に鼾をやめ、身体をくの字にこわばらせて、深く二度息を吸った。それが最期《さいご》であった。

仏は芝居の乞食《こじき》が着るような、つぎはぎだらけの半纏《はんてん》を着せられて、棺に収められた。特別に頼んで来て貰った霊柩車《れいきゅうしゃ》は、タクシーの尻《しり》を打ち抜いて、其処から棺を押し込む仕掛けになっていた。棺は半分車の外へ突き出されて、七十七年の生涯の末の、苦しい夢を、ひどくゆすぶられながら焼場へ向った。

第四章

一

原子爆弾で死んだ人たちの、三回忌の季節がめぐって来ようとしていた。耕二を乗せた小さな郊外電車は、夕暮の広島湾に沿うて、せっかちに車体を振りながら、宮島を指して走っていた。彼が復員してから一年半、日本が敗《ま》けて二年目の夏である。

旧暦の六月十七日は、厳島《いつくしま》神社の管絃祭《かんげんさい》という祭で、今年はそれが賑《にぎ》やかに復活されて、今日、八月の三日が当日にあたり、彼は古い友人の石川と誘い合せて、遊びに出かけて来た。石川は先に大竹に一寸《ちょっと》した用事があって、約束の時刻に宮島の桟橋で待っている筈《はず》であった。

電車の窓からは、岸と島との間に幾艘《そう》も、日覆《ひおお》いを掛けた釣舟が眠ったように浮いているのが見える。湾内に、汚れた赤腹を出した貨物船の幾隻《せき》かも眺められる。夏の陽が傾いて、遠く宇品《うじな》の突堤や、造船所の建物が、おぼろに霞《かす》みながら輝き、青い穏かな海の上に泛《うか》んだ島々は、赤土の襞《ひだ》や段々畠《だんだんばたけ》の輪郭を、一つ一つ彫ったように隈取《くまど》り鮮《あざや》かにあらわしていた。島へ通う小さな汽船が、白い船体を自分の立てた波に映して、電車と並行して走っている。車内は人々の騒がしい話し声に充《み》ちていた。原子爆弾の痛手も漸《よう》く忘れられ始めて、然《しか》し華やかなお祭を見に行くにしてはあまりに粗末な人々の服装や、車窓を流れて行く家々の板を打ちつけたガラス窓や、二人三人見える肉のひきつった人達の顔に、その痕跡《こんせき》を留めているかのようであった。

彼は、進むにつれて暮れて行こうとする、湾内の美しい光を見ながら、席にもたれて独り追想に耽《ふけ》った。

——叩《たた》き毀《こわ》したRCAの受信機が、濁った揚子江《ようすこう》の渦の中へ放り込まれて行った音は、未《ま》だ彼の耳に残っている。二年前の八月十五日、総員でラジオの前に集り、変な抑揚が雑音の波に乗って来る陛下の放送を聞き、既に判明していたその意味を兵士たちに説明して聞かせて以後、彼等の隊は、通信諜報《ちょうほう》に従事した者は一兵に至るまで戦犯として処刑されるという報《し》らせに狂乱していた。傍受作業はすべて停止され、空中線マストは切り倒され、中央から入って来る「了解後焼却」の電報に随《したが》って、機密書類の山は、二日間炎々と庭で燃え続け、受信機材の半数は玄翁《げんのう》で叩いて江に投げ込まれた。

戦犯問題が漸く事実無根である事が分り、デング熱に冒された彼が、長い病院生活を終って、収容所に充《あ》てられた旧水上警備隊へ帰り、終戦処理のごたごたもあらかた片附き終ったのは十月の中頃であった。初めて町でアメリカの兵隊を見て、ハムの色をしたその肌に、彼は本能的な嫌悪《けんお》を感じ、草鞋《わらじ》を穿《は》きからかさを持って乗り込んで来る乞食《こじき》のような中国の兵士たちにむしろ多くの親愛の気持を抱いた。「旧怨《きゅうえん》を思わず、暴に報ゆるに徳を以《もっ》てしよう」という蔣介石《しょうかいせき》の言葉には、或《あ》る感動を覚えないではいられなかった。が、それにしても如何《いか》に長い戦いであったかが今更に想《おも》われた。

「おいらは負けちゃあいなかった」と太智門の駅前で地べたに坐《すわ》り込んで泣いていた、前線帰りの陸軍の兵士の事。

「ゲット、オフ。ゲット、オフ」と叫んで彼を自転車から突き落し、ナイフを突きつけて持物を強奪して行った、アメリカの兵隊。江岸の散歩でふと言葉を交したドイツ人の貿易商の夫婦が、眼を輝かせて、

「ドイツは敗けた。日本も今敗れ去った。然しドイツはもう一度立ち上ります。英国とアメリカとはやがて必ずや没落して行くでしょう」といった自信の強い言葉、それらも憶《おも》い出される。

揚子江の水は冬期の減水に掛って、復員船の溯江《そこう》が困難になっていたが、それでも帰国出来るのはそう遠い将来ではないという見透《みとお》しが立ち、前年とは打って変った美しい秋の日和《ひより》続きで、長い夢から醒《さ》めたように、彼には自分が何物からも解き放たれる日の近づいている事が感ぜられ、新しい希望が行く手に大きく拓《ひら》けて来ているような気持が頻《しき》りと湧《わ》いた。木原とは結局又一緒の捕虜生活を続ける事になり、「一億玉砕」を唱えていた参謀達は麻雀《マージャン》に憂を散じ、年寄りの特務士官達は帰国土産を拵《こしら》える為《ため》、衣料品を漁《あさ》るのに夢中で、それに彼はライフの写真などを見て、もう十中十まで死んでいるに違いない広島の父母の事を思うと、淋《さび》しく暗い気分にもなったが、それ等を越えて、日本へ帰ったら自分のなすべき仕事が山のようにある事、今こそ学生時代からの抱負であった文学の仕事へ新しく還《かえ》って行く時だという事を、一途《いちず》に考え

ていた。目前の敗戦という事実にも拘《かかわ》らず、彼の心はふくらみ、それは限られた収容所の生活で、日々の空想の中にますます際限なくふくれ上って行った。「俺は日本へ帰ったら、理科的な才能を持った女と結婚して、男の子を生んで、原子物理学をやらせよう」半分本気で彼はそんな事も塘《つつみ》や小泉に云《い》い、そう云う時、智恵子の事を考えるのであったが、その智恵子も、恐らくは死んでいるにちがいないと思われた。

翌年の二月に、彼は八百人の海軍の者たちと一緒に、第一次の帰還部隊に加って、漢口《かんこう》を去った。彼らを積んだ石炭船が桟橋を離れると、朝の陽を受けて輝いている江岸の、見馴《みな》れた石造の建物が一望のうちに眺められた。一週間の船旅をして、途中石灰窑《かいよう》に仮泊し、九江《きゅうこう》に泊り、安慶《あんけい》、蕪湖《ぶこ》、南京《ナンキン》を過ぎて、彼の父親が丁度広島で息を引きとった頃、彼らは上海《シャンハイ》にたどり着いた。

岸の楊柳《ようりゅう》は芽を吹いて、重油の光る江水に影を映し、黄浦江《こうほこう》の上は、二列に並んで涯《はて》し無く続くLSTやアメリカ艦船に、文字通り埋めつくされていた。どの船にも高々と電探の空中線がそびえ、星条旗が上って、キャセイ・ホテルの上流では、塗具《ぬりぐ》の色も新しい重巡洋艦が、青みがかった発光信号で頻りに僚艦を呼んでいた。船のスピーカアからは絶えず気楽な音楽が流れ、セーラー達は白い帽子を斜めにかぶって、屈託なげにワイヤーを捲《ま》いていた……。

二

小さな郊外電車は宮島の駅へ辷《すべ》り込んだ。乗客たちは急いで連絡船の改札口の方へ押し寄せて行き、待っている人群の中に石川の背の高い姿が見えた。

「今、上りで着いたとこだ」石川は云った。

「船、直《す》ぐあるの？」

私営の渡しのモーター・ボートも、今日は書き入れ日で、鉄道桟橋の横の堰堤《えんてい》にもやって、エンジンを掛けた白塗の船体をぴくんぴくん震わせ、運転手が懸命になって客を呼んでいる。柔らかな波が、その堰堤の汀《みぎわ》を、わずか上まで濡《ぬ》らせて、静かに打ち返していた。

「改札が始ったぜ」

群衆はひしめき合っていた。二人が改札口を揉《も》み出されると、日が暮れかけて、長い桟橋の上には、涼しいそよ風が吹き通っていた。

「どうも、えらい人だな。君、銀座やなんか、もう復興しているかね？」石川は地方に住みついた人の癖で、すぐ東京の事を話題にした。

石川は兵役をのがれ、その後ずっと広島の父親の病院で働いていたが、敗戦の年の四月に到頭応召が来て、軍医の見習士官になって四国の南海岸へ出て行き、然しその為に助って、今は又広島で開業医を始めている。彼は戦争中に結婚した細君と、父母と、二人の弟を、すべて広島で失っていた。そして、前からそうであったが、近頃は何に対しても一層小馬鹿《こばか》にしたシニカルな態度を見せたがるようになっていた。

連絡船が見物客を鈴なりにして桟橋を離れると、二人は上のデッキに上って、ベンチに腰を下ろして話をした。石川が四国の部隊で、唯《ただ》一人の軍医官である事を楯《たて》にし、士官学校出の将校達に意地悪を尽した話は、

「もう聞いたよ」と耕二は笑いながら、又聞かされた。石川は司令部に「軍医にも地図を寄越せ」と云ってねじこみ、「但《ただ》し自分は逃げる事しか考えていないから、背面の地図だけでいい」と云って、兵科将校達の憤激を買い、その憤激に対して、「米軍が上陸して来たら誰が戦傷者の手当をするのか、よく考えてみたらいいでしょう」とやり返したというのは、石川のお得意であった。内地の部隊でも、その頃にはもうそんな、云わば無茶な云い草が通るようになっていたのかと耕二は思い、そして自分と石川とが見知らぬ間柄で同じ隊にいたら、喧嘩《けんか》をしたかも知れぬと、おかしくもあった。

神社の赤い鳥居が小さく潮の中に浮いているのが見える。

「東京で戦犯裁判は行ってみたかい？」又石川が云った。

「いや。行った事ないね」

「どうして？　伝手《つて》はあるだろう？――僕に云わせれば、大体、天皇を裁判しないという事があるものかと思うんだが、然しまあそれはともかくとして、奴《やつ》らが絞《しば》り首になる順序も、一度は見とくのが話の種じゃないかね」

「何だか不愉快なんだ」耕二は云った。彼は新聞の記事で見る限りでは、アメリカの唱える「民主主義」も、その教える今度の戦争の意味も、戦犯の裁判も、そして双手《もろて》を挙げてそれらに賛意を表しているような日本の新聞雑誌の論調も、素直に受取る事は出来なかった。然しそれなら自分がどういう立場をとればいいのか、それも彼にはよく分らなかった。

「僕は東条のような奴が殺されるの、何とも思わないし、自分達で殺してやってもいいくらいに思うよ。あいつは首相をやめた時自決すればよかったんだ。然し裁判の記事を読んでると、悪い事をしたのは日本だけのように見えるからね。そんなものかしら」

「そりゃあ君、何て云ったってひどい戦争だったんだよ。ずいぶん馬鹿な事を日本は沢山やって来たよ」石川は云った。

「そうね」耕二は云った。「僕たちはむきになってそれに加担してたわけだ。だけどアメリカとイギリスの東洋侵略の歴史をひっくり返そう、アジアをアジア人の物に還そうという理窟《りくつ》は、あれも悪いのかね？　西洋の国がこの何世紀かの間、武器と船と人種的優越感とを以て、自分らを富ます為にやって来た、あらゆる悪い事を、日本はああいうお題目の下で、遅まきながら始めて、それが下手な猿真似《さるまね》で、見事に失敗したというのが本当じゃないのかしら？　猿真似が裁判の対象になるんなら、真似を教えた本家の悪人の方はどうするのかと云いたくなるよ。漢口にいた時、小泉というアメリカに留学してた中尉《ちゅうい》が、アメリカは甘くないですよ、日本はアメリカに占領されたら完全に骨抜きにされますよって、頻りに云ってた。残虐《ざんぎゃく》行為だなんて、今度の戦争で一番許し難い残虐行為は何だと思ってるんだろう？」

「アッハハハ」石川は笑い出した。「君も君だな。未だそんな事を一走懸命考えてるのかね。何になるもんか。答えは簡単じゃないか。要するに、敗けたからさ」

船に追われたさよりが、尖《とが》った身体《からだ》を左右に振りながら、水の中を逃げて行くのが見える。

「じゃあ、どうすればいいのかな？」

「まあ、自分々々の食う事を、出来るだけ豊富に食えるように工夫するのが賢いだろうね」石川は云った。「今はそういう時だよ。君なんかに云わすと、それを功利的とか何とか云うんだろう。然し君の文学にしたって、食わずにやれるかね。お父さんが生きていて、満洲《まんしゅう》の財産があった間はいいさ。今は君、失敬だけど一文無しになったんだろう」

「そうだよ」

「けろりとしてるね。相当こたえてる筈だがな」石川は又笑った。「君は又東京へ帰るつもりかい？」

「うん。秋になったら……」耕二は云った。

連絡船は大鳥居を右手の潮の中に見て、水を掻《か》き廻しながら、ゆっくり厳島の桟橋へ近づいていた。人々が降り口の方へ集って来たので、船は傾き始めた。

船が停ると、二人は灯をともした桟橋を出て、賑《にぎ》やかな土産物店に挟《はさ》まれた狭い通りの方へ向って歩いて行った。

彼は東京の不潔な自炊生活で身体を壊して、その春に暫《しばら》く静養するつもりで広島へ帰って来たのであったが、暖い日光と柔らかな風と、東京に比べればずっと安い新鮮な魚や野菜に恵まれて、母の家で暮らしているうちに、最近漸く元気になり、ちょいちょい方々で人々に原子爆弾の体験談を聞き、それをまとめて、何とか少し整った形のものにして、秋にはもう一度東京へ帰りたいと思っていた。

「尤《もっと》も、原子爆弾の悲惨な事をあまり書いては、今すぐは発表が難しいだろうという話なんだけどね」歩きながら耕二は云った。

「要するに金にならないという事なんだな」石川は云った。「どうもそういう考え方が僕にはよく分らないんだがね。そりゃ、原子爆弾もいいけど、金にならなきゃ書いたって仕方がないじゃないか？　伊吹《いぶき》なんかは大阪へ帰って、あんな事をやってるけど、生活だけは最小限、大学が保証してくれてるんだからね。君にはそういう物は何もないんだろう？　甘いと云っちゃあ、あれだが、そんな考えでのこのこ東京へ帰って行ったら、折角よくなりかけた身体が、今度は一遍に参るよ。君の胸の右側は未だ外から音が聞えるんだからね。……とにかく僕は、自分の考えははっきり決ってるね。金と権力。それも大して結構なものでもないかも知れんけど、まあもう二三年待てよ。僕が又伊吹と三人でスキーに行けるようにするよ。医者が金儲《かねもう》けをする気になれば君、強いからな。強盗と同じで、人の生命を握って置いて金を取るんだ。又、幾ら吹っかけてやっても平気な奴が、この頃はずいぶんいるぜ。自分でいやに思う事もあるがね、一切気にしない事にしているんだ。はやりの言葉で云うと、ヒューマニズムのお面を被《かぶ》って金を取るところが強盗と違うんだろう」石川は、そう云って、朗らかに笑った。

土産物屋の通りを出端《ではず》れると、朱塗りの社殿まで、片側石燈籠《いしどうろう》の並んだ海添いの道が続いている。神社の廻廊には、かねの釣燈籠一つ一つに灯が入って、十七日の大潮が、屈折した長いその廻廊を浮かべる程に射《さ》し込み、廻廊の脚は潮に没して、釘《くぎ》無しで遊ばせて組まれた渡り板を潮が洗うかと見え、水に灯が落ちていた。

二人は祭がどんな順序で進められるのか、よく知らなかった。それで、神社の中へ入って行ったが、人いきれに苦しくなって、一度外へ出、大元公園の方へぶらぶら歩いた。

崖《がけ》の上の千畳閣の松林の、枝の間から大きな月が昇って来る。人垣の中で香具師《やし》が気合術をやっていた。

「ムム……」と掛声をかけ、香具師は汗をだらだら流しながら、拇指《おやゆび》で火箸《ひばし》を捩《ね》じ曲げる術をやって見せていた。

二人は屋台の氷水屋へ入って氷を飲み、時々香具師のやる事を覗《のぞ》いたりしていたが、やがて何か始るらしく、人々が社殿の方へ急ぎ始めたので、又そちらへ随《つ》いて行った。

祭も未《ま》だ見ないのに、彼は何だかすっかり疲れて来た。

靴を脱いで廻廊へ上り、少しずつ人の間を縫って、社務所の近くまで出て待っていると、不意に人々の間から、頻りに拍手《かしわで》を打つ音が起った。本殿の前に管絃《かんげん》の御座船《ござぶね》が入って来ているらしかったが、人の群に遮られて見えず、二人の前は廻廊に四角く囲まれた海で、間もなくその枡形《ますがた》の潮の中へは、奉仕の漕舟《こぎぶね》が一艘《そう》、勇ましい掛声を挙げて辷《すべ》り込んで来た。細長い和舟で、左右に七挺《ちょう》ずつの艪《ろ》を揃《そろ》え、厳島《いつくしま》神社の紋を黒く染め抜いた白い提灯《ちょうちん》を高くかかげ、若者たちが身体を薙《な》ぎ倒すようにして艪を漕いでいる。艫《とも》に股《また》を開いて立った赤銅色《しゃくどういろ》の男が、両手に棒を握って、威勢よく振り廻すと、漕手たちは呼応するように、

「ヤーレーサー、ヨー」と唱えて、艪さばき鮮かに、烈《はげ》しい気合で枡形の海の中を、くるりくるりと廻った。そうして三回ほど廻ると、今度は右手の廻廊の傍《そば》へ舟を寄せて、白い衣裳《いしょう》に赤い帯をしめた若者達は、舟の真中に身を寄せ合って、ふと静かになってしまった。

三

——輸送関係の書類の整理を済ませてデッキに出て見ると、いつか揚子江《ようすこう》の濁りは遠く去って、一年半ぶりに見る大きな青い浪《なみ》が、舷側《げんそく》にうねっていたのを、彼は憶《おも》い出す。

日本の島や陸影は春の色であった。紺碧《こんぺき》の潮は濃く、波がしらは泡をなして白く、五島列島の黒い磯《いそ》に立つ松の姿は彼の眼にしみた。

博多《はかた》に上陸して、彼は焼け跡の広島の町へ帰って来た。思いがけない事に、母親が生きていた。そして多くの人々の無慙《むざん》な死を聞かされたが、自分でも妙なくらい、彼は何の衝動をも感じなかった。智恵子の死に就ては、彼は或《あ》る責任を負わなくてはならぬという事を幾度も思ったが、それは頭でそう考えるだけで、やはり強い衝動は感じていなかった。

母が一人、軽い火傷《やけど》だけで助っていた事、七十五年人が住めないと噂《うわさ》に聞いて来た土地に、空地という空地を埋めて、麦がすくすくと育ち、天を指して鋭い穂を見せ始めていた事だけで、彼にはすべてを償ってあまる歓喜であった。収容所生活の間に心に湧《わ》いた希望は少しも萎《な》えてしまわなかった。彼は、やはり運よく敗戦の二カ月前に北京《ペキン》に転勤したという兄の夫婦が帰国するまでに、自分が東京へ出る準備が出来るよう、財産税の事、在外資産の事など、厄介な申告の仕事を、一つ一つ片づけて行く事にした。

彼はそういう用事で町へ出る時、いつも白島《はくしま》の焼け跡から、広島城の裏手の濠沿《ほりぞ》いの道を通った。鯉城《りじょう》と呼ばれていた城は、天守閣を始め、門も櫓《やぐら》も凡《すべ》ての古い建物が跡形なく吹き払われて、一段一段と低くなった古めかしい石垣だけが、虚《むな》しい空を背景にして、輪郭を浮き出していた。手前の広い濠には、一面に蓮《はす》が茂って、風が来るとその広い大きな葉裏が、さわさわと音を立てて光る。荒城というような言葉では不充分な、もっと底抜けにきびしい何ものかを感じるようで、彼はその城跡の春の道を通って行くのが好きであった。

間もなくリュクサック一つになって帰国した兄たちに母親を委《ゆだ》ねて、彼は独り東京へ出て行った。然《しか》し東海道線の夜汽車の中から、田の面に蛍光《けいこう》ランプの誘蛾燈《ゆうがとう》が点々と青く光っているのを見ても、彼は未だ「日本はこれからいい国になるのだ。自分は自分の仕事に還《かえ》るのだ」と強く思っていた。

東京駅へ着くと、彼は何処《どこ》よりも先に、東大の教室へ和田を探しに行った。教えられた理学部二号館という建物を三階へ上って行くと、コンコンと階段に靴音がいやに高く反響して、階段の壁には、トーテム・ポールや、蛮人の杵《きね》や、武器や、訳のわからぬ物が雑然と飾られてあった。網の無い大きなラケットのような物の中に錐《きり》を一本突き出した変な道具には、「ニューギニヤ。捕人器」と書いた紙切れが吊《つ》ってある。〈相当世間離れがしてやがる〉彼は何だか嬉《うれ》しい気分になって、ドアを叩《たた》いた。

「和田さんは病気らしいんですがね。さあ……？　御宅は焼け残っていますが」箱の中の埃《ほこり》まみれの人骨をいじっていた一人の青年が彼に答えた。

彼は、浮浪者のような汚い大学生がぽつぽつ歩いている大学の中を抜け、自分も泥だらけの汚い靴を曳《ひ》きずって、そう遠くない下谷《したや》の和田の家を訪ねて行った。

掛け金を外して出て来た安芸江《あきえ》は、彼を認めると、

「まあ!」と云《い》って走り寄って来て、肩を抱いた。「どうして? 何時《いつ》お帰りになって?」

「和田が病気だそうですね?」彼は云った。

「そうなのよ」

「どうしたんです、一体?」

「それがね、大学へ入院してるんですけど、発疹《はっしん》チフスらしいの」

「へえ。例の、虱《しらみ》の?」

「いやな方ね。大きな声を出さないでよ。とにかく一寸《ちょっと》お上りになったら?」

彼はすすめられて家へ上り、手と顔を洗わせて貰《もら》い、汽車で汚れたシャツを着更《きが》えた。赤ん坊の泣き声がしていた。安芸江は一寸頬を染めたが、

「御存じなかったわね。去年の十二月に生れました」そう云って、奥の部屋から着ぶくれした赤児《あかご》を抱いて来た。

「和田に、出来れば今日逢《あ》いたいけど、どうかしら？」

「お前様さえお気持悪くなければそれはいい事よ。わたくしもこれから病院へ行くの」安芸江は云った。

間もなく彼は、食べ物の籠《かご》を提げた安芸江と連れ立って、もう一度大学の中へ還って行った。

「何だ。帰って来たのか」和田はベッドの中から彼を見て云った。頬がこけて、髯《ひげ》が黒く伸びていた。

「どうした？　苦労したかい？　どうやって帰って来たんだ？　君に預った物やなにか、それから渡す手紙もあるんだが……」

「まあまあ、それはよくなってからでいい。どうしたんだ？　大丈夫か？」耕二は云った。

「ああ、一時は死ぬかと思ったがね」

看護婦が入って来た。そうして体温計を和田に渡すと、一礼して出て行った。和田はそれを挟みながら、

「お互いに、ずいぶん長い徒労だったたな」と云った。

「谷井はどうしてるか分らないか？」

「北鮮と千島とは全然様子が知れないんだ」和田は云った。「谷井のお母さんは、若くて中々綺麗《きれい》な人だったがね、この頃すっかり白髪になってるよ」

何かしていた安芸江が、ベッドへ寄って来て、布団《ふとん》を一寸直して、和田の襟から肩へかけて、ぽんぽんと軽く叩いた。

「塘《つつみ》は直接郷里へ帰ったんだろう？　広川は文部省にいるよ。小野が交通公社へ入った。中田大尉は外務省……いや、あれは外務省じゃないかな、戦犯調査部という所へ収っている。あいつが戦犯の癖にひどい奴《やつ》だ」和田は力無く笑ったが、疲れたらしく、そのまま眼を閉じた。

又看護婦が入って来た。そして体温計を取ると、横にして見て、

「少しお熱が上りました」そう云って、一寸不満そうに耕二の方を見た。

「俺は今日はもう失敬しよう」彼は云って立ち上った。和田は布団の中から軽く頷《うなず》いた。窓の外は強い風であった。彼は安芸江に送られて、焼け跡の東京の町へ出て行った。

……

入り込んだ枡形の海の上を、笙《しょう》や篳篥《ひちりき》の音楽が流れて来る。灯をちりばめた大きな

管絃の御座船が、静かに其処《そこ》へ漕ぎ入れて来るところであった。御座船は木の色の新しい三杯の和船を横に組んで仕立てた、どっしりと大きな船で、白地に赤く亀甲《きっこう》の紋を染め出した高張提灯《たかはりぢょうちん》を四つ立て、船ばたにも、神社の紋を抜いた提灯が沢山吊るしてある。船の屋形の中では、音楽を奏している白衣の神官たちの黒い烏帽子《えぼし》、浅葱色《あさぎいろ》の袴《はかま》も、燈にぼんやり照らし出されていた。へさきにもともにも水主《かこ》が立って、握った竿《さお》で静かに潮を切っていた。

「今奏しとりますのが、ガッカンエンという曲です」社務所の人が、見物客にそんな説明をしていた。

「何だか知らないが、もっと見て行くかい？」石川はつまらなそうに云った。

「綺麗じゃないか。もう暫くいようよ」耕二は云った。

管絃船のへさきには、海の上へ吊り出した両側の鉄の籠に篝火《かがりび》が焚《た》かれて、水主が時々潮をすくって、焦《こ》げるのを防ぐ為《ため》か、ふなべりに打ちかけている。篝火の勢が弱くなると、薪《まき》が投げ込まれ、すると火の粉が水に散って、薪は白い煙をあげて暫くいぶっているが、すぐ又辺りを赤くしてぱっと燃え上った。

御座船は漕舟と同じように、神楽《かぐら》を奏しながら枡形の中で三度ゆっくり廻ると、又船首を立て直して静かに外の海へ出て行き始めた。その時、人々の間から、再び拍手《かしわで》を打つ音が盛んに起った。潮の上には人のさざめきで、淡い縞《しま》のような水紋が生じ、それは静かに広い波紋となって、沖の方へ出て行く御座船を追うて拡《ひろ》がって行った。

——李《り》さんの家はひどいあばら家だった。

早稲田《わせだ》を出て二十数年日本にいるという、貧乏社長の朝鮮人の李さんの四畳半を、その妻子が疎開《そかい》先から帰って来るまでという条件で安く借りて、彼は東京での生活を始めたが、家の中は乾《ひ》からびた唐がらしの束だの、洟《はな》をかんだ塵紙《ちりがみ》だの、残飯が黒くこびりついている欠けた茶碗《ちゃわん》だのが、其処ら中に転がっていて、李さんは寝る以外殆《ほとん》ど寄りつかず、狐狸《こり》の棲家《すみか》のようであった。あまりに汚いので、桟に塵の五分程積った破れ障子にはたきを掛けると、障子は桟ごと化け物のようにへなへなと崩れてしまった。冬が来る前には、彼はそれに古新聞の重ね張りをして、風を防ぐ工夫をしなくてはならなかった。

戦争に敗《ま》けた事や、家財を一挙に失った事が、どんな意味を持っているかが、段々に分って来るようであった。李さんが留守勝ちなので、彼は気儘《きまま》に寝たり書いたりの生活をする事は出来たが、書いてみても書いてみても、中々思うような小説が出来上るわけではなかった。銹《さ》びついた井戸のポンプは、ギッスンギッスンと三四十回漕ぐと、漸《ようや》くちろちろと赤い水を出し始める。彼は海軍の重ね飯盒《はんごう》を使って、その水で自炊をした。始終腹がへって、食い物の事ばかり考えていた。

「仕事」をする為に生活しているのか、それとも一番大切なのは食糧と少しの金を手に入れて来て、一日二度飯を作る事なのかその頃には、次第によく分らなくなって行くようであった。……

四

いつの間にか、赤い模様の法被《はっぴ》のような衣裳に変った若者たちが、廻廊に寄せていた漕舟を、又動かし始めた。彼等は御座船の行って了《しま》った枡形の海の中を、少し漕いで反対側の廻廊に寄せ、其処で揃って舟を上り、神社の本殿の方へ去って行った。そして暫《しばら》くすると、歓声を挙げ、渡り板を踏み鳴らして、肩に大きな榊《さかき》をかつぎ、荒れ狂いながら戻って来た。大榊と一緒に若者たちは雪崩《なだ》れるように漕舟の中へ飛び込み、てんでに、

「やあ、済んだ済んだ」と嬉しそうな叫びをあげた。

あらためて舟の中に持場を整え、黒い脚絆《きゃはん》、白足袋のいでたちで、再び声を揃えて、

「ヤーレーサー、ヨー」と唱えながら、漕舟は沖を指して出て行った。

夜は大分更《ふ》けて、祭は漸く終りらしく、人々は散り始め、廻廊の上に席を占めて寝支度を始めている者も見受けられた。潮は少しずつ干いて、廻廊の柱脚が潮の上に現れて来た。耕二と石川は、お互いに物憂《ものう》い気分で、廻廊を出口の方へ歩き始めた。さっきの御座船が、もう一度枡形の海の中へ入って来たが、今度は音楽は響かず、屋形の中は空《から》になって、篝火ももう消えかけていた。水主が竿で潮を切る音だけが静かに聞えた。

二人は近くの茶店の赤毛布の上で、夜の明けるのを待つ事にした。耕二は昔、死んだ父親に手をひかれてこの祭を見に来た事があるのを憶《おも》い出していた。今の今まで、彼はそれをすっかり忘れていたが、祭の済んだ後、赤い廻廊の上に人々がごろごろ横になる情景を見て、ふと記憶がよみがえって来た。それは彼が小学校の三年生か四年生の時の事で、帰り途《みち》に土産物屋で、飛行機の形をした智慧《ちえ》の板を買って貰《もら》ったのを憶《おぼ》えている。その次の年くらいに満洲《まんしゅう》事変が起ったのであった。

「全く僕なんか考えてみると、子供の時からずっと、戦争の中で大きくなったようなもんなんだな」彼はぼんやり云った。石川は然しもう眼をとろんとさせて、すっかり疲れた様子で、

「う？　ああ」と生返事をし、やがて縁台の毛布の上にごろりと身体《からだ》を延ばすと、鼾《いびき》を立てて眠り始めた。

──半年の東京での自炊生活で、彼はすっかり気が弱くなってしまった。十八貫からあった身体が眼に見えて衰え、風邪をひくと、それがこじれて熱が続き始めた。李さんの四畳半は、布団を敷く時、どんなにそっと敷いても濛々《もうもう》と埃が舞い上って咽《のど》を刺戟《しげき》した。復員の前後に抱いていたような自負も気持の張りも、漸く次々と崩れて行き、彼は自分の弱気に自分で失望をした。

復員して、元の阪大の微生物研究所に帰っていた伊吹《いぶき》が、学会があって上京して来たのは、次の年の二月、耕二が熱と咳《せき》とに苦しみ始めてから一と月程あとであった。伊吹と彼とは足かけ四年ぶりで顔を合せた。伊吹は耕二の様子を見ると、無理にすすめて本郷の大学病院へ連れて行き、知り合いの内科の医者に診察を頼んだ。彼は胸部のレントゲン写真を撮られ、現在の生活状況を色々訊《き》かれた上で、

「半年ほど田舎へ帰って、何もせずに暮らす事は出来ませんか？　そうでないと今の生活では必ず悪化しますよ」と医者に云われた。

「軽い、極く初期の肺浸潤でしょう。若いんだし、暫く規則正しい生活をしていればすぐ治るんですからね。食欲があれば薬も特別の手当も要りません。只《ただ》、顔の写真を撮る機会があったら、その代りに胸の写真をお撮りなさい。それから、バター、ミルク、卵、新鮮な野菜といい空気。これですね」医者はそう云ってくるりと廻転椅子《いす》を廻し、机に向って何か書き始めた。

「バター、ミルク。卵」どうしてそれを手に入れたらいいだろう、と彼は思った。彼は黙ってお辞儀をした。

病院を出ると伊吹は途々、心配は要らないよ、と幾度も云い、それからやはり広島へ帰る事を奨《すす》めた。二人は智恵子の事には、お互いに触れなかった。伊吹はそれよりも頻《しき》りに、自分の今やっている研究の話を彼に聞かせようとし、

「細菌の培養をするのに、牛肉や砂糖が要るんでね、この頃は研究室じゃあ、人間より黴菌《ばいきん》の方がずっと上等なものを食ってるんだ」等と云った。生化学に関する大部分の話は耕二には難しくてよく分らなかったが、伊吹の、自己陶酔にかかったように、熱意を以《もっ》て仕事を語るその口振りが、一寸羨《うらや》ましくも感ぜられた。

彼は伊吹と別れてから、心を決め、身体も気持ももう一度立て直すつもりで、数日後に荷物をまとめて、広島の母親の家へ帰って来た……。

だが気持を立て直すとは、どう立て直す事か？　この半年の間に、健康こそは恢復《かいふく》したが、自分は精神の上で何をしただろう？　石川が云うように、金にもならない書き物を持って、秋に東京へ帰って行く心の支度が出来たのだろうか？　自分たちが戦争中して来た努力は、何もかも不正な誤りであったのか？　本当に憎んでよいものがあるとしたら、それは何なのか？

一つだけ漸く彼にはっきりし出しているように思えるのは、矢代《やしろ》先生を殺し、智恵子を殺し、二十数万の広島の人々を殺した原子爆弾の炸裂《さくれつ》を、平和をもたらした福音として、賑《にぎ》やかなお祭騒ぎに擦り替えようとしている、或《あ》る、眼に定かでない幾つかの勢力の如《ごと》きものに対する憤《いきどお》りの気持であった——。

寝込んでしまった石川の横で、彼は長い間そんな事を思い続けていたが、やがて蚊にせめられながら、自分もうとうとまどろみ始めた。そして眼が覚めた時には、早い夏の朝が、もうあけかかっていた。

石川も起きた。夜露にあたったせいか、二人とも疲れ果てて、身体がだるく、元気の無い顔で立ち上ると、一番の連絡船に乗る事にして桟橋の方へのろのろと歩き出した。汚れた屋台店や、ラムネの空壜《あきびん》の転がっているのや、紙屑《かみくず》や、その辺に未《ま》だ眠っている人々の姿が、白々と浮かび出していた。

海も朝霧の中で未だ眠っていて、岸の電柱や、舫《もや》った船の上には、消え残った燈が光を失い始めていた。

一番の船にはブリキ罐《かん》を抱えた買出人と、広島の学校へ通う中学生達と、少数のお祭帰りの客とが乗って来た。石川と耕二とはすっかり口数が少くなっていたが、中学生たちは元気で、犬のように甲板を走り廻った。

薄い靄《もや》の降りた海を渡って、宮島口の駅で少し待って、二人は上りの汽車で広島へ帰って来た。

廿日市《はつかいち》、五日市、己斐《こい》。窓外の田圃《たんぼ》ではもう百姓が働いていた。

あさっての八月六日は、原子爆弾の満二周年で、今年は市や新聞社の主催で色々な催し物があるという事で、広島駅へ着いて表へ出て見ると、駅前の広場には杉の葉で飾った大きなアーチが九分通り出来上っていた。アーチの柱には太い字で「祝平和祭」と書き入れてあった。

「祝平和祭、祝平和祭」と、彼はその言葉を幾度も心の中で繰り返した。

八月十三日の智恵子の命日には、伊吹が大阪から帰って来る筈で、その頃又三人で逢《あ》う約束をして、耕二はそのアーチの前で石川と別れた。

解説

猪瀬直樹

阿川さんはとても姿勢がよい。

僕のように背中をまるめて机に肘を付いている人間は、阿川さんの前では落第生だと思っている。やはり海軍にいた人は違うなあ、と素直に感心してしまう。

でも阿川さんは姿勢がよいからといってしゃちこばっているわけではなく、戦争などという得体の知れない非日常の極限の世界を語る際には、きわめて軽妙洒脱なのである。

初めて阿川さんにお会いしたのは「天皇と戦争」というタイトルの読売新聞社が企画した座談会（阿川弘之、梅原猛、井上章一、猪瀬直樹）であった。京都の下鴨茶寮だったと思う。一九九八年である。そのときの印象が強くあって、翌九九年に文藝春秋で「二十世紀　日本の戦争」のタイトルの座談会をやろうと編集部から声をかけられたとき僕は、「阿川さんに出席していただけたら、きっとうまくいきます」などと予言者ぶってみせた。九時間に及ぶこの座談会（阿川弘之、秦郁彦、中西輝政、福田和也、猪瀬直樹）は文春新書におさまっている。もちろん、阿川さんのこんな発言が座を和ませてくれた。

〈僕たち台湾で海軍の基礎教育をうけていた頃、教官が日本の戦艦の名前を知っているだけ挙げてみろと言うから、「扶桑・山城・伊勢・日向・陸奥・長門・金剛・比叡・榛名・霧島」と十隻列挙して「よろしい」と言われた。しかし、「まだあります」って手を挙げ、「大和・武蔵」と付け加えたのがいたんです。そしたら、教官が「そういうもんは知らんでよろしい」ってにやっとしましたね（笑）。さっき名前を出した大井篤さんなんか、「大和」「武蔵」が国を滅ぼすんだと、戦争中、すでに言ってましたよ。あれは貧乏人の娘がよけいな晴れ着を二つ持っているようなもんだ、と。これがあるばっかりに期末試験が近づいているのに、着飾って帝劇へ芝居を見にいく。それで試験は落っこちる（笑）。ろくなことはないって部内で言ってるんです〉

僕は九二年から九三年にかけて週刊誌に『黒船の世紀』（猪瀬直樹著作集第十二巻）を連載したが、戦争どころか海軍についての知識など皆無の僕はずいぶんと阿川さんの著作のお世話になった。こうした戦争や海軍にまつわる知識の面で、近年、阿川さんの著作と接する機会が生じたのだが、それとは別に一読者として青年時代に僕は阿川さんに間接的にお会いしていたのである。

阿川さん自身、本書『春の城』をふたつの雑誌（「新潮」と「文藝春秋別冊」）にそれぞれ一部を発表して、未だ一冊のかたちにならずにいた時分、当然ながら前途は茫洋として、実績も少なく三十歳前後という作家としてきわどい位置にあったと思う。しかし、処女作『春の城』は昭和二十七年に新潮社から刊行されると、第四回読売文学賞を受賞するにいたった。

戦後生まれの僕はそのころまだ小学校にも入学しておらず、昭和二十年代のラジオドラマ「鐘の鳴る丘」を聞きながらせいぜい戦争孤児の運命を時代の切ない物語として共有していたにすぎない。もちろん阿川弘之の名前を知るべくもない。

僕が『春の城』に巡り合うのは、一九六〇年代の半ばすぎである。なぜか昭和二十年代、三十年代は元号で、昭和三十五年のいわゆる六〇年安保騒動からは頭のなかが西暦に切り替わっている。

東京オリンピックの翌年、高校を卒業した僕にもいよいよ青春時代というやつがやってきた。そのころ僕は吉行淳之介の著作を読み耽っていて、しだいに安岡章太郎、小島信夫、阿川弘之とひとつにグルーピングしてその著作を買い漁り出した。彼らは「第三の新人」と呼ばれていた。その前に「第一次戦後派」という一群がいた。その区分は明解ではなかったけれど、戦争体験を直接的に描いたり、政治と文学といった課題に正面から取り組みつつイデオロギー的にコミットする場合もあったり、という面が「第一次戦後派」にはあった。それに対して「第三の新人」は、やや軟弱でマイナーなテーマに傾きがちであるとする評価があったように思う。でもこうした分類にはたいした意味はない、と僕は理解していた。いずれにしろ僕より二十歳、三十歳と一世代も上の彼らは、極限状況を生きた。その事実が作品の基層底音を奏でている。

作家という仕事に僕は興味を抱いたが、後発世代にとって作家になる資格が決定的に欠けていることがわかった。なぜなら、戦争はもう終わってしまって二度と起きそうになかったし、貧乏も高度経済成長によって駆逐されかけていたし、だいいち結核病棟で死と対話することなど可能性としてまったくあり得ない時代になっていたからである。

海軍中尉(敗戦により海軍大尉進級)だった阿川弘之が、なぜ「第一次戦後派」ではなく「第三の新人」に分類されているか、それは文学仲間の安岡章太郎の説明がわかりやすい。阿川弘之は酔っぱらうとすぐに軍艦マーチを歌い出すという噂があって、おかげで軍国主義者のように思われてだいぶ損をしている、これを当時の〝与えられた自由〟に対する反逆精神と見るのも当たらない、少しばかりこの種の「損」をしてみたかったのであろう、と。

『春の城』は、戦争を背景としているにもかかわらず、いわゆる戦争小説ではなく青春小説として、二十歳になったばかりの僕の前に現れた。

そのころレーモン・ラディゲの『肉体の悪魔』を読んだばかりで、物語は第一次世界大戦の勃発を同時進行で組み入れつつほとんどそれに触れないことにより、背後に隠されたリアリティがあることでかえって退屈な日常性が設定され、恋愛の舞台に選ばれていることに驚嘆した。

〈僕の幸福は戦争のおかげで生れかかっていた。僕はその大詰めもまた戦争に期待していた。（略）すでに僕たちは戦争の終りを考えていた。戦争の終りは、また僕たちの恋の終りでもあろう〉

『春の城』の冒頭の印象がそこに通じ合うのは、考えてみれば当然なのだ。若い主人公らは、戦争の予感を背景にごくふつうの日常を生きている。

主人公の小畑耕二は大学生であり、耕二より四歳上の伊吹幸雄は医学生、二人は広島の同じ川筋の町で育った。中学時代から、山登りやスキーに行ったり、釣りをしたり、絵や芝居を見るために旅行もした。耕二にとって伊吹は知識の上でも遊びでも兄貴分で、休暇になると郷里の家で話し込んだりする。伊吹の妹の智恵子は、耕二より一歳上で、彼女もときどきその仲間に加わる。耕二は、智恵子の地味にお下げにした髪、化粧気のない素肌の清潔な匂い、それらを好ましく感じていた。

彼らの日常性は一本の川の流れ、不変の時間のなかに置かれているかのようだった。〈家の裏の白い川原は、夏、水浴びの子供達で賑わった。花崗岩質の、キラキラ光る砂の中にはたくさん蜆貝がいた。対岸の神社の森の下の淵で水に潜ると、水苔のついた大きな石の蔭では、川蝦が長い腕を用心深げに動かしていた。川は、上げ潮時にはその幅いっぱいのゆたかな水をたたえ、古下駄や果物の皮をうかべてこのあたりまでのぼって来るが、引き潮の時には清冽なながれとなって、その川蝦や鮒や蜆貝や沙魚の棲み家の上を、広島湾指してサラサラと流れくだる。川すじに貸ボート屋が店を出しはじめると、それはこの町に春が来る知らせであったし、それらが店をたたむのは、この町の秋がたけたしるしであった〉

物語は耕二が東京の大学に入った翌年の昭和十六年夏、二度目の帰郷からはじまる。大学の講義は期待はずれだった。友人に「エイッという風に掛け声を掛けて入って了うんだ。初めておでん屋に入る時と同じ事さ。頭がすっきりするよ」とけしかけられて吉原の大門をくぐってみたが病みつきになるほどのこともない。自分を燃やすなにかが欠けている、のである。

〈悪徳でもいいから、何か本当に気持を打ち込める、荒々しく立ち向って行ける、そういう対象が欲しいと思っていたが、一向に何も見出す事は出来ないでいた〉

これは自由とは違う、と僕も考えた。なにかを選び取ったときに自由が生まれるが、なにを選び取ってよいのかわからないときには、まだ自由とは言えない。退屈なだけだ。一九六〇年代の僕にはもう壁もなにもなかった。いや、壁がどこにあるのかすら、わからない、と思った。

『春の城』は、ひとつの壁が用意される。智恵子である。耕二は智恵子との恋愛に、気持が打ち込める、というほどではない。むしろ智恵子のほうが積極的だった。そろそろ決めないといけない。周囲からのそうした配慮は、一種の包囲網のようなもので、とくにこの冬に入隊する伊吹との関係から考えても知らん顔で通すのも具合が悪い。家族、友人、そういうしがらみによる壁。しかし、この壁は容易に崩れるのだ。主人公の身勝手さによって。ここまでなら僕の時代でもさして変わりないかもしれない。

昭和十六年の秋。新聞に、東條英機に大命降下、という見出しが躍った。明日、智恵子と話し合うことでなにか結論めいた気持をつくらなければ、と考えたその晩、耕二の耳の底には「よせ、よせ、よせ」という声が太鼓の音のように鳴り続けるのである。「青春は未だ長く、美しい人が沢山いて、楽しい事が一杯ある。よせ、よせ、よせ、よせ」と。智恵子とは接吻して別れた。

十二月。ハワイ奇襲攻撃で日米戦争が始まった。耕二の気持は開戦を境にしてはっきりして来た。自分たち若者の光栄ある義務と受けとめた。

「じめじめした中途半端な学生生活から、ともすれば、強烈な日光、潮の輝き、厳格な戒律、一途な献身に充ち充ちているように想像される海軍の生活へと飛躍した」のである。主人公はこうして壁にぶつかり壁と同化することで、ついに自由を獲得することが出来たのだった。

青春小説としてここまでが「明」であり、「暗」は自由の代価の支払いとして戦争がもたらす悲惨な結果とともに押し寄せる。『春の城』は青春小説からしだいに悲劇に彩られた叙事詩となって、登場人物の運命を呑み込む巨大な戦争という蕩尽の荒々しさを描いて終えるほかはなかった。これは事実だから、作者にも他の結末は選びようがない。

だがこういうことなら言える、と戦後の〝与えられた自由〟によってつくられる世界への阿川さんの静かな憤慨が、主人公にこう述べさせた。少し長いけれど、引用する。

〈「何だか不愉快なんだ」耕二は云った。彼は新聞の記事で見る限りでは、アメリカの唱える「民主主義」も、その教える今度の戦争の意味も、戦犯の裁判も、そして双手を挙げてそれらに賛意を表しているような日本の新聞雑誌の論調も、素直に受取る事は出来なかった。然しそれなら自分がどういう立場をとればいいのか、それも彼にはよく分らなかった。

「僕は東条のような奴が殺されるの、何とも思わないし、自分達で殺してやってもいいくらいに思うよ。あいつは首相をやめた時自決すればよかったんだ。然し裁判の記事を読んでると、悪い事をしたのは日本だけのように見えるからね。そんなものかしら」

「そりゃあ君、何て云ったってひどい戦争だったんだよ。ずいぶん馬鹿な事を日本は沢山やって来たよ」石川は云った。

「そうね」耕二は云った。「僕たちはむきになってそれに加担してたわけだ。だけどアメリカとイギリスの東洋侵略の歴史をひっくり返そう、アジアをアジア人の物に還そうという理窟は、あれも悪いのかね？　西洋の国がこの何世紀かの間、武器と船と人種的優越感とを以て、自分らを富ます為にやって来た、あらゆる悪い事を、日本はああいうお題目の下で、遅まきながら始めて、それが下手な猿真似で、見事に失敗したというのが本当じゃないのかしら？　猿真似が裁判の対象になるんなら、真似を教えた本家の悪人の方はどうするのかと云いたくなるよ。漢口にいた時、小泉というアメリカに留学してた中尉が、アメリカは甘くないですよ、日本はアメリカに占領されたら完全に骨抜きにされますよって、頻りに云ってた。残虐行為だなんて、今度の戦争で一番許し難い残虐行為は何だと思ってるんだろう？」

「アッハハハ」石川は笑い出した。「君も君だな。未だそんな事を一生懸命考えてるのかね。何になるもんか。答えは簡単じゃないか。要するに、敗けたからさ」

阿川さんは学生時代から志賀直哉の文体を学んでいた。だから軽佻浮薄な表層のイデオロギーに流されることがない。一種の選球眼に似た洞察のたしかさが、より確固とした世界へ歩を進めさせたと思う。それが『軍艦長門の生涯』をはじめ、『山本五十六』『米内光政』『井上成美』などの人物評伝の傑作へと結実したのである。

（二〇〇二年十一月、作家）

この作品は昭和二十七年七月新潮社より刊行された。

春《はる》の城《しろ》

新潮文庫　あ-3-1

昭和三十年五月三十日　発行
平成十五年四月二十日　五十三刷改版
令和　三　年九月　十　日　五十九刷

著者　阿《あ》川《がわ》弘《ひろ》之《ゆき》

発行者　佐藤隆信

発行所　株式会社　新潮社

郵便番号　一六二—八七一一
東京都新宿区矢来町七一
電話　編集部(〇三)三二六六—五四四〇
　　　読者係(〇三)三二六六—五一一一
http://www.shinchosha.co.jp

価格はカバーに表示してあります。

印刷・東洋印刷株式会社　製本・加藤製本株式会社

ISBN978-4-10-111001-1 C0193